Mönch, Melinda und Moneten
Roman
Reinhard Staubach

AF194122

Mönch, Melinda und Moneten

Roman

Reinhard Staubach

Umschlaggestaltung vom Autor

Beratung: Peter Heilmann
Korrektorat: Walter Haberl

Reinhard Staubach
Mönch, Melinda und Moneten
Roman

1. Auflage

© Copyright by Reinhard Staubach
Ebersbach-Musbach, 2020

Herstellung und Verlag:
BoD – Books on Demand, Norderstedt

www.staubach.biz

ISBN 978-3-7519-6680-1

Wer ständig glücklich sein möchte,
muss sich oft verändern.

Konfuzius (551-479 v.Chr.)

1

An einem Spätsommertag hatte ich auf einer abgelegenen Landstraße mit meinem Auto eine Panne. Der Vorfall erwies sich als Segen und Herausforderung.

Wuchtig schlug ich die Fahrertür des dunkelblauen Kombis zu. Aber wegen der Dämpfung gab es keinen lauten Knall. Wäre es eine alte Klapperkiste gewesen, hätte sich die Karre womöglich überschlagen. Unglaublich, das Auto hatte ich vor knapp einem Jahr gekauft. Und nun gab es keinen Muckser von sich. Nicht ein einziges Lämpchen hatte schüchtern zu flackern versucht, als ich startete, besser gesagt, starten wollte.

Neben meinem geräumigen Fahrzeug stehend, blickte ich mich um, wobei ich die Augen zusammenkniff. Angeblich sieht man so besser und macht obendrein mit den senkrechten Falten zwischen den Brauen einen gebieterischen Eindruck. In der leichten Brise wiegten sich kurze gelbe Gerstenhalme auf den Feldern rechts neben der Straße. Links eine grüne Wiese, getüpfelt mit gelben und weißen Blumen, dahinter ein Laubwald unter bewölktem Himmel. Etwa in der Mitte zwischen Straße und Wald döste ein hölzerner grauer Heustadel. Die Sonne versuchte, durch die Wolkendecke zu stoßen, was ihr an diesem Spätsommertag misslang. Ich fuhr mit den Fingern durch meine schwarzen Locken, welche sich schon ein wenig gelichtet hatten und wo sich an den Schläfen erste graue Härchen behaupteten.

In Fahrtrichtung sah ich nach etwa einem halben Kilometer eine Rechtskurve, dort, wo das Maisfeld begann. Weit und breit kein Haus, nur Felder, Wiese und Wald in der leicht hügeligen Landschaft. Vor ein paar Minuten war ich durch ein Dorf gefahren. Ich hatte nicht auf den Namen der Ortschaft geachtet. Warum auch, das eingebaute Navi diktierte den Weg nach Bellabeuren. Aber weder wurde die digitale Landkarte angezeigt, noch erklang die liebliche Stimme der im Computer konservierten Lady. Nichts im Auto funktionierte. Ich hatte den Wagen in einer Parknische rechts am Straßenrand zwischen zwei mächtigen Buchenbäumen abgestellt, die die Straße zu beiden Seiten säumten und deren Äste sich über dem Asphalt zu einem grünen Dach vereinten. Dann war ich mit einem Spaten auf die Wiese gegangen und hatte den Boden inspiziert, um meine Vermutung bestätigt zu finden.

Ich erwartete noch keine Katastrophe, als der elektronische Autoschlüssel sich weigerte, die Wagentür zu öffnen. Vermutlich war die Batterie in dem handlichen Plastikschlüssel leer. Also öffnete ich die Tür mit dem ausgeklappten mechanischen Schlüssel. Beim Startversuch surrte nicht einmal der Anlasser, kein Lämpchen blinkte, nichts rührte sich. Als hätte das Auto auf dem letzten Kilometer den Motor verloren oder jemand den elektrischen Strom abgestellt. Strom? War es möglich, dass jemand die Batterie geklaut hatte, während ich auf der Wiese umher stiefelte? Ich öffnete die Motorhaube. Überraschung, die Batterie saß angeschraubt am vorgesehenen Platz. Der Motor steckte unter einer schwarzen Plastikverkleidung. Ich verstehe nichts von dem, was unter der Motorhaube verbaut ist. Außer, dass es dort eine Batterie geben muss. Für alles andere ist die Werkstatt zuständig. Doch hier war kein derartiger Betrieb in Sicht, nicht einmal ein Bauer auf dem Feld, weit und breit nicht eine einzige Menschenseele.

Ich zog das Handy aus der Hemdtasche. Kein Netz. Wie vorhin im Auto. Dass es das noch gab, Funklöcher im modernen Deutschland. Strom hatte das Smartphone und der Akku zeigte noch 78 Prozent Ladung an. Außerirdische hatten demzufolge keine unsichtbare Glocke über mich gestülpt und darunter jegliche Elektrizität eliminiert. Ich schaute erneut umher und biss mir dabei fast die Unterlippe ab. Waren es ein oder zwei Kilometer bis zu dem Dorf, durch das ich vorhin gefahren war? Vielleicht sogar drei oder fünf? Eine winzige Ortschaft, vier oder fünf Häuser ungeordnet links und rechts der Durchfahrtsstraße. War es überhaupt ein richtiges Dorf, dessen Bewohner daselbst Erfüllung fanden? Erst jetzt fiel mir auf, dass ich gar keine Menschen dort gesehen hatte. Die schwarzen Zeiger meiner Titan-Armanduhr zeigte auf zwei Minuten vor halb vier. Sollten um diese Zeit nicht wenigstens Kinder draußen spielen? War ich durch ein Geisterdorf gefahren? Weder ein Hund noch ein Huhn war über die Dorfstraße gelaufen. Keine Ahnung, wie viele Kilometer es noch bis nach Bellabeuren sein mochten. Ich hatte zwar auch eine Landkarte im Auto, aber die nutzte nicht viel, weil ich nicht genau wusste, wo ich angehalten hatte. Man muss seinen Standort kennen, wenn man ein Ziel anpeilt. Blind hatte ich mich auf das Navigationsgerät verlassen, war in totale Abhängigkeit der Elektronik geraten. Ich schaute erneut zurück.

Da, ein dunkler Punkt in der Ferne. Nein, es war eher ein kurzer, senkrechter, brauner Strich am Straßenrand, ein Mensch. Dort kam jemand zu Fuß auf mich zu, der offenbar in die selbe Richtung wollte wie ich. Der Unbekannte hatte einen ordentlichen Schritt drauf. Bald konnte ich deutlich den Kopf erkennen. Aber das lange Gewand? Was machte eine Frau hier in der Einsamkeit? Nun denn, sie würde mir zwar nicht helfen können. Oder doch? Voraussichtlich kannte sie sich in der Gegend aus und konnte mir wenigstens sagen, ob der nächste Ort vor oder hinter mir läge. Warum in die falsche Richtung laufen? Deshalb beschloss ich zu warten, bis die Frau mich erreicht hätte. Hoffentlich wusste sie, wo ich die nächste Werkstatt fand.

Ich setzte mich auf einen Feldstein am Straßenrand. Die Sonne hätte den Brocken aus der letzten Steinzeit vernünftig aufheizen können. Der dünne Zwirn meines Hosenbodens isolierte nicht. Doch ich wollte beobachten, wie sich die vermutete Retterin aus dieser blöden Situation näherte.

Die Frau hatte offenbar eine Rast eingelegt, denn sie schien noch meilenweit entfernt zu sein. Sie kam und kam nicht näher. Ich sah auf den sandigen Boden unter meinen Schuhen. Eine Ameise kroch darüber. Aus der entgegengesetzten Richtung krabbelte eine andere Ameise. Die beiden betasteten sich. Ob sie den neusten Tratsch austauschten? Tratschten Ameisen überhaupt? Egal. Die zwei Insekten ließen wieder voneinander und jede verschwand im Gras neben der Sandfläche. Ich sah auf. Endlich, nach einer Ewigkeit rückte die Frau auf der Straße in greifbare Nähe, als hätte sie einen Satz gemacht, während ich die Ameisen beobachtete. Eine hüpfende Hexe? Quatsch. Ihr braunes Kleid schien auf dem Boden zu schleifen. In der rechten Hand hielt sie einen kräftigen Stab, der ihr fast bis zur Schulter reichte und den sie bei jedem Schritt auf den Asphalt stieß, wie es Nordic Walker mit einem Stock täten, falls sie den zweiten verloren hätten. Ihr Kopf steckte unter einem breitkrempigen, schwarzen Hut.

Seltsame Trachten gibt es hier, dachte ich noch, während ich begriff. Das war keine Frau, sondern ein Mann: ein Mönch. Verblüfft erhob ich mich vom Stein. Nach wenigen Schritten war der Ordensmann so nahe, dass ich dessen Augenfarbe erkennen konnte. Dunkelbraun. Mit offenem Mund schaute mich der Mann im braunen Mönchsgewand an, der fast bis auf doppelte Armlänge an mich herangetreten war. Der Mönch sah mir intensiv in die Augen, schloss seinen Mund, blickte kurz zu Boden und dann wieder auf.

»Ich habe es gefühlt«, sagte er nüchtern.

»Was?«, fragte ich.

»Ich habe gefühlt, dass ich einen Bruder habe. Dich hier zu treffen – welch eine Fügung.«

»Moment«, begann ich. »Was meinen Sie?« Dabei war mir klar, wovon der Mönch sprach. Aber ich mochte nicht zustimmen, noch nicht.

»Als ich dich erkannte«, sagte der Mönch, »dachte ich zunächst an eine Vision. Doch dann erinnerte ich mich schlagartig an mein Gefühl seit vielen Jahren, eigentlich seit ich lebe. Ich habe einen Zwillingsbruder. Und das bist du. Du siehst aus wie ich, dein Gesicht, deine Figur, deine Größe. Alles wie bei mir. Lediglich in der Kleidung unterscheiden wir uns.«

»Das kann Zufall sein«, wandte ich ein.

»Wann bist du geboren?«

»Am 5. Mai«, antwortete ich spontan.

»Genau wie ich. Am 5. Mai 1975. In Essen, stimmts?«

Ich lachte auf und wich etwas zurück. »Das kann doch nicht wahr sein. Niemand hat mir erzählt, dass ich einen Zwillingsbruder habe. Ich appelliere an Ihre Aufrichtigkeit. Mönche sind doch zur Ehrlichkeit verpflichtet. Oder sind Sie gar kein echter Mönch?«

»Und unsere Mutter hieß Magdalena Klose«, sagte der Mönch unbeeindruckt von meinem Einwand.

»Keine Ahnung«, erwiderte ich. »Ich wurde adoptiert. Von einer Magdalena Klose habe ich noch nie etwas gehört.«

»Ich erfuhr es auch erst kürzlich, als ich nachforschte«, sagte der Mönch. Er nestelte eine abgewetzte Brieftasche aus seinem Habit hervor und zeigte mir seinen Personalausweis. »Hier, schwarz auf weiß. Nun ja, weiß ist übertrieben, aber ein echtes Dokument.«

Ich fühlte mich verpflichtet, auch meinen Personalausweis hervorzuholen, und zeigte ihn dem Mönch. Wir hielten die amtlichen Kärtchen nebeneinander. Kein Zweifel, in beiden Ausweisen stand dasselbe Geburtsdatum und derselbe Geburtsort, Essen in Nordrhein-Westfalen. Aufmerksam beäugte er einmal mehr meinen neuen Plastikausweis im Scheckkartenformat, der etwa halb so groß war als sein veralteter grünlicher Personalausweis.

Wir tauschten noch weitere Informationen aus. Letztlich war ich davon überzeugt, dass wir nicht nur am selben Tag geboren wurden und gleich aussahen. Wir waren tatsächlich eineiige Zwillingsbrüder, die offenbar unmittelbar nach der Geburt getrennt und von verschiedenen Ehepaaren adoptiert worden waren. Wir nahmen uns in die Arme. Ich neige nicht zu derartigen Gefühlsausbrüchen bei Männern, aber ich konnte nicht anders. Die Berührung erschien mir vertraut, vielleicht aus der gemeinsamen Zeit im Mutterleib. Tränen verzerrten meine Sicht. Dennoch konnte ich erkennen, dass auch der Mönch feuchte Augen bekommen hatte.

»Ich bin Bruder Lazarus«, sagte der Mönch, nachdem wir die Umarmung gelöst hatten. »Entschuldige, ich hätte meinen Namen längst nennen sollen. Aber dein Anblick und meine Gefühle verwirrten mich und verdrängten die guten Manieren. Mit bürgerlichen Namen heiße ich Thomas Schütze.«

Auch ich stellte mich nun mit meinem Namen vor: Markus Baumann. Eigentlich überflüssig, denn Bruder Lazarus hatte längst meinen Namen im Personalausweis gelesen. Wir fielen uns erneut in die Arme.

»Was machst du hier auf dieser abgelegenen Landstraße?«, fragte der Mönch.

»Ich suche Kies.«

Bruder Lazarus lachte auf. »Der ist gut. Kies. Muss ich mir merken.«

»Nicht was du vermutlich denkst«, fiel ich in das Gelächter ein. »Ich suche wirklich Kies, grobkörnigen steinigen Sand, Lockersediment. Keine Moneten, Kohle oder Moos. Geld hat ja viele Namen.«

Nachdem das Gesicht des Mönchs wieder ernste Miene zeigte, fügte ich hinzu: »Mein Vater ist Bauunternehmer in Neuburg. Unsere eigene Kiesgrube gibt bald nichts mehr her. Selbstverständlich kann man überall Kies kaufen. Aber ihn selber abzubauen ist meistens günstiger. Siehst du den kleinen Bachlauf dort drüben in der Wiese? Den habe ich mir vorhin genauer angeschaut. Das Tal hier könnte die Endmoräne eines Gletschers aus der Eiszeit gewesen sein. Allerdings müssten Bohrungen vorgenommen werden, um zu erkunden, ob sich das Geröll unter dem grünen Gras in der Tat für den Abbau eignet. Ich halte die Gegend hier für optimal. Auf der Landkarte lässt sich bei weitem nicht immer alles erkennen. Man muss selber vor Ort Untersuchungen vornehmen. Ich wollte gerade nach Bellabeuren fahren, um herauszufinden, wem das Grundstück gehört, und ob der Eigentümer Bohrungen zustimmen würde.«

Als ich wieder in die Augen meines Zwillingsbruders sah, hielt ich inne. Sie hatten sich geweitet und sein Mund stand offen.

»Entschuldige, ich wollte keinen gelehrten Vortrag halten, aber ...«

»Schon gut«, unterbrach Bruder Lazarus. »Ich weiß, wie wichtig Kies beim Bau ist. Ich habe Zimmermann gelernt, war auf der Walz und bin letzten Endes ins Kloster gegangen.«

»Oh Mann, da sind wir beide ja im selben Gewerbe gelandet ...« Ich verstummte. Ein dicker Regentropfen war auf meinen vorgestreckten Handrücken geklatscht. Ich sah gen Himmel. »Ich fürchte, es schüttet hier gleich aus Eimern. Komm, wir setzen uns ins Auto.«

Auch Bruder Lazarus hatte zu den schwarzen Wolken hinaufgesehen: »Ja, gleich bricht die Sintflut über uns herein. Aber in dein Auto? Da muss man sich ja zusammenfalten. Komm, da drüben der Heustadel. Der ist sicher mit furztrockenem Heu gefüllt. Da können wir uns ausstrecken und die Beine hochlegen. Meine Füße sind ohnehin schon heißgelaufen.«

Ich schloss meinen Kombi ab und wir rannten beide über die Wiese zum Heustadel. Ein Donnerschlag ließ die Luft erzittern, Starkregen setzte ein.

2

»Das war knapp«, sagte Bruder Lazarus, nachdem wir in den Heustadel gesprungen waren.

Ein Blitz erhellte die düster gewordene Landschaft und ein ohrenbetäubender Donnerschlag folgte ihm augenblicklich. Der Regen wurde heftiger und kirschkerngroße Hagelkörner sprangen wie aufgescheuchte Hühner chaotisch auf der Wiese umher. Einige hüpften durch den offenen Zugang in den Heustadel. Wir standen im Schutz des hölzernen Stadels und schauten eine Weile dem Unwetter draußen zu.

»Perfekt«, sagte Bruder Lazarus. Er hatte sich vom Zugang abgewendet und inspizierte den Heustadel. Der war zu drei Vierteln mit aufgestapelten Quaderballen aus gepresstem Heu gefüllt, jeder Ballen mit Sisalkordel fixiert. Im Zugang lag kein Heu. Aber in der einen Ecke des Raums hatte man einen kleinen Berg von losem Heu aufgeworfen.

»Da machen wir es uns gemütlich«, lächelte Lazarus. Er ließ sich in den Heuberg fallen und versank darin. Wie ein kleiner Junge griff er mit der Hand ins Heu und warf mit dem getrockneten Gras nach mir. »Heuschlacht gefällig?«

Ich schnappte mir ebenfalls ein Büschel Heu und warf es nach ihm. Es bedeckte seinen Kopf völlig. Nur noch seine Schuhe lugten aus dem getrockneten Gras hervor.

»Wie, das nennst du eine Schlacht?« Bruder Lazarus hatte mein Büschel zur Seite geschoben.

»Für eine Schlacht bin ich nicht passend angezogen«, versuchte ich mich zu rechtfertigen.

»Na und? Ich trage mein Sonntagsgewand, den heiligen Habit!« Bruder Lazarus bewarf mich erneut mit einer Ladung Heu.

»Gehört das im Kloster zur Gottesverehrung?« Ich bewarf ihn erneut.

»Schön wäre es. Wir werden dort zur Standhaftigkeit und zum Durchhalten belehrt.«

»Aha, deshalb willst du mich besiegen. Na warte!«

»Nicht siegen ist wichtig. Dabei sein und gewinnen zählt«, konterte Lazarus.

Ich warf mich ebenfalls ins Heu und wir bewarfen uns wie kleine Jungen. Irgendwann hatten wir genug von der Toberei und schlossen mit Handschlag brüderlichen Frieden. Etwas außer Atem sahen wir wieder hinaus in das tosende Unwetter.

»Warst du schon mal in diesem Stadel?«, fragte ich grinsend den im Heu aufrecht sitzenden Mönch.

»Nein, in diesem noch nicht. Aber auf meiner Walz, der Wanderschaft als Zimmermann, übernachtete ich gelegentlich in Bretterbuden wie dieser. Das frische Heu, da kann kein Nobelhotel mithalten. Und gesund ist es auch.«

»Willst du hier übernachten?«

»Warum nicht? Bei dem Gewitterregen mache ich draußen keinen Schritt mehr.«

Ich lehnte mich zurück und ließ mich in den Haufen aus getrocknetem Gras fallen. Es war behaglich weich, luftig und duftete nach Blumen und, wonach eigentlich? Heu, keine Frage, es roch nach frischem Heu, ein angenehmer und einmaliger Duft. Zur Decke schauend, lauschten wir eine Weile dem Prasseln des Regens und der Hagelkörner auf das Dach des Heustadels. Dazwischen blitzte, donnerte und stürmte es erbarmungslos, als ginge es darum, alle Sträucher und Bäume der Welt zu entwurzeln. So schnell wie das Unwetter hereingebrochen war, flaute es ab. Es regnete zwar immer noch heftig, doch wir waren nicht mehr im Epizentrum.

»Nun erzähl mal«, sagte Bruder Lazarus, als ich noch

dem Tosen des Gewitters nachlauschte. »In was für einer Familie bist du aufgewachsen, was hast du erlebt? Bist du verheiratet? Hast du Kinder?«

»Wie wäre es, wenn du beginnst?«, erwiderte ich. »Von mir gibt es nichts besonderes zu berichten. Studium, Betriebswirt, Junior im väterlichen Betrieb das war's. Du bist der Exot von uns beiden. Mönch, wie bist du darauf oder dazu gekommen?«

»Na gut«, stimmte er zu. »Ich wuchs in Bellabeuren auf, wo wir beide hin wollen. Mein Vater, also mein Adoptivvater, war Arzt, allgemein Mediziner mit eigener Praxis im Ort. Ich habe, Pardon, hatte noch eine zwei Jahre jüngere Schwester. Die war ebenfalls vom Arztehepaar Schütze adoptiert worden. Die Schützes konnten aus unbekannten Gründen keine eigenen Nachkommen zeugen. Beide waren schon über dreißig, als sie uns aufnahmen. Erst als meine Schwester achtzehn wurde, offenbarte uns Dr. Schütze im Beisein seiner Frau, dass wir adoptiert wurden. Irgendwie hatte ich das schon vorher verspürt. Denn meine Schwester Margit und ich, wir ähnelten uns überhaupt nicht. Ich vermisste auch Ähnlichkeiten zu meinem Vater. Er war spindeldürr und hatte blaue Augen wie seine Frau. Ich hingegen habe braune Augen, wie du. Eine Zeitlang vermutete ich, dass meine Mutter fremd gegangen sei. Die Aufklärung war wie eine Erlösung, endlich Klarheit. Wie war das bei dir?«

»So ähnlich«, erwiderte ich. »Ich hatte allerdings keine adoptierte Schwester. Etwa ein Jahr nach meiner Adoption wurde meine Adoptivmutter schwanger und brachte einen Jungen zu Welt, meinen Bruder Karl. Zwar liebt mein Vater, Franz Baumann, Karl abgöttisch, aber ich habe nach wie vor den Verdacht, dass er nicht der leibliche Vater ist. Die Sache kam nie zur Sprache.«

»Wieso hast du den Verdacht?«, fragte Bruder Lazarus.

Ich nenne ihn ab jetzt Bruder Lazarus. Denn sein bürgerlicher Name Thomas passt nicht zu einem Mann im Mönchsgewand, denke ich.

»Er ist mir nicht ganz grün«, sagte ich knapp. »Später mehr. Erzähl weiter. Warum bist du nicht Arzt geworden, wie dein Vater?«

»Hast du etwas Essbares im Auto?«, fragte Bruder Lazarus, ohne auf meine Frage einzugehen.

»Nein, aber da du fragst, ein pikantes Schnitzel könnte ich jetzt vertragen.«

»Wenn ich geahnt hätte ... Wir teilen brüderlich, was ich dabei habe.«

Bruder Lazarus erhob sich, ergriff einen Heu-Quaderballen und bugsierte ihn zwischen unsere beiden Kuschelliegen in Heu. Dann öffnete er seinen Rucksack aus dunklem Leinen, dessen ursprüngliche Farbe ich nur erahnen konnte. Vermutlich stammte der Ranzen aus der Zeit vor dem Ersten Weltkrieg und er hatte ihn in einer finsteren Nische des Klosters gefunden. Es blitzte gerade, das Gewitter schien zurückzukommen, als er ein helles Tuch hervorzog, das er wie eine Tischdecke auf dem Quaderballen ausbreitete. Feierlich wirkte die Szene auf mich. Ob er gleich ein Gebet sprechen und den Himmel um Schnitzel anflehte? Nein, im Halbdunkel, ohne Blitz, sah ich, wie er etwas Rundes aus einer Papiertüte zog.

»So«, sagte Bruder Lazarus, »unsere Henkersmahlzeit.« Vermutlich schmunzelte er bei dem Satz, was ich aber nicht erkennen konnte und auch nicht ahnte, dass die Aussage auf ihn zutreffen würde. »Ein Doppelbrötchen mit Butter, Salami, Tomate und Streichkäse, kann sein, dass ein Salatblatt dazwischen liegt.«

Im Schein ferner Gewitterblitze sah ich, dass er ein schlichtes Taschenmesser aufklappte und das Brötchen auf unserem Tisch aus Heu in zwei gleiche Hälften teilte.

»Bitteschön, greif zu.«

»Nein, dass muss nicht sein«, wehrte ich ab. »Iss du dein Brötchen. Ich hatte ein deftiges Mittagessen in einem gute Dorfgasthof. Bis Morgen halte ich locker durch.«

»Zier dich nicht, jetzt wird gegessen«, sagte Bruder Lazarus streng. »Mit Bier oder Wein kann ich leider nicht dienen. Dies Fläschchen hier ist dummerweise auch schon halb leer. Aber drei Schlucke sind wohl noch für jeden drin.«

Er stellte eine Flasche Mineralwasser auf den Tisch. Mir war klar, dass er darauf bestehen würde, mit ihm eine Hälfte des Doppelbrötchens zu essen. Deshalb griff ich zu. Himmlisch, wie vorzüglich ein Salamibrötchen bei Regen, Blitz und Donner in einem trockenen Heustadel schmeckt. Ich fühlte mich anschließend pappsatt und musste an die Fünftausend denken, die Jesus mit zwei Fischen und fünf Broten gespeist hatte. Zwar saß Jesus nicht an unserem Tisch, aber gleichwohl ein Mönch. Ohne Übertreibung jemand, der Jesus näher stand als ich. Er verspeiste seine Hälfte schweigend. Ob er über seine nächsten Worte nachdachte oder jeden Bissen genüsslich kaute? Ich wollte ihn nicht mit fadem Smalltalk unterbrechen und schwieg ebenfalls. Später erfuhr ich, das Mönche normalerweise schweigend speisen. Nachdem er den letzten Bissen hinuntergeschluckt hatte, setzte Bruder Lazarus unaufgefordert seinen Bericht fort.

»Ja, ich hätte Medizin studieren können. Meine Eltern wollten das auch, besonders mein Vater. Aber ich hatte keinen Bock darauf. Immer die kranken Leute im Haus. Bereitschaft und mitten in der Nacht zu Notfällen gerufen zu werden. Nein, das sollte nicht meine Zukunft werden. Ich war als Junge lieber draußen und sah den Handwerkern am Bau zu. Auf den Baustellen in Bellabeuren ging ich sogar freiwillig den Gesellen zur Hand, ohne Bezahlung. Dafür durfte ich dann den einen oder anderen Schluck Bier zur Brust nehmen. Deshalb lernte ich Zimmermann. Meine Eltern waren nicht begeistert, aber sie stimmten zu, weil sie wollten, dass ich zufrieden bin. Meine Mutter sagte immer, dass es unendlich viele Möglichkeiten gäbe unglücklich sein. Es gäbe aber auch mindestens genau so viele Möglichkeiten, glücklich zu sein. Ich solle stets den Weg wählen, der mich glücklich mache. Als Zimmermann konnte ich mir vorstellen, glücklich zu sein. Als Arzt nicht. Leider musste ich den Beruf des Zimmermanns nach etliche Jahren aufgeben. Aber davon später.

Nach der Gesellenprüfung bin ich dann auf die Walz, drei Jahre und einen Tag. In ganz Deutschland errichtete ich Dachstühle, Wände, Treppen und was man als Zimmermann so baut, auch durch Österreich und Holland zog ich. Kurz nach der Rückkehr von der Walz starb mein Vater an Krebs. Darunter hat meine Mutter sehr gelitten. Sie starb ein halbes Jahr nach ihm, vermutlich an Kummer.«

Bruder Lazarus hielt inne. Das Geräusch des prasselnden Regens auf dem Dach des Haustadels war in ein sanftes Rauschen gewechselt. Ich schwieg auch. Dann berichtete Bruder Lazarus weiter.

»Und nun ist meine Schwester gestorben. Verkehrsunfall. So ein volltrunkener Rüpel hat ihr Auto von der Straße gedrängt. Deshalb bin ich auf dem Weg nach Bellabeuren. Als einziger Erbe muss ich mich um den Nachlass kümmern. Keine Ahnung, was mich da erwartet. Ich hatte nur wenige Kontakt mit meiner Schwester, obwohl wir uns gut verstanden. Vermutlich gibt es gar nichts zu erben. In einem unserer letzten Telefonate erwähnte sie, dass sie ein Darlehen habe aufnehmen müssen. Schauen wir mal. In Bellabeuren war ich eine Ewigkeit nicht mehr. Lass mich überlegen, ja, bei der Beerdigung meiner Mutter. Da war ich das letzte Mal in Bellabeuren, einem verschlafenen Nest mit eintausendfünfhundert Einwohnern, womöglich sogar weniger.

Meine Schwester Margit hat Medizin studiert. Als unser Vater starb, arbeitete sie gerade an ihrer Promotionsschrift, war also noch nicht fertig, um die Praxis meines Vaters zu übernehmen. Sie hat dann im Krankenhaus in Kempten angefangen. Nach dem Tod unserer Eltern musste das Erbe geregelt werden. Haus, Grundstück und ein wenig Barvermögen. Mit Margit einigte ich mich, dass sie das Haus erhalten sollte, ich nur Wohnrecht. Nach und nach sollte sie mir mein Erbe auszahlen. Denn sie brauchte selber Geld, um die veraltete Arztpraxis zu modernisieren. Mein Großvater, auch Arzt, hatte sie einst eingerichtet. Vom großen Grundstück verkaufte Margit den riesigen Garten hinterm Haus, den meine Mutter hingebungsvoll gepflegt hatte. Es verblieb nur noch ein winziges Stück von dem einst immensen Grundstück hinter der Villa. Ich erbte einen beträchtlichen Teil der Verkaufssumme. Das war mein Verhängnis.«

3

Bruder Lazarus schwieg, als wolle er nichts über sein Verhängnis, wie er es nannte, erzählen. Ich ließ ihn eine Weile schweigen. Gerade als ich Luft holte, um nachzuhaken, begann er leise zu sprechen und berichtete vieles aus seinem Leben. Von seinen Eltern, von der Berufsausbild, von seinen Wanderjahren, seinen Kollegen und den Städten und Dörfern, in denen er gelebt hatte. Nach einer kurzen Verschnaufpause wechselte er von einem heiteren in einen ernsten Ton.

»Ich bin nicht stolz darauf und will mir auch nicht mit meiner Trinkfestigkeit auf die eigene Schulter klopfen. Denn wenn man sich nicht für die Person schämt, die man früher einmal war, hat man nichts hinzugelernt.«

»Na, na, so schlimm wird es wohl nicht sein«, warf ich ein.

»Ich erzählte ja bereits, dass ich als Zimmermannsgeselle durch die Lande walzte. Bier war das Lieblingsgetränk auf Baustellen. Bei Richtfesten wurden dann auch härtere Sachen geboten. Ich ließ mein Glas gerne nachfüllen und war an nächsten Tag oft nicht zu gebrauchen. Die meister Bauherren drückten ein Auge zu, denn ich war ein guter Handwerker. Nachdem unsere Eltern gestorben waren, und meine Schwester Margit mir die erste Rate aus dem Erbe überwies, da verlor ich den Boden unter den Füßen. Zwanzigtausend Euro. Ich hatte noch nie soviel Geld auf einmal auf meinem Konto gehabt. Sicher, ich verdiente gut, aber ich lebte auch gut, auf größerem Fuß, als es ein Zimmermann sollte, wenn du verstehst, was ich meine.«

Lazarus legte wieder eine Pause ein, als wolle er mir die Details seines fragwürdigen Lebenswandels ersparen.

»Ich bin nicht sicher, was du meinst«, stocherte ich neugierig nach.

Er raschelte im Heu und wendete sich vermutlich zu mir. Aber weil es dunkel war und gerade nicht blitzte, konnte ich sein Gesicht nicht sehen und seine verständnislose Miene höchstens erahnen.

»Wein, Weib, Gesang«, sagte er lauter als nötig. »Schon mal gehört?«

»Okay, ich hab verstanden, wollte nur sicher gehen.«

»Nachdem ich das viele Geld hatte, hatte ich auch jede Menge Freunde. Ich kündigte und gab eine Party nach anderen. Irre. Wenn ich heute daran denke wird mir übel. Bei der letzten Party bin ich dann aus den Latschen gekippt. Koma und Herzstillstand. Irgendjemand hatte mir etwas ins Glas geschüttet, was dort nicht hineingehört. Denn normalerweise vertrage ich 'ne Menge Alkohol.

Lazarus schwieg wieder. Ich wollte nicht erneut nachbohren und verlor ebenfalls kein Wort. Nach einiger Zeit nahm er den Faden unaufgefordert auf.

»Was ich dir jetzt berichte, musst du mir einfach glauben. Wenn ich es nicht selber erlebt hätte, würde ich es jedenfalls nicht glauben. Ich hatte zuvor zwar schon davon gehört, es aber in der Schublade für Spinnereien abgelegt. Hast du dich schon mit Nah-Tod-Erlebnissen befasst, oder gar selber eines erlebt?«

»Gehört, ja. Selber erlebt, nein.«

»Ich hatte ein Nah-Tod-Erlebnis. Damals, als ich während der Party ins Koma fiel. Zunächst war alles dunkel und undefinierbar. Dann schwebte ich plötzlich über dem Rettungswagen, der mich ins Krankenhaus brachte. Ich sah, wie sie meinen Körper aus dem Wagen zogen, mich auf eine Bahre mit Fahrgestell hievten und schnell ins Krankenhaus schoben. Ich wunderte mich, warum die Sanitäter rannten und ein Arzt im Laufschritt meine Hand ergriff. Eine Tür flog auf, ein Schild *Intensivstation*. Ich schwebte über ihnen. Niemand schien mich zu bemerken. Ich hörte die Anweisungen des Arztes. Sie versuchten, mein Herz mit einem Defibrillator zu beleben. Mein Brustkorb erzitterte und hob sich leicht. Ich schwebte über allem und fühlte nichts. Irgendetwas zog mich sanft aus dem Raum, fort aus dem Krankenhaus. In der Ferne sah ich ein helles Licht wie am Ende eines Tunnels. Enorm schnell näherte ich mich dem Licht, ohne irgend einen Fahrtwind zu empfinden. Im Licht erblickte ich eine weiß gekleidete Gestalt. Dessen langes Gewand strahlte von einer Helligkeit, wie ich sie noch nie gesehen hatte. Sein männliches Gesicht leuchtete mit gleicher Intensität, ließ mich aber nicht erblinden. Es waren angenehme Lichtstrahlen. *Deine Zeit ist noch nicht gekommen*, sagte er sanft. Wie am Ende mancher Filme blendete die Szene unverhofft aus. Es wurde stockfinster und wieder hell, aber bei weitem nicht so hell wie zuvor. Ich sah in das grelle Licht des Krankenhauszimmers und die weiße Decke über mir.

Er ist wieder da, hörte ich den Arzt sagen. In meinem Kopf hämmerte irgend wer ohrenbetäubend, als solle die Schädeldecke zertrümmert werden, das Zimmer begann zu schwanken, es wurde wieder dunkel.

Später erfuhr ich, dass man mich in ein künstliches Koma versetzt hatte, nach der erfolgreichen Wiederbelebung. Irgendwann erwachte ich in einem gewöhnlichen Krankenhausbett und wollte aufstehen. Doch eine gemeine Schwäche machte mir zu schaffen und ließ mich wieder aufs Lager sinken. Erst nach zwei Tagen durfte ich das Krankenhaus verlassen.«

Bruder Lazarus verstummte kurz und fragte mich dann: »Und, kannst du das glauben?«

»Warum nicht?«

»Mal ehrlich, klingt doch fragwürdig, oder?«

»Was haben die Ärzte über deinen Zustand und das Erlebnis im Jenseits, wenn ich es mal so nennen darf, gesagt?«

»Während der Fahrt ins Krankenhaus habe mein Herz aufgehört zu schlagen. Man habe einen Alkoholgehalt von über zwei Promille ermittelt und Rückstände einer harten Droge in meinem Blut gefunden. Deshalb sei ich nach der Wiederbelebung sogleich ins künstliche Koma versetzt worden, damit der Körper das Gift besser abbaue. Über mein Nah-Tod-Erlebnis erzählte ich den Ärzten nichts. Ich fürchtete, die würden das nicht ernst nehmen, mich vielleicht sogar auslachen. Aber mit einer Krankenschwester sprach ich darüber. Sie war in unserem Alter, Nonne und lebte in einem Kloster. Zur Arbeit kam sie ins Krankenhaus. Ich verabredete mich mit ihr. Wir trafen uns nach meinem Krankenhausaufenthalt in einem Café. Aufmerksam lauschte sie meinem Bericht und sagte dann: *Das kommt häufiger vor, als allgemein bekannt ist. Die Wissenschaft ist über derartige Berichte geteilter Meinung. Für mich ist es ein Beweis, dass das Leben nach dem Tod weiter geht. Die Seele, manche sprechen vom Geist, lebt nach dem Tod weiter, während der physische Körper im Grab zu Staub zerfällt.* – Die Erklärung der Nonne leuchtete mir ein. Denn ich hatte es erlebt. Ich war nicht tot gewesen. Obwohl, wie die Ärzte festgestellt hatten, über zwei Promille und eine Droge meinen Körper lahmlegten, war ich völlig klar im Kopf gewesen, hatte ganz deutlich gesehen und gehört, was sie mit mir anstellten. Wie normal, völlig normal, hatte ich alles wahrgenommen.«

»Ein beeindruckendes Erlebnis«, sagte ich in die Stille, als Bruder Lazarus schwieg.

»Ja, das Erlebnis hat mich ins Kloster geführt. Im

Krankenhaus machte man mich auf einige Baustellen in meinem Köper aufmerksam, verordnete mir absolute Abstinenz und versorgte mich mit unzähligen Ratschlägen. Bei Nichtbefolgung müsste ich den Löffel wahrscheinlich noch vor Weihnachten abgeben. Es war Juni. Mir würde also noch ein halbes Jahr bleiben. Ich entschloss mich, mein Leben radikal zu ändern. Meine alten Freunde würden mich dabei behindern. Deshalb ging ich ins Kloster.«

»Also nicht aus religiösen Gründen?«, fragte ich.

»Wenn du so willst, nein. Ich wollte leben. Und das Leben im Kloster gefällt mir erstaunlich gut. Das hatte ich nicht erwartet. Es gibt eine ehrliche Gemeinschaft. Feste und gute Regeln. Man ist versorgt, kümmert sich umeinander und braucht nicht dem neuesten Trend nachlaufen. Die Kleidung ist einfach, wird aber je nach beruflicher Tätigkeit bei Notwendigkeit abgelegt. Ich kann meine Fähigkeiten als Zimmermann einbringen und war schon bei vielen Reparaturen im Kloster gefragt. Eigentum ist im Kloster verpönt. Was zur Ausübung des Berufs notwendig ist, ist selbstverständlich erlaubt. Das entscheidet der Abt, also der Klostervorsteher. Einer unserer Mönche ist Chirurg. Der hat ein Handy von der Klinik, damit er in Notfällen erreichbar ist. Jeder Mönch kann ein Handy haben, aber er muss selber die Kosten tragen, von seinem bescheidenen Taschengeld. Ich bin bisher ohne ausgekommen. Ansonsten besitzt jeder außer seiner Kleidung nur Kleinigkeiten, ein Schachspiel, ein altes Radio, einen Fußball und so weiter. Alles Dinge, an die man nicht versucht ist, sein Herz zu hängen. Ich habe zum Beispiel einen Laptop, damit ich im Internet die besten Preise ermitteln kann, falls für Reparaturen etwas gebraucht wird, was wir nicht im Kloster haben. Und das ist oft der Fall, weil die Klostermauern, die Installationen und das Inventar uralt sind. Da sind immer wieder Ersatzteile gefragt, die du nur im Internet findest. Die bescheidenen persönlichen Dinge lenken nicht vom Klosterleben ab und fördern die Kreativität. Außerhalb der Klostermauern unterscheiden sich kleine Jungs und ausgewachsene Männer doch hauptsächlich durch den Preis ihrer Spielsachen, stimmts?«

Ich schmunzelte vor mich hin. Vermutlich spielte er auf meine wie fabrikneu wirkende Kombilimousine an. Doch darüber wollte ich nicht mit ihm diskutieren. Deshalb fragte ich: »Nimmst du auch Beichten ab und leitest Gottesdienste.«

»Nein, das darf ich nicht. Ich habe keine Ausbildung als Geistlicher. Dafür gibt es die Patres. Davon haben wir auch einige im Kloster. Könnte ich auch werden, wenn ich das geforderte Studium absolvieren würde. Abitur habe ich ja, darauf bestanden meine Eltern. Vermutlich bin ich in ganz Deutschland der einzige Zimmermann mit Hochschulreife.«

»Und Familie, warst du schon verheiratet? Kinder? Oder bist du schwul?«

»Nein, ich war noch nie verheiratet. Von Kindern weiß ich nichts. Wie ich schon andeutete, es gab die eine oder andere Beziehungskiste. Alles nur von kurzer Dauer. Schwul? Keineswegs. Wollte ich eine Familie gründen, müsste ich zurück ins normale Leben. Ich fürchte, dann würde ich rückfällig werden, Alkohol und so. – Weißt du was, Thomas? Ich sollte schon lange schlafen. Die Mönche in meinem Kloster stehen um vier Uhr auf und beginnen den Tag mit persönlichem Gebet, mit Chorgesang und gemeinschaftlichem Gebet, noch vor dem Frühstück. Damit man um die Zeit ausgeschlafen ist, muss man natürlich entsprechend zeitig ins Bett. Fast zwei Jahr praktiziere ich nun schon den Rhythmus, weshalb ich morgens immer automatisch um vier Uhr erwache. Das wird auch morgen so sei. Kümmer dich also nicht um mich, falls ich dich versehentlich wecken sollte. Ich werde versuchen, leise zu sein. Bis jetzt hast du nicht viel über dich preisgegeben. Bin gespannt auf deinen Bericht. Kannst mir ruhig von den Leichen in deinem Keller erzählen. Hab ich längst gecheckt, dass du was verbergen möchtest. Keine Angst, ich renn nicht zur Polizei. Gute Nacht.«

»Gute Nacht«, antwortete ich.

Bruder Lazarus kuschelte sich ins Heu und schnurrte sogleich wie ein ausgewachsener Kater. Er schien längst im Reich der Träume zu sein, während ich noch lange seinem Bericht nachhing. Es donnerte und blitzte nicht mehr. Der Regen trommelte auch nicht mehr aufs Dach des Heustadels. Ich sah durch den offenen Eingang hinaus in die stille dunkle Nacht. Gelegentlich rissen die Wolken auf und ein oder zwei Sterne schauten zu mir herab. Von der Überraschung am nächsten Morgen ahnte ich nichts.

4

Sonnenstrahlen fielen durch die Ritzen der Bretter-
wand des Heustadels, als ich erwachte. Halb sieben, verriet meine Armbanduhr. Für mich die normale Zeit, um
aufzustehen. Ich lauschte, doch Bruder Lazarus' Schnur-
ren hörte ich nicht. Vermutlich verrichtete er draußen
seine Gebete wie letzte Nacht angekündigt. Ich entschied,
noch zehn Minuten zu schlafen, und kuschelte mich erneut ins weiche Heu. Dieser Duft getrockneter Blumen
und Kräuter im Gras, betörend. Vermutlich wucherte dazwischen auch schlafförderndes Gemüse. Auf der Wiese
wachsen ja nicht nur gewöhnliche Graspflanzen. Alle
Menschen sollten im Heu schlafen.

Als ich wieder erwachte, war es halb acht. Warum
hatte Lazarus mich nicht geweckt? Von seinem Lager
hinter dem Heuballen hörte ich keinen Laut. Womöglich
turnte er draußen herum oder jagte einem Hasen nach,
unter Umständen auch einem Rebhuhn. Gegrilltes Fleisch
zum Frühstück, das würde mir gefallen. Dazu ein Spie-
gelei, das Gelbe noch flüssig. So mag ich es. Frische
Brötchen und duftenden Kaffee in feinen Porzellantassen.
Vor meinem geistigen Auge sah ich Bruder Lazarus mit
einem großen Tablett in den Stadel hereinkommen. Vorsichtig stellte er das Tablett auf unseren Tisch aus einem
Heu-Quaderballen. Beim Wachwerden fließen nicht
selten bizarre Träume in die Realität.

Ohne einen Blick auf das Lager von Bruder Lazarus
hinter dem Heuballen zu werfen, erhob ich mich und trat
ins Freie. Mein Auto stand immer noch am Straßenrand,
wo ich es gestern abgestellt hatte. Von Lazarus keine
Spur. Es hing auch kein ausgenommener Hase am Stadel-
pfosten. Manche Träume werden Wirklichkeit. Ob er
noch jagte? Vielleicht hatte er nicht gleich die passenden

Kräuter zum Würzen gefunden und war noch am Suchen wie der Druide bei Asterix und Obelix. Ob er auch eine kleine goldene Sichel in seinem Gewand bei sich trug? Oder er sammelte im Wald trockenes Holz für die Feuerstelle. Heu lag hier genügend, aber es eignet sich nicht zum Grillen.

Unvermittelt durchzuckte mich ein böser Gedanke. Ob er sich heimlich davongemacht hatte? Reflexartig tastete ich meine Jacke und die Hosentaschen ab. Brieftasche, Autoschlüssel, Taschentuch, alles noch da. Sogar die beiden Hunderter steckten an ihrem Platz in der Geldbörse. Ich sah zurück in den Heustadel. Nein, sein nostalgischer Rucksack lag noch auf dem Heuballen und daneben der schwarze Hut. Beides hätte er sicher mitgenommen, falls er abgehauen wäre. Ob er hinter dem Heustadel sein Geschäft verrichtete? Ich ging um den hölzernen Schuppen. Weit und breit kein Mönch. Die Sache gefiel mir nicht. Ein ungutes Gefühl stieg in mir auf. Wo steckte er, mein Zwillingsbruder?

Ich betrat wieder den Heustadel und sah hinter den Heuballen, wo sich Bruder Lazarus letzte Nacht eingemummelt hatte. Fast hätte ich ihn übersehen. Nur seine Nase und die geschlossenen Augen schauten aus dem getrockneten Gras.

»Was ist, du Frühaufsteher?«, fragte ich laut. »Legst du dich nach den Gebeten immer gleich wieder schlafen?«

Er schlug nicht die Augen auf, was ich erwartet hatte. Wollte er mit mir albern? Sollte er haben. Ich schleuderte ihm ein Heubüschel ins Gesicht. Nun war nichts mehr von ihm zu sehen. Keine Reaktion. Ich warf mich auf ihn, zumindest dorthin, wo ich seinen Körper unter dem getrockneten Gras vermutete. Er rührte sich nicht. Ich schob das Heu von seinem Gesicht und legte den Daumen auf ein Lid, um das Auge gewaltsam zu öffnen. Erschrocken fuhr ich zurück. Seine Haut war kalt, das Auge hatte mich für den Bruchteil einer Sekunde angestarrt und das Lid schloss sich langsam wieder. Ich schob noch mehr Heu zur Seite und deckte seine Brust frei. Angespannt sah ich auf seinen Brustkorb. Da hob sich nichts. Seine Hand war ebenfalls kalt. Ich beugte mich nieder und legte mein Ohr auf die Stelle, wo ich das Herz vermutete. Absolute Stille. In Filmen kam es immer wieder vor, dass der Kommissar dem vermeintlich toten zwei Finger an den Hals legte, kurz wartete und dann den Kopf schüttelte zum Zeichen, dass nichts mehr zu machen sei. Ich tat das Gleiche und legte dem Mönch zwei Finger an den Hals. Außer der kalten Haut verspürte ich nichts.

Ich erhob mich und sah auf Bruder Lazarus hinab. Verdammt! Unverhofft traf ich meinen Zwillingsbruder, wollte ihn kennenlernen und nun lag er tot im Heu. Woran mochte er gestorben sein? Schlaganfall? Herzinfarkt? Ich kannte weder für das eine noch für das andere die entsprechenden Symptome. Verdammt, was sollte ich machen?

Ich trat ins freie. Auto kaputt, kein Netz fürs Handy und weit und breit immer noch keine Menschenseele zu sehen. Vögel zwitscherten und die Blumen auf der Wiese strahlten, als wäre heute der schönste Tag ihres Daseins. Erneut betrat ich den Heustadel und sah auf den Mönch hinab. Er hatte sich nicht gerührt. Kein Zweifel, er war tot. Ich kann mich nicht erinnern, wie lange ich so auf den Leichnam starrte. Was sagte meine innere Stimme? Offenbar war sie im Stimmbruch und gab deshalb nicht den geringsten Laut von sich. Keine Ahnung woher, aber jäh schoss eine Idee in mein Gehirn wie der buchstäbliche Blitz aus heiterem Himmel. Nein, genau genommen war es keine neue Idee. Schon längere Zeit plante ich, den Betrieb und die Familie zu verlassen, für immer. Zu schmerzhaft hatte die Zurückweisung mich getroffen, dass ich eigentlich nicht zur Familie gehörte. Niemand sprach das je laut aus. Womöglich empfanden meine Adoptiveltern und ihr Sohn es nicht einmal. Meine Frau ging fremd und liebte mich nicht. Alle behandelten mich weiterhin freundlich. Den wirklichen Anstoß für meine geheimen Plänen löste das hinterhältige Verhalten meines Adoptivvaters und meines jüngeren Bruders aus. Verschiedene Entwürfe für ein neues Leben hatte ich begraben, weil sie mir undurchführbar schienen. Mehr als einmal hatte ich aufgegeben, neue Szenarien durchzuspielen, dann aber doch wieder absurde Ideen verfolgt. Und nun, ganz unerwartet, lag buchstäblich eine neue Zukunft vor mir. Die Umstände trieben mich unverzüglich zur Tat an.

5

Ich kniete mich nieder und wollte dem Mönch die Schuhe ausziehen. Aber unter dem beiseitegeschobenen Heu sah ich nur zwei Füße in dunkelbraunen Socken. Wo waren seine Schuhe? Er hatte gestern doch Schuhe getragen. Da war ich mir völlig sicher. Oder lief er barfuß durch die Lande? Ich wühlte im Heu und fand seine Fußbekleidung nicht weit neben den Waden. Zum Schlafen hatte er sie ausgezogen wie ich. Nur keine Panik.

Ich erhob mich und sah zwischen zwei Brettern der Stadelwand in Richtung Straße. Immer noch kein Mensch zu sehen, also schnell weitermachen, bevor sich doch noch jemand in diese Einöde verirrte.

Ich wandte mich wieder dem toten Bruder Lazarus zu und zog ihn aus, bis er nackt vor mir lag. Wer stirbt, hat es nicht anders verdient. Anschließend entkleidete ich mich und legte die Unterwäsche und den Habit des Mönchs an. Es passte. Kein Wunder, unsere Körper glichen einander, wie zwei Hühnereier, bevor sie in die Pfanne gehauen werden. Ich bemerkte bei der Aktion sogar sein Muttermal am linken Unterarm, wie bei mir. Der Habit roch muffig und leicht nach Mottenkugeln. Offenbar war er eine Ewigkeit nicht gewaschen worden. Das würde ich sobald als möglich nachholen. »Der neue Bruder Lazarus«, sagte ich laut in die Morgenstille. Gerne hätte ich mein Spiegelbild bewundert, aber es gab keinen Spiegel im Heustadel.

Ein Blick durch die Schlitze der Stadelwand verriet mir, dass sich an meinem Auto immer noch niemand zu schaffen machte. Auf der Straße war ebenfalls kein Mensch zu sehen. Ich wandte mich von den Brettern ab und schnappte mir mein Unterhemd. Sogleich begann ich, dem Mönch meine Kleidung anzuziehen. Das gestaltete sich problematischer als erwartet. Denn Bruder Lazarus half kein bisschen mit. Ein toter Mensch ist verdammt schwer. Achtzig Kilo Lebendgewicht anzuheben, war eine echte Herausforderung für mich. Aber das war noch gar nichts gegen achtzig leblose Kilos. Die wiegen mindestens doppelt so viel. Allein, dem ehemaligen Bruder Lazarus das Unterhemd anzuziehen, trieb mir den Schweiß auf die Stirn. Zu allem Leid bemerkte ich, dass sich zwischen Körper und Feinripp Heu geschoben hatte. Das ging bei allem, was recht ist gar nicht. Was würde der Arzt denken. Was heißt denken, er würde es umgehend der Polizei melden. Und die, ich mochte mir gar nicht ausdenken, was dann geschah. Eine Untersuchung würde die nächste jagen. Nein, getrocknetes Gras unter der Bekleidung, weg damit. Aber wie konnte ich verhindern, dass sich die Halme und Kräuter erneut einschlichen? Der Mann lag auf Heu. Überall im Stadel lag der getrocknete Wiesenschnitt, selbst davor. Ich konnte den Mann ja nicht in der Luft haltend ankleiden. Eine Unterlage ohne Heu. Das wäre die Lösung. Eine Decke aus dem Auto? Nein, in meinem Wagen lag keine Decke. Nachdem ich mich auf einen Heuballen gesetzt hatte, fiel mir auf, dass zwischen meinen Oberschenkeln keine Lücke klaffte. Stoff, dunkelbrauner Stoff spannte sich über meinen Knien. Die Lösung. Geschwind entledigte ich mich des Habits und breite es neben dem toten Bruder Lazarus aus. Anschließend rollte ich seinen Körper auf den braunen Stoff. Wunderbar. Dennoch schafften es einige Halme mitzuwandern, die ich verbissen davon schleuderte.

Der Habit erwies sich nicht nur als sinnvolle Arbeitsunterlage. So brauchte ich es nach getaner Arbeit nicht auswringen. Denn ich kam mächtig ins Schwitzen. Zufrieden sah ich auf mein Werk, der Geschäftsmann

Markus Baumann lag tot vor mir im Heu, nein, auf dem Habit. Schnell rollte ich ihn ins Heu, nun war alles perfekt. Hurtig streifte ich die Kutte über, die Verwandlung war gelungen.

Noch einen Blick in die Brieftasche, Ausweis, Kreditkarten, Bankkarte, Organspendeausweis, Geld, alles steckte dort, wo ich es gewohnt war. Als ich die Brieftasche ins Jackett zurückstecken wollte, zögerte ich. Brauchte der Tote neben den kleinen Scheinen wirklich zwei Hunderter. Nein, es wusste ja niemand davon. Ich würde die Banknote sicher besser einsetzen können. Als ich sie in die abgewetzte Geldbörse des Mönchs stecken wollte, fand ich das gute Stück nicht im Rucksack. Wo war das kleine Ledertäschchen, aus dem er den Personalausweis gezogen hatte? Hatte er es im Heu unter seinen Kopf gelegt? Musste ich nun etwa den ganzen Heuhaufen durchwühlen? Verdammt. Nein, er hatte die Geldbörse aus seiner Kluft gezerrt. Er hatte den Ausweis in der rechten Hand gehalten. Rechts musste es ein Tasche im Habit geben. Ich ertastete einen flachen Gegenstand über der Hüfte, die Geldbörse. Sie steckte unter einer Falte in einer geheimen Tasche mit Reißverschluss. Nachdem ich die Hunderter darin verstaut hatte, sah ich mir meinen *neuen* Personalausweis genauer an. Es war ein altes Dokument ohne Datenchip. Außerdem bereits vor einem Jahr abgelaufen. Wunderbar, nun konnte ich mir auch noch einen neuen Ausweis mit meinen echten Fingerabdrücken ausstellen lassen. Die *Auferstehung* des Mönchs wurde immer perfekter.

Nachdem ich alle Spuren meiner Anwesenheit im Heustadel zerstreut und unkenntlich gemacht hatte, lag nur noch der tote Geschäftsmann Markus Baumann im Heu, gekleidet wie ihn jeder im Büro und aus der Öffentlichkeit kannte. Zufrieden trat ich im Habit eines Mönchs aus dem Heustadel und ging auf die Straße zu. Kurz bevor ich sie erreichte, stieg ein seltsames Gefühl in mir auf. Ein Gefühl, dass ich kannte. Es meldete sich immer, wenn ich etwas vergessen hatte, mir aber nicht einfallen wollte, was. Ich blieb stehen und dachte nach, was hatte ich vergessen? Als ich an die erste Begegnung mit Bruder Lazarus dachte, fiel es mir ein. Er hatte einen Pilgerstab bei sich gebt, einen einfachen aber kräftigen Haselnussstab.

Ich eilte zurück zum Heustadel. Wo war der Pilgerstab. Hatte er ihn im Heu verbuddelt? Den wollte ich nicht noch einmal durchwühlen. Ratlos sah ich mich um. Und da stand er, innen an den rechten Pfosten des offenen Stadelzugangs gelehnt. Ich ergriff ihn und marschierte zur Straße. Ein Blick nach rechts, ein Blick nach links, kein Fahrzeug und kein Mensch weit und breit. Mein Auto verharrte am Straßenrand wie tags zuvor. Zufrieden marschierte ich los, Richtung Bellabeuren.

6

Meine neue Identität gefiel mir. Man würde meinen Kombi auf der Straße und mich, besser gesagt, meine Leiche, im Heustadel finden. Kfz-Nummernschild, Ausweispapiere, Passbild, alles klar: Markus Baumann war am Schlaganfall, oder was auch immer, gestorben. Weitere Schritte zur Identitätsermittlung wären nicht nötig. Selbst meine Frau und meine Eltern würden in der Leichenhalle übereinstimmen nicken. Was war ich für ein Glückspilz, so einfach meine Identität zu wechseln. Gangster müssen dafür ordentlich bezahlen. Obendrein gab es bei einer gekauften Identität stets Mitwisser, die lästig werden konnten. Bei mir hingegen gab es keine Zeugen. Sicherheitshalber sah ich mich auf der Straße alle fünfzig Schritte noch einmal sorgfältig um. Nein, weit und breit keine Menschenseele.

Nach gefühlten drei Kilometern zu Fuß, näherte ich mich auf der Landstraße einem Mischwald, in den die Straße eintauchte. Ahorn, Buchen, Linden wuchsen wild durcheinander. Dazwischen kämpften Kiefern und Fichten um einen Platz an der Sonne. Auch eine Lärche stand am Waldrand. Kaum, dass ich die ersten Bäume passiert hatte, knatterte es fürchterlich rechts hinter den Büschen im Unterholz. Kurze darauf sah ich den Lärmverursachen, ein alter, kleiner, roter Traktor, in dessen Auspuff sich offenbar ein Loch um Vergrößerung abmühte. Hinter sich zog er auf dem Waldweg einen kurzen Anhänger, beladen mit meterlangen Buchenstämmen von etwa 25 Zentimeter Durchmesser. Der Fahrer bog nach rechts auf die Landstraße ein und hielt am Straßenrand. Vermutlich beobachtete er mich im Rückspiegel. In zwei Minuten würde ich ihn eingeholt haben.

»Wollen Sie mitfahren, Pater?«, fragte mich der rotgesichtige und wohlgenährte Traktorfahrer, kaum, dass ich seitlich am Fahrzeug stand. Ich schaute womöglich etwas pessimistisch drein, weshalb der Mann hinzufügte. »Nicht auf dem Hänger. Hier neben mir. Ist zwar kein Luxussitz, aber vielleicht besser als Laufen. Wo wollen Sie denn hin?«

»Nach Bellabeuren. Danke für das Angebot. Ich nehme es gerne an.«

»Das trifft sich gut. Denn dorthin fahre ich.«

Ich kletterte auf den Traktor und setzte mich auf die kleine Metallbank links neben dem Fahrer. Der rotgesichtige Mann sah mich von unten bis oben an.

»Irgendwie kommen Sie mir bekannt vor«, sagte er und kniff die Augen zusammen, als würde sein Gedächtnis mit den Falten über der Nase besser arbeiten. Sein Langzeitgedächtnis befand sich vermutlich im Schlummermodus und musste erst geweckt werden.

»Ich bin Bruder Lazarus«, stellte ich mich vor.

»Albert, Albert Meier.«

Er sah mich aus seinen braunen Augen immer noch scharf an und versuchte nicht, den Traktor zu starten. Vermutlich rüttelte sein eiserner Wille an jenen Synopsen im Gehirn, hinter denen sich in einem gemütlichen Stübchen das Langzeitgedächtnisses verschanzt hatte.

»Mit bürgerlichen Namen heiße ich Thomas Schütze und komme ursprünglich aus …«

»Genau, der Thomas«, lachte Albert Meier los. »Wusste ich doch, dass ich dich kenne. Der Sohn vom alten Dr. Schütze. Die junge Frau Doktor, hat erzählt, dass ihr Bruder ins Kloster gegangen ist. Das bist du. In der Kutte habe ich dich nicht gleich erkannt. Sachen gibt's.« Er lächelte vor sich hin und startete den Traktor.

Während der Fahrt redete er auf mich ein, warum ich ihn nicht beim Namen genannt hätte. Ich müsse ihn doch von früher kennen. Nun gut, er habe in den letzten Jahren zugenommen. Wir hätten uns ja auch schon eine Ewigkeit nicht mehr gesehen. Das laute Knattern des Traktors boykottierte eine entspannte Unterhaltung. Deshalb verstummten wir beide, was mir recht war. Ich wünschte, Alberts tiefsinniges Schweigen würde niemals enden und atmete die frische Waldluft bewusst ein. Nach dem Regen der letzten Nacht schienen alle Bäume und Kräuter mit ihren intensiven Düften im Wettstreit zu stehen. Herrlich. Innerlich frohlockte ich, nicht so sehr, weil ich mitfahren konnte, sondern, weil Albert Meier meine neue Identität nicht im Geringsten anzweifelte. Nach einer halben Stunde endete der Wald und abgeerntete Stoppelfelder und gepflügter Acker machten sich links und rechts der Straße breit. In der Ferne sah ich Dächer und Häuer eines Dorfes. Nach einiger Zeit fuhren wir am Ortsschild von Bellabeuren vorbei. Links ein Bauernhof, rechts Einfamilienhäuser. Wo würde Albert Meier mich absetzen? Ich war ja noch nie in Bellabeuren gewesen. Das Dorf schien aus einer großen Durchfahrtsstraße mit kleinen Querstraßen und Wegen zu bestehen. Hoffentlich nahm er mich nicht zu sich nach Hause mit. Wer weiß, wem ich dort begegnen und welche Ereignisse dort aufgewärmt werden würden, von denen ich keine Ahnung hatte. Am liebsten würde ich erst einmal allein sein und mich orientieren. Albert tuckerte in sich gekehrt weiter durch den Ort. Wir näherten uns einer Kirche mit Zwiebelturm. Doch bevor wir sie erreichten, bog Albert links in eine Seitenstraße. Nach etwa fünfzig Metern stoppte er abrupt und stellte den Motor ab.

»So, da wären wir«, sagte er.

Er hatte vor einer beige verputzten Villa mit einer einladenden hellbraunen Tür und großen, weiß eingefassten Fenstern gehalten. Über dem Erdgeschoss ruhte ein erstes und einziges Stockwerk. Dunkelbraune Dachziegel bedeckten das Walmdach. Ein kleiner, von einer meterhohen grünen Hecke umgebener Vorgarten umgab das Gebäude zur Straße hin. Am gemauerten Torpfosten aus roten Ziegelsteinen prangte ein weißes Schild mit der Aufschrift: »Dr. Margit Schütze, Allgemeinmedizin«.

Ich bedankte mich überschwänglich und betonte, dass es doch nicht nötig gewesen sei, mich bis vor die Haustür zu fahren. Denn ich müsse zunächst den Haustürschlüssel abholen, im Rathaus.

»Ach so. Aber das ist ja gleich da drüben«. Er zeigte mit dem Daumen rückwärts in Richtung Hauptstraße. »Also dann, bis demnächst.«

Ich war von Traktor gestiegen. Albert startete den Motor seiner Zugmaschine und fuhr laut knatternd geradeaus weiter. Ich sah ihm nach, bis er am Ende der Hausreihe rechts in einen Weg einbog. Das Knattern wurde leiser. Dann drehte ich mich um und ging zur Hauptstraße, von der wir abgebogen waren. Hoffentlich müsste ich auf der Suche nach dem Rathaus nicht durch das ganze Dorf irren. Als Alteingesessener, der ich vorgab zu sein, würde das keinen guten Eindruck machen.

7

An der Hauptstraße angekommen, sah ich quer gegenüber ein quadratisches Gebäude, das ich als Rathaus einschätzte. Ich hatte mich nicht getäuscht. »Rathaus« stand in großen Lettern über dem Eingang. Nachdem ich die schwere Tür geöffnet hatte, befand ich mich in einem kühlen Hausflur. Direkt vor mir eine Tür mit der Aufschrift, »Bürgermeisteramt«. Ich trat ein.

»Ah, da sind Sie ja endlich«, begrüßte mich eine bildschöne Frau um die dreißig, von ihrem Schreibtisch hinter dem Schalter aufblickend. »Ich dachte schon, Sie würden es nicht rechtzeitig schaffen. Am Freitag schließen wir nämlich etwas früher.«

»Das Gewitter hielt mich auf.«

»Sind Sie zu Fuß gekommen?«

»Teilweise, das letzte Stück nahm Albert mich auf seinem Traktor mit.«

»Ja, ja, der Albert, ich habe ihn vorhin gehört.«

In Bellabeuren schien jeder jeden zu kennen. Ob die Dame hinter dem Schalter mich ebenfalls kannte, beziehungsweise meinen Zwillingsbruder, von früher? Wie auch immer, sie hatte mich erwartet. Obwohl, nicht verwunderlich, denn in diesem Rathaus kündigte sich gewiss nicht täglich ein Mönch an.

»So, sie müssen hier dem Empfang des Hausschlüssels bestätigen.«

Die Dame hatte sich von ihrem Stuhl erhoben und kam mit einem DIN A4 Blatt in der Hand auf mich zu. Verdamm! Unterschrift. Warum hatte ich nicht früher daran gedacht. Ich musste jetzt ja als Bruder Lazarus unterschreiben. Oder als Thomas Schütze? Was hatte in seinem Personalausweis gestanden, wie hatte er dort unterschrieben?

»Ist Ihnen nicht gut?«, fragte die bildhübsche Dame besorgt hinter dem Tresen. Offenbar bemerkte sie meine verzweifelte Miene.

»Entschuldigung, aber ich müsste ganz schnell auf die Toilette. Bin gleich wieder da«, sagte ich spontan und drehte mich zur Tür um.

»Erster Stock links«, rief sie mir hintendrein.

Wie praktisch, so brauchte ich wenigstens nicht das ganze Rathaus nach dem stillen Örtchen absuchen. In der winzigen, sauberen Zelle kramte ich den Personalausweis aus der versteckten Tasche des Habits und setzte mich auf den Deckel über dem Keramiktopf. Eingehend studierte ich die Unterschrift des verstorbenen Zwillingsbruders. Noch eine Parallele: Die Schriftzüge glichen meiner Handschrift. Es sollte also kein Problem sein, den Namenszug zu kopieren. Ich riss ein Stück Toilettenpapier ab, legte es auf das rechte Knie und wollte darauf die Signatur üben. In der Tasche hatte ich einen Bleistiftstummel gefunden. Wer jemals probiert hat, mit einem Bleistift auf Klopapier zu schreiben, weiß um die Problematik. Drückte ich zu fest auf, riss das Papier. Versuchte ich es mit sanftem Andruck, hinterließ der Stift eine kaum sichtbare Spur. Nach einigen Versuchen gab ich auf und spülte das Übungsblatt hinunter.

Mutig stieg ich die Treppen hinab und betrat wieder die Amtsstube. Es galt Würde auszustrahlen. Die Dame sah mich mit großen blauen Augen an, als erwarte sie einen Vollzugsbericht. Ich tat ihr den Gefallen.

»Alles in Ordnung.«

»Wunderbar, dann bitte hier unterschreiben. Und hier sind die Schlüssel.« Sie legte ein Lederetui auf den Tresen, aus dem einige Metallteile hervorlugten.

»Wollen Sie gar nicht meinen Ausweis sehen?«, fragte ich und legte den Personalausweis neben das Empfangsdokument. So hatte ich die Originalsignatur im Blick, was mir das Kopieren erleichtern würde.

»Oh, ich sah ihr Foto im Sprechzimmer der Frau Doktor und erkannte sie sofort.«

Ich lächelte und leistete die geforderte Unterschrift. Die bildhübsche Lady schien mich, also meinen Zwillingsbruder, nicht von früher zu kennen. Deshalb wurde ich etwas mutiger und hakte nach.

»Seit wann leben Sie in Bellabeuren?«

»Erst ein halbes Jahr. Ich hatte mich für die Bürostelle beworben und deshalb bin ich nun hier gelandet.«

Erst jetzt sah ich das Namensschild auf ihrem Schreibtisch: *Melinda Knoll*.

»Und, fühlen Sie sich wohl in Bellabeuren, Melinda?«

»Ich bin zufrieden«, sagte sie mit strahlend blauen Augen.

Unsere Blicke trafen sich, hafteten aneinander und mochten sich nicht lösen. Flirtete sie mit mir? War das der Beginn einer neuen Liebe? Quatsch, beschimpfte ich mich innerlich. Du bist jetzt ein Mönch. Zölibat und so. Ich wich einen halben Schritt zurück, auch, weil ich fürchtete, sie würde riechen, dass ich mich heute noch nicht gewaschen hatte. Das Miniwaschbecken in der Rathaustoilette reichte vorhin nur, um die Fingerspitzen zu befeuchten. Unrasiert, mit ungeputzten Zähnen und keinen Happen im Bauch quetschte ich die Lippen aufeinander. Vermutlich stiegen bestialische Düfte aus meinem Magen auf.

»Ist der Bürgermeister zu sprechen?«, fragte ich mit kaum geöffneten Mund.

»Nein, der ist außer Haus. Nächstes Wochenende ist doch der große Angelwettbewerb. Da gibt es noch einiges zu regeln. Jedenfalls wollte er zum Anglerverein und kommt heute nicht mehr ins Büro.«

»Am Telefon war der Bürgermeister nicht sehr ausführlich«, sagte ich, »als er mich über den Tod meiner *Schwester* informierte. Wissen Sie genaueres?«

»Nur, dass ein junger Mann, der zu viel getrunken hatte, ihren Wagen mit seinem gerammt hat. Sie ist daraufhin ungebremst gegen den nächsten Baum gerast, mit etwa 100 Sachen. Totalschaden. Sie soll sofort tot gewesen sein. Dem jungen Mann ist angeblich nichts passiert. Er ist weiter gefahren und hat sich schlafen gelegt. Weil es keine Zeugen des Unfalls gab, fand die Polizei den Verursacher erst nach zwei Tagen. Er hatte sein Auto zwar in der Garage versteckt, aber Glassplitter vom Unfallort und Lackspuren führten zu ihm. Die Beulen an seinem Auto passten, und er war dann auch geständig. Behauptete allerdings, sich an nichts erinnern zu können. Er sitzt in Untersuchungshaft.«

»Kannten Sie ihn? War er hier aus Bellabeuren?«

»Nein, ich kenne ihn nicht. Er ist aus Hannover und war zu Besuch bei seiner Tante in Hasenlinde, etwa 25 Kilometer entfernt. Er hatte sich offenbar verfahren, denn Bellabeuren lag gar nicht auf seiner Strecke von der Disco nach Hasenlinde. Der Unfall ereignete sich vier Kilometer vor Bellabeuren.«

»Wissen Sie, wo genau?«

»Ja, auf der Bundesstraße, Richtung Osten. Die alte Kastanie ist nicht eingeknickt vom Aufprall. Aber der Stamm hat ordentlich was abbekommen. Wenn Sie möchten, kann ich Ihnen die Stelle zeigen.«

»Das würden Sie tun?«

»Aber sicher.«

»Heute ist nicht der geeignete Tag. Aber ich komme gerne auf Ihr Angebot zurück.«

Sie lächelte aufmunternd. Ich verabschiedete mich. An der Tür fiel mir mein am Straßenrand geparkter Kombi ein. Und ich wollte auch, dass man die Leiche meines Zwillingsbruders schnell fand. Deshalb drehte ich um und erzählte, dass ich auf der abgelegenen Straße, die nur einheimische kennen und benutzen, etwas Merkwürdiges gesehen hätte.

»Da parkte ein neuer dunkelblauer Kombi, weit und breit kein Mensch zu sehen. Als ich vorbei ging, sehe ich, dass es unter dem Auto knochentrocken ist. Es hatte letzte Nacht doch so heftig geregnet und gestürmt. Überall nass und riesige Pfützen. Auf dem Auto lagen auch einige von den Bäumen abgerissene Blätter, die auf dem Lack klebten. Kurz, ich hatte den Eindruck, dass das Auto dort schon länger steht. Und, wie gesagt, keine Menschenseele weit und breit.«

»War es abgeschlossen?«

»Das weiß ich nicht«, antwortete ich. »Ich ging davon aus.«

»Ja, seltsam. Ich werde die Polizei informieren. Die sehen gewiss nach. Dann bis Übermorgen.«

»Übermorgen? Hatten wir schon einen Termin ausgemacht?«

»Nein. Übermorgen ist Sonntag. In der Kirche.« Sie lächelte mir zu. Ein verdammt bezauberndes Lächeln.

8

Auf dem Weg vom Rathaus zu *meinem Elternhaus* ging mir die Lady aus dem Bürgermeisteramt nach. Nicht persönlich, sondern in Gedanken, die sich in meinem Hirnkasten breitmachten. Mit fünfundvierzig Jahren bin ich kein alter Mann, da ist es doch natürlich, dass man eine attraktive Frau bemerkt. Aber gleich so intensiv? Ob das Verlangen nach dem anderen Geschlecht jemals aufhören würde? Dass es bei mir so schnell einsetzte, hatte ich nicht erwartet. Andererseits war es auch nicht weiter verwunderlich. Denn ich war ja noch nicht einmal vierundzwanzig Stunden Mönch. Erst heute Morgen hatte ich den Habit angezogen. Normalerweise geht man ins Kloster, um Mönch zu werden. Dort seien die Versuchungen gering und man würde monatelang abgelenkt werden, hatte mir Thomas, alias Bruder Lazarus, erzählt. Ich hingegen war einfach in die Rolle gehechtet, ohne abstinente Vorbereitung und ohne Vorbildung über den Tagesablauf in einer Abtei. Welch eine Schnapsidee. Noch nie zuvor hatte ich ein Kloster betreten. Sicher, wenn dort nur Mönche lebten, wurde die Fantasie eingeschränkt. Im Spint Fotos von bildhübschen Damen mit einem Nichts von Kleidung aufzuhängen, war fraglos verpönt. Um weiteren Auswüchsen meiner aufblühenden Fantasie vorzubeugen, ja, sie zu stoppen, ging ich schneller. Aber die Lady ließ sich nicht aus den grauen Zellen abschütteln.

Im Laufschritt erreichte ich das Elternhaus meines Zwillingsbruders, schloss auf und trat ein. Im Erdgeschoss fand ich die ärztlichen Praxisräume. Gleich nach dem Windfang stand in der geräumigen Diele rechts ein Tresen, hinter dem nach allem Anschein eine Arzthelferin die Patienten begrüßte. Links las ich *Wartezimmer* an einer weißen Tür. Weiter hinten im Flur klebten große

Nummern an drei weiteren weißen Türen. Ich öffnete die Tür mit der Nummer eins. Moderne Möbel und medizinische Geräte beherrschten das Ambiente. Es handelte sich offenbar um das Sprechzimmer der Ärztin. An der Wand rechts neben dem Schreibtisch hing das Foto eines Mönchs vor einem großen Tor, vermutlich dem Klostertor, aus dem mein Zwillingsbruder aufgebrochen war. Ja, das könnte ich gewesen sein, als die Aufnahme gemacht wurde. Ich, das totale Ebenbild des Mannes auf dem Foto. Ich sah auf das Bild und war angerührt. Die Ärztin musste ihren Bruder bewundert haben, obwohl er keine akademische Ausbildung angestrebt hatte.

In den anderen Räumen des Erdgeschosses standen Schränke, medizinische Geräte, eine Liege und Stühle. Hinter einer Tür ohne Nummer verbarg sich eine winzige Teeküche. Die Wände aller Zimmer waren cremefarben getüncht. Überall roch es leicht nach Medizin oder Desinfektionsmitteln.

Die Wohnräume fand ich im ersten Stock der Villa. Alles solide und wohnlich eingerichtet. Hinter den riesigen zur Seite schiebbaren Fenstern im Wohnzimmer trat ich auf einen imposant Südbalkon. Die Sonne stand tief im Westen hinter Wolken. Aus dem kleinen Garten an der Rückseite des Haus dufteten mir unbekannte aber angenehme Blüten. Ich setzte mich auf einen der weißen Sommerstühle und sah hinüber zu den hohen Lebensbäumen am Ende des Gartens. Herrlich. Hier könnte ich bleiben. Aber das würde auf die Dauer nicht gut gehen. Zunächst musste ich meine *Schwester* beerdigen, dann das Haus verkaufen, anschließend in die Schweiz und weiter nach Frankreich oder Spanien. Da war ich mir noch nicht einig. Zumindest irgendwohin, wo ich vermutlich nicht so schnell auf einen alten Bekannten traf. Das Zusammentreffen mit meinem Zwillingsbruder und die neue Identität, hatten meine Pläne gewaltig beschleunigt. Was hatte ich mir den Kopf zerbrochen, wie ich zu einem neuen Personalausweis und einem echten Reisepass käme. Sich im Internet eine neue Identität zuzulegen, war ein Kinderspiel. In der realen Welt hingegen galten andere Regeln. Und nun war mir ein neues Ego quasi geschenkt worden. Ich sollte dem Himmel danken.

Im Bad riss ich mir die Klamotten vom Leib und sprang unter die Dusche. Wann hatte mir zum letzten Mal das warme Wasser auf der Haut so gutgetan? Glücklicherweise fand ich im Rucksack des Mönchs frische Unterwäsche. Auch eine Zahnbürste steckte in einer Plastikschachtel. Obwohl mein Zwillingsbruder sie benutzt hatte, mochte ich sie nicht in meinen Mund stecken. In einem kleinen Badezimmerschrank entdeckte ich eine neue, noch verpackte Zahnbürste. Nach deren Gebrauch fühlte ich mich wie neu geboren.

In den Praxisräumen hatte ich einen Computer gesehen. Aber der wurde vermutlich nur für Patientendaten verwendet. Ich suchte in der Wohnung und siehe da, in einer Schublade ruhte ein Laptop. Denn ich musste so schnell wie möglich ins Internet, um weitere Informationen einzuholen. Der Rechner war mit einem Passwort geschützt. Was hatte Frau Dr. Margit Schütze wohl für ein Passwort verwendet? Spontan probierte ich einige aus. Kein Erfolg. Weil ich kein Programm zur Hand hatte, mit dem ich normalerweise Passwörter knackte, durchsuchte die Schublade erneut. Nichts. Ich klappte den Laptop zu und wollte ihn zurücklegen. Zufällig blickte ich auf die Unterseite des Rechners. Da stand mit Filzstift geschrieben und kaum zu erkennen *Lazarus*. Verdammt, dass Passwort hatte ich nicht ausprobiert. Es passte. Die Software des Rechners war aktuell und im Haus stand offenbar ein eingeschalteter Router. Denn ich gelangte via WLAN sogleich ins Internet und begann meine Recherche.

Später knurrte mein Magen und mir wurde bewusst, dass ich den ganzen Tag noch nichts gegessen hatte. Lediglich einen großen Schluck Wasser trank ich, kurz nachdem ich das Haus betreten hatte. Das Brot in der Küche war nicht mehr genießbar, voller Schimmel. Aber das Mindesthaltbarkeitsdatum der ungeöffneten Packung Knäckebrot war noch nicht überschritten. Morgen würde ich mir Brötchen und frisches Brot besorgen. Auch Schmalz und Dauerwurst im Kühlschrank waren einwandfrei. Nach der bescheidenen Stärkung setzte ich mich wieder an den Laptop.

Akribisch durchsuchte ich das Internet nach den Lebensgewohnheiten der Mönche. Die Schilderungen waren nicht identisch, offenbarten aber ein strenges Klosterleben. Allerdings las ich auch von Freiheiten, die ich nicht erwartet hatte, zum Beispiel, dass Mönche Urlaub nehmen können. Mein Zwillingsbruder hatte zu den Benediktinern gehört. Ich entdeckte auch das Kloster, in dem er gelebt hatte. Auf der Homepage des Klosters sah ich mehrere Fotos. Auf zweien war ich abgebildet, vielmehr mein Zwillingsbruder, Bruder Lazarus. Ich musste mir immer wieder in Erinnerung rufen, dass ich jetzt Bruder Lazarus war. Mein einstmaliges Ich, Markus Baumann, der Geschäftsmann und Sohn des wohlhabenden Bauunternehmers in Neuburg lag tot im Heustadel. Ob man ihn schon gefunden hatte?

Ich suchte in den Nachrichtenseiten des Internets, fand aber nichts, was über den Toten im Heu berichtete. Morgen würde ich es erneut versuchen.

9

Am Samstag kaufte ich frische Lebensmittel. Es gab einen Discounter am Dorfrand, in dem ich alles fand, was ich brauchte. Die Leute grüßten mich höflich, fast ehrfürchtig. Ich sonnte mich in meiner neuen Realität. Das Mönchsdasein ist nicht so übel, als ich angenommen hatte und ich erwiderte jeden Gruß würdevoll mit leichter Verbeugung.

Wieder zu Hause, rief ich die Pietät Müller in Hasenlinde an. In den persönlichen Aktenordnern meiner *Schwester*, also eigentlich der Schwester meines Zwillingsbruders, hatte ich gelesen, dass das Institut einst meine *Eltern* beerdigte. Herr Ernst Müller erinnerte sich sofort an mich, den einzigen Sohn, wie er sagte, und fragte, ob ich die Frau Doktor noch einmal sehen wolle. Man habe sie zu ihm gebracht, weil er im Umkreis über die geeignete Kühlhalle verfüge. Eine neue Grabstelle sei nicht nötig, da meine *Eltern* ein Familiengrab erworben hätten. Es sei denn, ich wünsche nicht, dass sie dort beigesetzt werde. Außerdem müsse ich unterschreiben, damit er für mich tätig werden dürfe. Ich versicherte ihm, dass ich ihn gleich am Montag in Hasenlinde aufsuchen werde.

Der Bestatter Ernst Müller kannte mich also von früher. Womöglich wollte er alles so machen, wie bei meinen Eltern. Ich hatte aber keine Ahnung, wie das seinerzeit abgelaufen war. Darüber hatte mir der verstorbene Bruder Lazarus nichts erzählt. Bereits während der Fahrt auf dem knatternden Traktor von Albert Meier hatte ich gegrübelt, wie ich sinnvoll reagiere, wenn mich jemand auf meine Vergangenheit in Bellabeuren anspräche. Albert hatte mich erkannt, der Bestatter kannte mich, vermutlich erinnerte sich das halbe Dorf oder noch mehr an Thomas Schütze, den Arztsohn, der nicht Medizin studieren wollte und dann als Zimmermann auf die Walz ging. Ich brauchte gute Gründe für mein mangelhaftes Gedächtnis. Die Ideen sprudelten nur so ins Gehirn. Sorgfältig wägte ich ab und legte mich auf eine Version fest. Sie erschien mir am glaubwürdigsten. Gleich am Abend würde ich sie ausprobieren. Denn ich wollte im Gasthaus *Zum schwarzen Adler*, dem einzigen Wirtshaus im Dorf, zu Abend zu essen. Dort würde ich meine Version zum Besten geben.

Mit dem Geld musste ich sorgfältig umgehen. Einen großen Geldschein aus meiner ehemaligen Brieftasche ließ ich im Discounter. Die fixierenden Augen der Kassiererin erinnerten mich an einen Steinkauz im Zoo, als ich mit dem Hunderter bezahlte. Offenbar war ich der erste Mönch in ihrem Leben, der ihr einen so großen Schein in die Hand legte. Hoffentlich verbreitete sich im Dorf nicht die Kunde, dass ich steinreich sei. Denn die Benediktiner gehören zu den armen Mönchen, wie mir Bruder Lazarus erklärt hatte. Im Schreibtisch meiner *Schwester* hatte ich nur zwei kleine Scheine und einige Münzen gesehen, die ich vergaß mitzunehmen. Irgendwo im Haus musste es doch mehr Geld geben. Alle Schränke hatte ich durchsucht, nirgendwo Bares, auch nicht zwischen der Bettwäsche. Ich öffnete die verschiedenen Dosen im Küchenschrank. Nichts, außer Mehl, Zucker, Salz und was weiß ich nicht alles. Der passende Schlüssel für den Giftschrank in der Praxis, war schnell gefunden. Er hing an dem Bund, das ich im Rathaus erhalten hatte. Der übersichtliche Inhalt des geheimnisvollen Medizinschranks offenbarte kein Geld. Ich schloss wieder ab und stieg hinauf in die Wohnung.

Hatte ich schon alle Schlüssel am Bund ausprobiert? Einen nach dem anderen ging ich durch. Beim fünften stockte ich. Wofür war der? Es schien ein ganz normaler flacher Sicherheitsschlüssel zu sein, wie die übrigen. Beim Aufblicken sah ich die echten Gemälde an den Wänden. Wieso war ich nicht gleich darauf gekommen? Hinter dem dritten Bild fand ich ihn, den eingemauerten Safe. Es handelte sich um einen bescheidenen Tresor mit einem schlichten Schloss. Der fünfte Schlüssel passte. Schnell legte ich den gesamten Inhalt auf den Tisch. Ein Reisepass, einige andere Ausweise, etliche Umschläge mit Dokumenten und eine Pappschachtel. Mein Herz frohlockte, die Schachtel war bis zum Rand mit kleinen und großen Geldscheinen gefüllt. Ich sortierte die Scheine und zählte einundzwanzigtausendfünfhundertsechzig Euro. Bis auf einen geringen Betrag deponierte ich alles wieder im Safe und schloss ab.

Danach stellte ich mich vor den Spiegel und übte das Bekreuzigen, wie ich es im Internet gesehen hatte. Denn ich war nicht katholisch erzogen worden und besuchte die Gottesdienste höchstens Weihnachten oder zu Beerdigungen. Die fanden meistens in evangelischen Kirchen statt, in denen sich selten jemand bekreuzigte. Als Mönch der großen Landeskirche musste ich das natürlich beherrschen. Anfangs verwechselte ich gelegentlich die Position der drei Finger an Kopf und Schultern. Letztendlich beherrschte ich das Kreuzzeichen perfekt. Morgen war Sonntag und das ganze Dorf erwartete mich in der Kirche, vorzugsweise die bezaubernde Büroangestellte Melinda aus dem Rathaus.

Abends betrat ich das Gasthaus *Zum schwarzen Adler*. Der Wirt hinter dem Tresen erinnerte mich an eine Schwangere im neunten Monat. Genauer gesagt, sein Bauch. Er erkannte mich sofort.

»Guten Abend Thomas, oh Entschuldigung, wie muss ich dich jetzt ansprechen?«

»Ich bin Bruder Lazarus«, erwiderte ich bescheiden.

»Also, guten Abend Bruder Lazarus. Du kennst mich doch noch, oder? Der Egon.«

»Schön, dass du mich erkannt hast, Egon.« Ich hievte mich auf einen Hocker am Tresen und sah mich um. In der sauberen Gaststube standen gediegene Tische und Stühle. Bei den Gardinen und Vorhängen hatte sicher eine begabte Frau Hand angelegt. Ein paar ausgesuchte Bilder vom Leben auf dem Lande hingen an den Wänden. Auf jedem Tischen stand eine kleine gläserne Vasen mit drei oder fünf frischen Blumen, offenbar aus dem Garten. Quadratische, beige Tischtücher ließen die Ecken der massiven Eichenholzplatten frei. Ich fühlte mich wohl und winkte Egon, den Wirt, näher heran. Vorgebeugt und mit ernstem Gesichtsausdruck packte ich einen Teil meiner neuen Vita aus. Zumindest den Abschnitt der Version, von dem ich annahm, dass er umgehend das Dorf damit fluten würde.

»Mit meinem Gedächtnis ist das so eine Sache«, begann ich meine Offenbarung.

Er beugte sich ebenfalls vor: »Erzähl'«.

»Na ja«, ich sprach absichtlich etwas leise, dass er sich noch weiter vorbeugte und unsere Nasen sich fast berührten. »Es ist besser, wenn du weißt, weshalb ich kein Bier bestelle wie früher. Ich habe ein wenig übertrieben. Koma. Klinik. Entzug.«

»Verstehe. Und jetzt trocken?«

Ich nickte. »Leider haben sich unerwünschte Nebenwirkungen breitgemacht, die niemand vorausgesehen hat, ich am allerwenigsten. Aus meinem Gedächtnis sind einige Teile verschwunden. Partielle Amnesie. Wie du hörst, kann ich sprechen wie normal und ich behalte auch alles. Aber was früher war, da gibt es gewaltig Lücken. Einfach weg. Bei dir war ich mir beispielsweise nicht sicher, ob ich dich kenne oder nicht. Glücklicherweise hast du mich erkannt.«

»Furchtbar. Einfach weg, dass du hier in Bellabeuren aufgewachsen bist?«

»Nein, nicht alles. Aber eben einiges. Das ist, als wenn dir jemand mit einer Schrotflinte ins Gehirn geballert hat. Das meiste ist noch da, aber hier und da ein Loch von den Schrotkugeln. Bildlich gesprochen. Das Fehlende muss ich jetzt neu lernen. Was gibt es denn heute zu essen?«

»Schweinebraten mit Klößen und Rotkohl. Oder Spaghetti. Oder Schnitzel mit Pommes frites.«

»Ich nehme den Schweinebraten.«

»Und wieso bist du Mönch geworden?«, wollte Egon wissen.

»Später«, sagte ich, rutschte vom Hocker und setzte mich an einen freien Tisch.

In der Fensterecke saß ein junges Pärchen, das mit dem Essen und sich beschäftigt war. In der Nähe des Tresens saß ein Mann um die fünfunddreißig allein am Tisch und leerte seinen Teller. Am Stammtisch hockten drei Männer in meinem Alter vor ihrem Bier. Vermutlich hatten sie die ganze Zeit die Ohren gespitzt und würden gleich vor Neugier platzen, wenn sie nicht herausbekämen, wie es um mich stünde. Denn sie hatten offenbar nur Bruchstücke meiner Unterhaltung mit dem Wirt mitbekommen. Der eine Bursche erhob sich und schlich durch die Tür neben dem Tresen, durch die man vermutlich auch in die Küche gelangte, wohin der Wirt verschwunden war. Den würde er jetzt ausquetschen. Das war mir recht. Morgen, wenn nicht gar heute noch, würde das ganze Dorf über mein Leiden Bescheid wissen. So konnte ich mir Patzer erlauben, ohne das jemand Verdacht schöpfte. Praktisch, so eine partielle Amnesie.

Die Tür neben der Theke öffnete sich wieder und der

Typ von vorhin schritt mit einem Seitenblick zu mir und grinsender Miene zu seinen Kumpels. Sie steckten die Köpfe zusammen. Zufrieden lehnte ich mich zurück.

Nachdem ich gegessen hatte, sah der Wirt immer wieder zu mir herüber. Worum ging es? Zweifelte er an meiner Identität? Hatte ich etwas Unbedachtes gesagt? Wollte er unbedingt wissen, warum ich Mönch geworden war? Oder lag ihm ein nagendes Quäntchen auf der Seele? Ich winkte ihn zu mir.

»Dachte ich mir doch, dass du den Leichenschmaus bestellen willst«, sagte er, nachdem er sich an meinen Tisch gesetzt hatte.

Aha, darum ging es ihm. Das Festessen nach der Beisetzung meiner *Schwester*. »Im Prinzip ja, ich weiß nur noch nicht, wann die Beerdigung sein wird«, antwortete ich. »Denn ich bin ja erst gestern am Abend angekommen und konnte noch nichts regeln.«

»Kein Problem. Gulasch ist schnell gemacht. Wie bei Deiner Mutter, Gulasch mit Nudeln und kleinem Salat?«

Ich nickte: »Genau.«

»Gib mir Bescheid, sobald das Datum steht.«

10

Der Wecker rappelte eindeutig zu früh. Aber mein Gedächtnis funktionierte einwandfrei. Es war Sonntag und ich musste mich pünktlich in der Kirche sehen lassen. Nach dem Frühstück wartete ich noch ein paar Minuten, bis ich das Haus verließ. Denn ich wollte nicht zu früh im Gotteshaus eintreffen. Drei Sekunden vor dem Glockenschlag kalkulierte ich, damit mich niemand in ein Gespräch verwickelte. Meine Rechnung ging auf. In der letzten Bank ganz links saß noch keiner. Die Orgel ertönte, etwa zwanzig meist ältere Frauen stimmten ein Lied an. Aufmerksam verfolgte ich den Gottesdienst und kniete und bekreuzigte mich, stets an den übrigen Besuchern orientierend.

Die Predigt zog an mir vorüber, wie ein Windhauch, der keine Spuren auf einer Schneedecke hinterlässt. Ich war damit beschäftigt, alle Hinterköpfe vor mir zu taxieren. Wo saß Melinda, die bezaubernde Frau aus dem Rathaus? Kein Kopf und nicht eine Frisur passte zu ihr. Ob sie verschlafen hatte? Zwei Kirchgänger kamen zu spät. Melinda gehörte nicht zu ihnen. Sicher würde sie gleich hereinstürmen und sich direkt neben mich setzen. Oh, welch verwerfliche Gedanken im Schädel eines Mönchs und dann auch noch in einem Gotteshaus. Taugte mein Kopf nur dazu, von einer Frau verdreht zu werden? Niemand kam mehr. Enttäuscht wartete ich auf das Ende des Gottesdienstes.

Als sich die ersten Besucher erhoben und Richtung Ausgang schritten, kniete ich mich nieder und senkte mein Haupt, als würde ich noch ein stilles Gebet sprechen. Ich wollte nicht als erster an der Tür sein, obwohl ich es von meinem Sitz mit präziser und dennoch würdevoller Beinarbeit geschafft hätte. Man könnte es als

Flucht deuten. Nachdem die ersten das Gebäude verlassen hatten, erhob ich mich und schritt ebenfalls zum Ausgang.

Direkt vor der Tür stand der junge Pfarrer und verabschiedete sich von jedem Gottesdienstbesucher persönlich, oft mit Handschlag, manchmal nur mit freundlichem Nicken. Wie war er so schnell zum Eingang gekommen? Und schon streckte er die Hand nach mir aus.

»Willkommen Bruder Lazarus, wie geht es Ihnen?«, begrüßte er mich freudestrahlend und fügte dann mit ernster Miene hinzu: »Mein herzliches Beileid.«

Wer hatte ihm meinen Namen gesteckt? Klar, ein plaudernder Dorfbewohner. Die Dorfpostille machte die Runde. Geflüsterte Informationen sind bedeutungsvoll und werden niemals überhört.

Wir wechselten einige unverbindliche Worte, bevor ich ihn fragte, ob er die Beerdigungsfeier leiten würde. Er stimmte sofort zu und schlug Freitagvormittag vor. Ich müsse das allerdings auch mit dem Bestatter abklären. Er gab mir seine Telefonnummer und bat um entsprechenden Rückruf. Anschließend entschuldigte er sich mit den Worten, dass er noch eine weitere Gemeinde betreue, wo er ebenfalls den Gottesdienst leite. Und schon war er weg.

Ich drehte mich um und wollte heimgehen. Um ein Haar stieß ich mit Melinda zusammen, die offenbar hinter mir auf mich gewartet hatte.

»Hallo, alles klar mit der Beerdigung«, sagte sie lächelnd.

»Schauen wir mal. Haben Sie verschlafen? Ich sah Sie nicht in der Kirche.«

»So? Hoffentlich hörten Sie mich, besser gesagt, die Orgel.«

»Oh, den Spieltisch konnte ich von meinem Platz nicht

sehen. Ich hatte auch nicht damit gerechnet, dass Sie die Orgel spielen. Respekt. Sie spielen ausgezeichnet, wenn ich das als Laie beurteilen darf. Mein musikalisches Talent tendiert gegen Null.«

»Danke«, erwiderte sie schlicht. »Ich wollte nur fragen, ob Sie noch daran interessiert sind, den Unfallort zu sehen?«

»Selbstverständlich.«

»Heute Nachmittag würde es mir passen. Um drei?«

Ich stimmte zu und sie sagte, dass sie mich mit ihrem Auto abholen würde. Ich bereitete mir ein einfaches Mittagsmahl zu und wartete. Doch die Zeit trödelte auf meiner alten Armbanduhr so behäbig, dass ich mich für ein Nickerchen auf der Couch im Wohnzimmer entschied. Es half nichts, dort vergingen die Phasen zwischen den Minuten noch langsamer, was ich mit einem Auge auf die Wanduhr deprimiert beobachtete. Genervt setzte mich an den Computer und überflog die Nachrichten. Eine Überschrift fiel mir ins Auge: *Geschäftsmann tot aufgefunden.* – Man hatte meine geparkte Kombilimousine bemerkt und die Leiche im Heustadel entdeckt. Keine Zeile, in der die Identität des Toten angezweifelt wurde. Auch ein Passbild von Markus Baumann hatte man abgedruckt. Mir wurde etwas mulmig. Würde jemand die Ähnlichkeit zwischen dem Mönch Lazarus und dem toten Geschäftsmann erkennen und mich als Markus Baumann entlarven? War meine Idee, die Identität zu wechseln, vielleicht doch nicht so genial? Aber was war mein Leben schon wert, wenn nicht von Zeit zu Zeit etwas auf dem Spiel stand? Ich hatte Unverschämtes gewagt, war mächtig stolz auf meine neue Rolle, und musste nun weitermachen. Der Artikel stand in einem Blatt, das nicht hier, sondern an meinem früheren Wohnort erschien, weit weg in Neuburg. Vermutlich kannte in

Bellabeuren niemand den Titel der Zeitung. Allerdings, das World Wide Web offenbarte alles. Verdammtes Internet. Ich beruhigte mich damit, dass man schon gezielt nach meinem vermeintlichen Ableben suchen müsste, um den Artikel zu finden. Es hatte zwar einen Toten gegeben, aber keinen grausamen Unfall oder gar brutalen Anschlag. Die großen Medien würden nicht darüber berichten.

Dennoch musste ich auf der Hut sein. Mein Vater und mein jüngerer Bruder würden jetzt meinen Computer im Büro auf den Kopf stellen und herausfinden, was ich hinter ihrem Rücken getan hatte. Ich schmunzelte und stellte mir ihre entsetzten Gesichter vor.

Vor dem Haus hupte jemand. Überrascht schaute ich auf meine Armbanduhr. Drei. Wo war plötzlich die Zeit geblieben? Vor der Villa stand ein dunkelblauer Kleinwagen. Melinda. Ich rannte die Treppe hinunter. Vielmehr ich versuchte zu rennen. Mit dem Habit ist das so eine Sache. Fast wäre ich gestürzt. An der Haustür besann ich mich auf meine Würde und schritt beherrscht auf das Auto zu. Melinda sah hinreißend aus.

11

Melinda stieg nicht aus dem Auto aus. Sie beugte sich vor, damit ich ihr Gesicht durch das Fenster der Beifahrertür sehen konnte. Das Auto parkte direkt vor dem Haus und schon saß ich neben ihr.

Heute Morgen in der Kirche hatte sie ein dunkelblaues Kostüm mit weißer Bluse getragen. Nun steckten ihre schlanken Beine in hellblauen Jeans, die Bluse war immer noch weiß, vielleicht dieselbe. Aber so genau wollte ich das gar nicht wissen. Sie würde auch in Lumpen eine bezaubernde Frau sein. Ihr Lächeln und die strahlenden blauen Augen ließen mich augenblicklich vergessen, dass ich ein Mönch war. Um ein Haar hätte ich ihr einen Begrüßungskuss gegeben. Erstaunt registrierte ich, wie vertraut sie mir war, als würden wir uns schon jahrelang kennen.

Melinda lenkte das Auto aus dem Dorf hinaus. Wir plauderten locker miteinander. Nach wenigen Minuten hielt sie ihr Fahrzeug am Straßenrand an.

»Hier ist es.« Sie schwieg.

Wir stiegen aus und überquerten die Asphaltstraße. Vor einem dicken Kastanienbaum blieb sie stehen. An den Stamm gelehnt und auf dem Boden davor lagen Blumensträuße, die meisten bereits verwelkt. Am Baumstamm war ein großer Teilbereich der Borke abgerissen und frisches Holz klaffte aus der Wunde. Ich trat vor die abgelegten Blumen, senkte mein Haupt, bekreuzigte mich, schloss die Augen und verharrte still.

Nach etwa einer Minute, vermutlich weniger, öffnete ich die Augen und wandte mich an Melinda, die seitlich hinter mir stand: »Ich hätte auch Blumen mitbringen sollen.«

Melinda nickte: »Wenn Sie wollen, können wir welche holen.«

»Haben Sie soviel Zeit?«

Lächelnd bejahte sie meine Frage. Wir fuhren zurück nach Bellabeuren. Aus dem Vorgarten meiner Villa schnitt ich einige Chrysanthemen und Dahlien, die Melinda geschickt zu einem bunten Strauß band. Auf der Rückfahrt zum Unfallbaum schwiegen wir, als wäre es vereinbart. Für mich war es nicht unangenehm. Wenn man jemanden mag, mus man nicht ununterbrochen plaudern. Gemeinsames Schweigen ist ebenfalls eine Art Unterhaltung, die sowohl positiv als auch negativ enden kann. Vor der Kastanie legte ich den Blumenstrauß zu den übrigen Gebinden. Abermals senkte ich mein Haupt und schloss die Augen. Fast hätte ich das Bekreuzigen vergessen. Ich holte es schnell nach, faltete die herabhängenden Hände vor dem Habit und schloss wieder die Augen. Was machte ich hier genau genommen? Der Verstorbenen die letzte Ehre erweisen? Sollte ich das nicht am Grab tun? Ich trauerte nicht, kein derartiges Gefühl stieg in mich auf. Womöglich, weil ich die Tote überhaupt nicht kannte, aber so tat, als ob ich sie gekannt hätte. War ich ein Lügner und Betrüger? Nein. Man konnte zweifellos an jedem Ort ein stilles Gebet sprechen, nicht nur in der Kirche, sondern auch hier vor einem prächtigen Kastanienbaum. Doch ich sprach kein Gebet, tat nur so. Denn ich hatte in meiner Kindheit nichts weiter gelernt, als Gedichte aufzusagen. Wie man wirklich betet, wusste ich nicht. Don Camillo und Pater Brown fielen mir ein. Die hatten in den Filmen nicht nur das Vaterunser heruntergeleiert, sondern in Richtung Kruzifix Gott ihr Anliegen mit schlichten Worten vorgetragen. Meine Gedanken schweiften ab. Melinda stand einen Schritt neben mir. Spielte ich für sie Theater, für mich oder für die hier Verunglückte? Wenn mein Auftritt für die Verunglückte war, setzte ich dann still voraus, dass ihre Seele zusah? Ob allen Ernstes weiterhin etwas von ihr existierte? Hatte jeder eine Seele? Ich hatte davon gehört, mir aber noch nie wirklich Gedanken darüber gemacht.

Eine Brise durchquerte das Land und brachte die Blätter der Kastanie über mir zum Rauschen. Es klang wie die Stimmen eines fernen Chores. Eine Stimme hob sich ab und kam näher. Die Soloeinlage kannte ich doch. Wo hatte ich sie gehört? Je mehr sie herannahte, umso unangenehmer wurde sie. Sie schwoll zu einem lauten Knattern und übertönte letztendlich den melodischen Kastanienbaumchor. War ich im Tagtraum? Schlagartig verstummte das unerfreuliche Knattern. Ich riss die Augen auf und sah mich um.

Albert Meier saß auf seinem alten Traktor und bekreuzigte sich soeben. Dann senkte er seinen Kopf und verharrte still. Nach etwa einer halben Minute winkte er Melinda und mir, starte den Traktor und fuhr knatternd weiter.

Ich warf noch einen Blick auf meinen Blumenstrauß, nickte Melinda zu und folgte ihr zum Auto. Ich fühlte mich gut, als hätte ich eine Prüfung bestanden. Plaudernd fuhren wir zurück nach Bellabeuren.

Zunächst tauschten wir nur Banalitäten aus. Doch das Gespräch blieb nicht an der Oberfläche. Melinda nannte Details aus ihrem Leben. Ich erfuhr, dass sie nach kurzer Ehe kinderlos geschieden wurde. Offenbar erwartete sie, dass ich ebenfalls aus meinem Leben erzählte. Ich hielt mich zurück und berichtete nur, wie es angeblich zur partiellen Amnesie gekommen war. Trotz aller positiven Gefühle vermochte ich nicht, das rote Warnlämpchen im Hinterkopf auszuknipsen. Es erinnerte mich, vorsichtig zu sein. Einerseits erleichtert atmete ich auf, als wir vor der Villa hielten. Denn nun konnte ich erst einmal nachdenken, was ich von mir preisgeben wollte. Andererseits wäre ich gerne noch länger bei ihr geblieben und hätte sie zum Abschied am liebsten umarmt.

»Herzlichen Dank«, sagte ich brav. »Sie haben etwas gut bei mir.«

Ihr Lächeln begleitete meinen Weg zum Gebäude, da war ich mir sicher. Das bildete ich mir nicht ein, denn an der Tür drehte ich mich um und sah zurück. Sie hatte das Auto noch nicht gestartet, schaute mir nach und winkte sogar. Ich hob die Hand und ging ins Haus.

Verdammt, vor drei Tagen erlangte ich die Freiheit und schon lief ich Gefahr, sie wieder zu verlieren. Denn es hatte höllisch geknistert zwischen Melinda und mir. Ich meinte, es sogar gehört zu haben. Was hatte der liebe Gott sich nur gedacht, als er das Weib erschuf?

12

Ein Linienbus brachte mich nach Hasenlinde. Die Pietät Müller fand ich problemlos in jener Kleinstadt. Schon der erste Passant kannte das Beerdigungsinstitut und beschrieb mir den kurzen Weg.

Mit dem Bestatter wurde ich schnell einig. Er hegte keinen Zweifel an meiner Identität und erzählte, dass er sich noch gut an die Beerdigung meines Vaters und meiner Mutter erinnere. Ich brauchte auch nicht die Geschichte von meiner Gedächtnisstörung auftischen. Und mit der inzwischen mehrfach geübten Unterschrift gab es ebenfalls kein Problem.

»Ob ich ihre Rechnung sogleich bezahlen kann, weiß ich nicht. Denn als Mönch besitze ich persönlich praktisch nichts. Und an das Konto meiner *Schwester* komme ich nicht so ohne weiteres ran.«

Herr Müller nickte verständnisvoll. »Machen Sie sich deshalb keine Sorgen. Das kriegen wir schon hin. Sie sind nicht der erste in dieser prekären Situation. Notar Bachmiller arbeitet gut und schnell.«

Das war eine wichtige Information: Notar Bachmiller. Jetzt brauchte ich nur noch herausbekommen, wo der sein Büro hatte. Fragen mochte ich nicht. Denn als Sohn von Bellabeuren, sollte ich das wissen. Leider war ich wahrlich kein Sohn der genannten Ortschaft. Irgendwo in der Villa war mit Sicherheit, die Adresse des Notars verzeichnet. Ich schalt mich, nicht danach gesucht zu haben. Womöglich hatte ich die Adresse sogar irgendwo gesehen, aber nicht darauf geachtet. Deshalb suchte ich, nachdem ich mich von Bestatter Müller verabschiedet hatte, sogleich ein Internet-Café. Auf der Hauptgeschäftsstraße von Hasenlinde, sprach ich einen Teenager an. Das Mädchen sah mich zunächst verwundert an, zeigte mir dann lächelnd die nahe Seitenstraße und deutete auf das Schild »Nobis WWW«. Am zugewiesenen Computer im Café fand ich schnell Adresse und Telefonnummer von Notar Bachmiller. Er hatte sein Büro auch in Hasenlinde. Praktisch. Doch ich suchte ihn nicht geradewegs auf, vermutlich bekam ich nicht sofort einen Termin. Den würde ich telefonisch vereinbaren.

Stattdessen schaute ich mir die Bekleidungsgeschäfte am Marktplatz an. Das mit den großen Lettern *Süßmann* über dem Schaufenster, erschien mir geeignet. Es gab ein umfangreiches Angebot in der Herrenabteilung. Dennoch erstand ich nicht meine gesamte neue Garderobe bei *Süßmann*, sondern suchte noch weitere Läden auf, um mein Vorhaben zu verschleiern. Ich zog die Kleidung auch nicht sogleich an, stattdessen stopfte ich alles in den alten Rucksack. Ich kaufte eine dunkelblaue Jeans, ein graukarierten Sakko, Unterwäsche, T-Shirts, ein weißes Oberhemd und Socken. Auch bei den Krawatten sah ich mich um, mochte mich aber nicht entscheiden.

Eine korpulente Verkäuferin verfolgte mich mit misstrauischem Blick, als ich mit der Jeans in Richtung Umkleidekabine ging.

»Bei der Gartenarbeit ist der Habit nicht so praktisch«, sagte ich freundlich mit der Jeans wedelnd. Ihr Gesicht hellte sich auf, sie lächelte und fing an, mit den Kleiderbügeln am nächsten Garderobenständer zu klappern. Dass ein Mönch gelegentlich auch Jeans anzieht, war ihr vermutlich nicht bekannt.

In Wirklichkeit hatte ich nicht die Absicht, auf den Knien herumrutschend, Unkraut zu zupfen oder andere Gartenarbeiten zu verrichten. Für meinen Plan brauchte ich schlichte und unauffällige Kleidung. Der Habit war derzeit genial. Doch der Tag näherte sich, an dem ich ihn abwerfen würde, wie ein Schmetterling seinen Kokon.

Wieder zu Hause in der Villa, verstaute ich die funkelnagelneuen Klamotten in einem Schrank und rief Pfarrer Kern auf seinem Handy an.

»Das trifft sich gut«, sagte der Geistliche. »Ich bin soeben in Bellabeuren eingetroffen, muss einiges in der Sakristei erledigen. In einer Dreiviertelstunde kann ich bei Ihnen sein. Dann können wir die Details der Beerdigungsfeier besprechen.«

»Ich kann auch gerne in die Sakristei kommen«, bot ich an.

»Nein, ich komme besser zu Ihnen«, antwortete er. »Hier ist es nicht besonders gemütlich.«

Ob er auf einen guten Tropfen spekulierte? Ich stimmte zu, wenngleich ich lieber alles am Telefon besprochen hätte. Es lag ihm offenbar etwas daran, mich von Angesicht zu Angesicht zu taxieren. Dass er nicht auf mein Angebot einging, dass ich zur Sakristei käme, gefiel mir auch nicht. Dort könnte ich die Gesprächsdauer besser bestimmen und mich einfach erheben, wenn es mir reichte. Saß er erst einmal bei mir zu Hause, wäre es schwieriger, ihn freundlich loszuwerden. Das Gespräch könnte zu einem Examen ausarten. Ich musste auf der Hut sein, damit der Pfarrer nicht bemerkte, dass ich erst seit drei Tagen zu seiner Bruderschaft gehörte.

Meine schlimmsten Befürchtungen wurden wahr, er wollte mich in den Gottesdienst einbinden. Ich könne ihn doch gleich am nächsten Sonntag mit einer Predigt vertreten. Ja, es wäre auch möglich, dass ich einspringen und an seiner statt die heilige Messe leiten würde. Zwar müsse er die Zustimmung von oben einholen, aber das sein kein Problem beim derzeitigen Priestermangel.

Ich musste ihn enttäuschen, was den jungen Priester offenbar tief ins Herz traf. Sonst hätte er sicher nicht so eine traurige Miene aufgesetzt. Es schien keine Maske zu sein, sondern echte Trauen. Fast tat er mir leid.

»Das darf ich nicht«, begann ich meine Begründung. »Ich bin kein Pater, sondern nur ein bescheidener Bruder ohne religiöses Studium. Außerdem bin ich auch noch nicht lange Mönch. Meine zeitliche Profess legte ich vor drei Monaten ab. Mein Gesang ist katastrophal und gepredigt habe ich noch nie. Ich bin doch nur ein Handwerker, gelernter Zimmermann.«

»Verstehe.« Pfarrer Kern nickte und senkte sein Haupt, als suche er auf dem Teppich eine geistreiche Antwort. Dann sah er auf und sprach in abgebrochenen Sätzen. »Entschuldigen Sie bitte, Sie wirken so abgeklärt und weise, da dachte ich. - Aber wenn sie erst vor kurzem ins Kloster eintraten und Ihr zeitliches Gelübde abgelegt haben. – Wissen Sie, ich soll jetzt noch eine weitere Gemeinde übernehmen. Es gibt ehrlich gesagt zu wenig Priester, die aufs Land wollen. Und überhaupt, es gibt zu wenig Seelsorger.«

Der junge Pfarrer Kern wirkte müde. Es hätte mich nicht überrascht, wenn er auf der Stelle zu einem Nickerchen zusammengesunken wäre. Doch ihm wurde offenbar bewusst, dass er sich das als junger Mann von etwa dreißig Jahren nicht leisten durfte. Er straffte sich und kam zum Wesentlichen meines Anliegens zurück.

»Lassen Sie uns nun über die Beerdigungsfeier reden. Erzählen Sie mir bitte auch Details aus dem Leben Ihrer Schwester, die ich in meiner Trauerrede aufnehmen kann. Bedenken Sie, am Grab schickt es sich nicht, schlecht über Verstorbene zu reden. Derartiges werde ich nicht ansprechen. Man weiß nie, wem man nebenbei auf die Füße treten könnte. Bei Beerdigungen geht ja niemand weg, weil ihm die Trauerrede nicht gefällt. Die Leute sitzen oder stehen wie angenagelt. Aber danach, da zerreißen sie sich das Maul darüber, was der Pfaffe alles vergessen hat oder unnötig breitwalzte. Es ist eine echte Herausforderung, es allen recht zu machen.«

Weil ich nichts über das Leben meiner *Schwester* wusste, begann ich Pfarrer Kern die Geschichte von meiner partiellen Amnesie aufzutischen. Er winkte ab, weil er schon davon gehört hatte.

»Gut, erzählen Sie mir das wenige, woran sie sich erinnern können.«

Ich hatte mir die Fotoalben in der Wohnung angesehen. Einige Bilder erzählten konkrete Geschichten, die ich zum Besten gab. Nach etwa einer Stunde steckte der Pfarrer seine Notizen ein und ging. Erleichtert atmete ich auf. Da klingelte das Telefon. Ich hob ab und meldete mich mit meinem bürgerlichen Namen.

»Nanu, so förmlich, haben Sie den Habit abgelegt? Hier ist Ihr Vater, Abt Leo Gärtner.«

13

Vermutlich standen mir augenblicklich Schweißperlen auf der Stirn. Unvermittelt den Abt aus dem Kloster an der Leitung zu haben, damit hatte ich nicht gerechnet. Verdammt, wie spricht man einen Abt an? Wie hieß er doch gleich? Und wie sprach ein Mönch seinen Klostervorsteher an? Hatte mein plötzlich verstorbener Zwillingsbruder etwas drüber gesagt? Ich hatte versäumt, diesbezüglich zu googeln. Meine grauen Zellen liefen heiß und begannen innerlich zu dampfen. Dennoch ließen sie mich mit meinen Schweißperlen stehen und verkündeten keine brauchbare Antwort.

»Hm«, brachte ich endlich hervor. »Guten Abend.«

»Ich habe den Eindruck, Sie bei irgendetwas überrascht zu haben.«

»Nein. Entschuldigung. Ich verabschiedete eben Pfarrer Kern und war noch in Gedanken abwesend. Wir besprachen die Trauerfeier meiner *Schwester*. Er löcherte mich mit Fragen für seine Trauerrede. Und welche Musik gespielt werden sollte. Ich wusste gar nicht, was es bei einer Beerdigung alles zu bedenken gibt. Bisher nahm ich immer nur still teil, ohne mich um das Organisatorische zu sorgen. Glücklicherweise kümmert sich das Beerdigungsinstitut um das Wesentliche.«

»Wann wird die Beisetzung sein?«

»Am Freitag. Es gibt in dem Zusammenhang viel zu regeln.«

Der Abt fragte nach weiteren Einzelheiten und bot seine Hilfe an. Das fehlte mir gerade noch, dass er hier auftauchte. Ich beruhigte ihn.

»Die Leute hier in Bellabeuren sind sehr hilfsbereit und unterstützten mich in allen Angelegenheiten.«

Abt Leo Gärtner fragte, ob genügend Geld vorhanden

sei, damit die Kosten gedeckt werden könnten. So eine Beerdigung sei heutzutage recht teuer. Ich sagte ihm, dass ich noch keinen Überblick habe, dass ich erst am Mittwoch einen Termin beim Anwalt und Notar hätte. Danach wüsste ich mehr. Die Frage nach den Finanzen warf einen dunklen Schatten in meine Gedanken. Erhoffte der Abt eine Millionenspende fürs Kloster?

»Wenn ich Haus und Praxis meiner *Schwester* verkaufe, wird sicher genügend Geld für die Beerdigung da sein.«

»Wie steht es um Verpflichtungen?«, fragte der Abt. »Hat ihre Schwester Schulden hinterlassen?« Offensichtlich lagen ihm die Finanzen am Herzen, weil er noch einmal das Thema anschnitt.

»Es tut mir leid. Ich hatte noch nicht die Zeit, alle Unterlagen zu sichten. Gut, dass Sie das ansprechen. Es gibt etliche nagelneue medizinische Geräte in der Praxis. Möglicherweise sind die noch nicht alle bezahlt.«

Auf irgendeine Weise beendeten wir das Gespräch. Ich setzte mich in den besten Sessel und atmete tief durch. Ob der Klostervorsteher bemerkt hatte, dass er nicht mit dem echten Mönch sprach? Ich ließ mir das Telefonat noch einmal durch den Kopf gehen. Mir fiel nichts an verdächtigen Bemerkungen ein. Wie dem auch sei, ich durfte mich keinen Tag länger als nötig in Bellabeuren aufhalten und als Mönch agieren.

In der folgenden Nacht schlief ich unbeständig und wachte immer wieder auf. Danach sah ich mir erneut die Fotoalben an, um mit der Familiengeschichte vertrauter zu werden. Den halben Tag blätterte ich in allerlei Ordnern, in denen Rechnungen und Verträgen abgeheftet waren. Ein Tagebuch suchte ich vergeblich. Daraus hätte ich gewiss herzzerreißende Geschichten schöpfen können. Aber nein, nicht einmal im Safe lag ein Tagebuch. Kurz nach dem Mittagessen ging ich zum Rathaus. Melinda begrüßte mich strahlend. Die dunkelblonden Haare fielen lockig auf ihre Schultern. Sie trug ein rosa Shirt mit kleinen Blumen unter einem Jeans-Cardigan. Die weinroten Jeggings saßen perfekt und betonten ihre weibliche und sportliche Figur.

»Mein Personalausweis ist abgelaufen«, sagte ich beiläufig. »Der muss verlängert werden.«

Sie kam zum Schalter, sah sich meinen Ausweis an und schüttelte den Kopf. »Nein, den können Sie weder hier noch sonst irgendwo verlängern lassen. Sie brauchen einen neuen Ausweis.«

»Gut, dann stellen Sie mir bitte einen neuen Personalausweis aus.«

Mit schräg gestelltem Kopf sah sie mich mit dem schönsten Lächeln der Welt, aber mit einem kleinen Schalk im Augenwinkel an. »So einfach geht das leider nicht.«

14

Ich erfuhr von Melinda, dass ich in Bellabeuren mit meinem Hauptwohnsitz gemeldet sein müsse, um im Rathaus einen Personalausweis zu beantragen und zu erhalten. So seinen nun mal die Gesetze. Außerdem dauere es zwei bis drei Wochen, bis ich den neuen Ausweis im Scheckkartenformat erhielte. Ich erwiderte darauf, dass ich mich dann eben hier anmelden würde. Sie sah mich erstaunt an.

»Ich dachte, Sie würden nach der Beerdigung ihrer Schwester gleich wieder ins Kloster abreisen.«

»So schnell geht das leider nicht. Es gibt noch etliches zu regeln. Und so eine Arztpraxis lässt sich auch nicht innerhalb einer Woche verkaufen. Welcher Allgemeinmediziner will schon hier aufs Land?«

Melinda nickte verständnisvoll und meinte, dass das Monate dauern könne. Sie willigte ein, mich in Bellabeuren offiziell anzumelden, und half mir die entsprechenden Formulare auszufüllen. Und weil wir schon dabei waren, beantragte ich auch gleich einen Reisepass. Den hatte ich bei den Sachen meines verstorbenen Zwillinngsbruders nicht gefunden. Nun würde ich neue und echte Ausweise erhalten. Krass. Am liebsten hätte ich einen Luftsprung gemacht. Doch damit wäre ich aus der Rolle gefallen. Vorsicht.

»Ich brauche aber auch ein aktuelles und biometrisches Foto für die neuen Ausweise«, sagte sie stirnrunzelnd. »Hier in Bellabeuren gibt es keinen Fotografen, der das macht. Da müssen Sie nach Hasenlinde.«

»Kein Problem, ich nehme den nächsten Bus.«

Deshalb fuhr ich schnell nach Hasenlinde, ließ mich fotografieren und erwischte gerade noch den letzten Bus zurück nach Bellabeuren. Das Rathaus war leider schon geschlossen.

Während der Busfahrt hatte ich über Melinda gegrübelt. Was führte sie im Schilde? Es war so verdammt schwer herauszufinden, was im Kopf einer Frau vorgeht. Obwohl sie davon ausging, dass ich nur kurz in Bellabeuren sein würde, gab sie sich größte Mühe, mir jeden Wunsch von den Lippen abzulesen. Mehr. Erneut hatte es zwischen uns geknistert. Das Weib lockte. Früher oder später würde ich den Habit vergessen.

»Guten Abend Bruder Lazarus«, begrüßte mich ein älterer Mann mit Schlapphut im Rentenalter, der aber noch recht sportlich wirkte. »Ich klingelte gerade vergeblich an deiner Haustür. Schön, dass ich dich hier vor dem Rathaus treffe.«

Noch einer, der mich von früher kennt, dachte ich und erwiderte seinen Gruß.

»Du schaust, als ob du mich nicht erkennst«, sagte der Mann. »Ich bin's dein alter Meister, Paul Kramp.«

»Ach so.«

»Verstehe. Habe davon gehört. Der Erinnerungsverlust. Furchtbare Sache. Was es alles gibt. Aber die Angel kannst du doch sicher noch schwingen? Sowas verlernt man nicht. Oder? Ist ja auch keine Kunst.«

Mir war immer noch nicht klar, worauf der Mann, angeblich mein ehemaliger Meister, hinaus wollte.

»Du hast zwar nie den Preis gewonnen, früher. Aber wir waren uns im Vorstand einig, dich als ehemaliges Mitglied und Ehrengast zum Angelwettbewerb einzuladen. Ich bin der zweite Vorsitzende des *Angelvereins Bellafisch e.V.* und lade dich hiermit offiziell ein. Was sagst du dazu?«

Als ich vor Verblüffung nicht sofort antworte, fragte der Mann: »Du darfst doch angeln, als Mönch? Na klar darfst du das. Denk an Petrus. Als der eines Nachts nichts gefangen hatte und mit seinen Kumpels das Boot an Land zog, sagte Jesus zu ihm: ‚Schippert noch mal raus. Werft diesmal aber die Netze auf der rechten Seite aus.' Das taten sie und fingen so viele Fische, dass sie das Fischernetz nicht an Bord hieven konnten. So schwer war es. Sie zogen es an Land und speisten anschließend mit Jesus am Lagerfeuer. Ja, der Jesus kannte sich aus mit dem Fischen. Oder die Geschichte, als Steuereintreiber auftauchten und Jesus wohl etwas knapp bei Kasse war. Da sagte er zu Petrus, er solle an den See gehen und die Angel auswerfen. Im Maul des ersten Fisches, den er heraufzog, würde er eine Münze finden, deren Wert ausreichte, um die Steuer für ihn und Petrus zu bezahlen. Und so kam es dann auch. Jesus und der Petrus kannten sich mit Fischen aus. Zum Gedenken grüßen wir Angler uns heute noch mit ‚Petri Heil!' Oder die Geschichte als ...«

Weil ich fürchtete, der Mann würde mir vor dem Rathaus die ganze Bibel ausbreiten, unterbrach ich ihn.

»Ja, ja, gewiss darf ich als Mönch angeln. Aber ich habe das schon lange nicht mehr getan und besitze auch keine Angelausrüstung. Tut mir sehr leid.«

Mit meinem Einwand hatte ich gehofft, nicht am Wettbewerb teilnehmen zu dürfen. Doch das hatte der zweite Vorsitzende des Angelvereins mit den übrigen Vereinsmitgliedern schon bedacht. Zwei Angelruten stünden für mich leihweise bereit. Mehr seien pro Angler beim Wettbewerb ohnehin nicht erlaubt. Die erforderlichen Köder würde er ebenfalls mitbringen. Letztendlich willigte ich ein und der zweite Vorsitzende zog summend davon. Ich konnte nicht ahnen, welche fatalen Folgen meine Teilnahme nach sich ziehen würde.

Samstag stand also Fischen auf dem Programm. Bei so

einem Wettbewerb sind zwar alle Angler stumm wie die Fische im Wasser, um sie nicht zu verscheuchen. Aber ich würde neue Leute kennenlernen, die mir unter Umständen nützen könnten. Dessen ungeachtet bestand ebenso die Gefahr, dass es zwischen den Vereinsmitgliedern eine dunkle Gestalt gab, die es darauf anlegte, mir zu schaden. Ich war Alleinerbe einer schönen Villa und einer komplett eingerichteten Arztpraxis. Das könnte schon Begehrlichkeiten wecken. Alles zusammen war sicher mehr als eine halbe Million wert, obwohl wir uns auf dem abgelegenen Lande befanden. Doch Notar Bachmiller bewertete die Sachlage bei meinem Besuch nicht so rosig.

15

Tags darauf fuhr ich wieder mit dem Bus nach Hasenlinde und suchte den Rechtsanwalt und Notar Bachmiller auf. Ich hatte telefonisch einen Termin vereinbart. Im Vorzimmer saß eine Dame von etwa vierzig Jahren in einem dunkelblauen Kostüm und cremefarbener Bluse. Ich stellte mich vor. Die hagere und ernst dreinblickende Frau drückte auf einen Knopf beim Telefon und sagte: »Herr Thomas Schütze ist da.«

»Ja bitte«, klang es blechern aus dem Lautsprecher.

Die Vorzimmerdame erhob sich und mir fiel auf, dass sie nicht über die bei Frauen üblichen Wölbungen in der Höhe des Herzens und am Ende des Rückens verfügte. Ihre Figur als dürr zu bezeichnen, wäre noch stark untertrieben gewesen. Wahrscheinlich bestand sie nur aus Knochen mit ein wenig Haut darüber, was jedoch das Kostüm kaschierte. Ihr Magen hatte vermutlich die Größe einer Haselnuss. Erstaunlich, was für ein Geschöpf Gott da aus Adams Rippe geschaffen hatte.

Die Dame öffnete eine schmucklose, aber stabile Holztür neben ihrem Schreibtisch, die an der Innenseite gepolstert war. Herr Bachmiller begrüßte mich freundlich und mit gut genährter Hand. Seine Figur brachte definitiv fünfzigmal das Gewicht der Vorzimmerdame auf die Waage. Ich sah mich in seinem mit dunkelbraunen Möbeln ausgestatteten Büro um. Vermutlich war auch das Bücherregal, welches lückenlos die Wand hinter dem Schreibtisch bedeckte, aus reinem Mahagoni angefertigt worden. Die meisten Bücher standen mit festem Einband nach Jahrgängen angeordnet im Regal, offenbar juristische Journale. Auf dem Schreibtisch lagen zwei Aktenberge, einer links, der andere rechts neben der ledernen Schreibunterlage. Es roch nach einem angenehmen Lufterfrischer, dessen Duft ich nicht zu definieren vermochte. Schon im Vorzimmer war mir der Geruch aufgefallen, dessen Quelle im Verbrogenen blieb. Der Notar hatte in der Vergangenheit vermutlich alle rechtlichen Angelegenheiten *meiner Familie* geregelt, wie ich gestern in einigen Dokumenten der Aktenordner in der Villa gelesen hatte. Zwar stand ich ihm das erste Mal in meinem Leben gegenüber, aber er behauptete, sich noch gut an mich erinnern zu können, obwohl mein Habit ihn etwas irritiert habe.

Ich wolle den Rat des Juristen, wie ich am besten Haus und Praxis verkaufen könne, sagte ich ihm. Denn beides bräuchte ich nicht und sei mit dem bescheidenen Leben im Kloster zufrieden.

Der Notar musste soeben die Sechzig überschritten haben, schätzte ich. Er lehnte sich in seinem schwarzen Ledersessel hinter dem wuchtigen Schreibtisch zurück und faltete die Hände über dem immensen Bauchansatz. Mit seinen dunkelbraunen Augen sah er mich durch die dicken Brillengläser aufmerksam an, als ich mein Anliegen vortrug.

»Ich weiß auch gar nicht, welchen Wert die Villa und die Praxis mit all den modernen medizinischen Geräten hat. Sie haben da bestimmt Erfahrung und können den Verkauf vorbereiten. Oder Sie kennen jemanden, an den ich mich wenden könnte. Es soll ja alles seine Ordnung haben.«

»Es tut mir leid«, begann der Jurist. »Aber ich muss mich erst in Ihren Fall einarbeiten. Bisher hatte ich keinen Auftrag. Sie hätten sich ja auch an einen Kollegen von mir wenden können. Wenn Sie mir bitte hier die schriftliche Vollmacht erteilen, werde ich umgehend alle relevanten Akten einsehen.«

Er reichte mir eine Vollmachtserklärung, die er vorbereitet und auf der Schreibunterlage liegen hatte. Ich unterschrieb, ohne das Kleingedruckte zu lesen.

»Heute ist Mittwoch«, sagte Notar Bachmiller. »Ich besitze zwar noch einige Unterlagen von Ihrem Vater und auch von Ihrer Schwester. Aber die sind nicht aktuell. Ich denke, bis Montag habe ich einen ersten Überblick. Wollen Sie am Montag wiederkommen? So etwas bespricht man am besten von Angesicht zu Angesicht.«

Ich stimmte zu und verabschiedete mich.

Als der Bus durch Bellabeuren fuhr und vor dem Rathaus hielt, sah ich von meinem Sitz aus einen Mönch in die kleine Nebenstraße gehen. Es war nicht irgendeine Straße, sondern die, in der *meine Villa* stand. Nanu, ein zweiter Mönch in Bellabeuren? Ich vergaß auszusteigen. Der Bus fuhr los und hielt erst wieder beim Supermarkt am Ortsrand. Nachdenklich verließ ich den Omnibus und marschierte zurück zum Rathaus, ging daran vorbei und bog in meine Straße ein.

16

Ob Abt Leo Gärtner doch bemerkt hatte, dass er nicht mit dem echten Bruder Lazarus telefonierte? Ich ging das Telefonat noch einmal in Gedanken durch. Aber selbst als ich in die kleine Nebenstraße einbog, war mir immer noch nichts Verdächtiges eingefallen. Der Mönch stand nicht wartend auf dem Bürgersteig. Vielleicht hatte ihm meine Rückkehr zu lange gedauert und er war ins Gasthaus gegangen. Doch als ich vor die Villa trat, sah ich ihn. Er saß auf der kleinen dreistufigen Treppe vor dem Hauseingang. Nein, dort hockte nicht der Abt aus dem Kloster. Dessen Foto hatte ich auf der Internetseite gesehen und wesentlich älter eingeschätzt, als den Mann auf der Treppe. Der Ordensbruder vor der Tür trug die gleiche Art Habit wie ich und war vermutlich fünf Jahre älter als ich, also etwa fünfzig. Folglich irgendein Mönch, der davon gehört hatte, dass hier im Haus ein Klosterbruder wohnt und mich nun voraussichtlich um Quartier bitten würde.

Er bat mich später um Quartier. Aber es war nicht irgendein Mönch.

»Oh, welche Überraschung«, sagte ich zur Begrüßung, weil mir nicht einfiel, wie Ordensbrüder sich untereinander ansprechen.

»Gelobt sei Jesus Christus«, sagte der Mönch.

Ach ja, darauf musste ich antworten: »In Ewigkeit, Amen.«

»Guten Abend, Bruder Lazarus. Unser Abt Leo Gärtner schickt mich. Erstaunt?«

»Das kann man wohl sagen. Er hatte am Telefon nicht angekündigt, dass er jemanden schicken würde. Hatten Sie eine gute Reise?«

Der fremde Mönch hob die Augenbrauen. Hatte ich etwas Anstößiges gesagt?

»Nun, er hat sich das wohl erst nach dem Gespräch«, er stockte, »nach dem Gespräch mit Ihnen überlegt. Doch ja, ich hatte eine gute Reise. Sehr abgelegen hier.«

Der Mönch hatte sich erhoben. Eine magere Gestalt in viel zu weitem Habit. Er und die Vorzimmerdame des Notars hätten von der Figur her Geschwister sein können. Obwohl, er war nicht gar so dürr und hatte eine spitze Hakennase. Ich bat den fremden Mönch herein und fragte, ob er schon zu Abend gegessen hätte. Er verneinte, müsse aber dringend die Toilette aufsuchen. Ich zeigte ihm, wo sie ist. Nachdem er die Tür hinter sich geschlossen hatte, sah ich mir das Namensschild an seinem abgestellten und scheinbar niegelnagen neuen Rucksack an: Pater Edmund. Auch sein bürgerlicher Namen und die Adresse des Klosters waren fein säuberlich aufgeschrieben.

Der Abt hatte also einen Pater geschickt. Einen Aufpasser? Einen Spion? Mein Misstrauen wuchs von Minute zu Minute. Wir aßen zu Abend und Pater Edmund berichtete mir, dass er mir bei der Abwicklung des Nachlasses behilflich sein solle. Abt Leo Gärtner habe schon einige Male erlebt, dass Klosterbrüder den Blick für die Wirklichkeit, also für das Leben außerhalb der Klostermauern verloren hätten. Er fragte, was ich schon veranlasst hätte und wie er helfen könne. Ich erzählte ihm, dass Pfarrer Kern mich in den örtlichen Kirchendienst habe einbinden wollen.

»Da kann ich ein wenig einspringen«, sagte Pater Edmund sofort, was er bei der Beerdigung und beim Gottesdienst am Sonntag auch gerne tat.

Nach dem Essen entschuldigte ich mich, weil ich sein Zimmer herrichten wollte. Bisher hatte ich im Gästezimmer der Villa geschlafen, weil ich das Schlafzimmer meiner verstorbenen *Schwester* gemieden hatte. Nun zog ich in eben jenes Schlafzimmer um. Denn es gab in der Villa nur die beiden Räume mit Betten darin. Zur Wohnung gehörte zwar noch ein Zimmer, in dem vermutlich mein Zwillingsbruder früher gewohnt hatte. Doch darin stand kein Bett. In der Praxis befand sich zwar eine Liege, die zum Schlafen allerdings nicht geeignet war. Pater Edmund sagte, dass er von der weiten Reise müde sei und zog sich schon um acht Uhr zurück. Ich erinnerte mich, dass mein Zwillingsbruder mir erzählt hatte, dass die Mönche im Kloster gewöhnlich zwischen acht und neun Uhr schlafen gingen. Ich hatte mir jenen Tagesrhythmus nicht angewöhnt und nahm mir vor, am nächsten Morgen früher aufzustehen als üblich. Damit ich nicht auffiele. Natürlich musste ich mir einen Wecker stellen, denn fünf Uhr war nicht meine Zeit, um freudestrahlend von der Matratze zu springen. Es klappte, zwar nicht freudig, aber ich war drei Minuten vor fünf Uhr auf den Beinen. An der Tür zum Gästezimmer lauschte ich. Es rauschte, Pater Edmund stand offenbar unter der Dusche. Das Zimmer hatte ein eigenes Bad. Das Brausen verstummte, ich wich von der Tür zurück. Nun würde er sich abtrocknen, ankleiden und zum Frühstück kommen. Ich eilte in die Küche und richtete alles her. Dann wartete ich auf Pater Edmund.

Als er sich nach zwanzig Minuten immer noch nicht blicken ließ, ging ich leise zur Gästezimmertür hinüber. Ich hörte ihn hinter der verschlossenen Tür sprechen und lauschte.

»Irgendwie benimmt er sich merkwürdig«, sagte Pater Edmund und schwieg dann eine Weile. Führte er Selbstgespräche? Im Gästezimmer gab es kein Telefon. »Ja, das könnte natürlich sein«, begann er wieder zu sprechen und ich begriff, ohne es zu sehen, dass er in ein Handy sprach. Mein Zwillingsbruder hatte als Mönch kein Handy besessen. Pater Edmund leistete sich offensichtlich eines. Womöglich hatte der Abt ihm das Gerät aufgedrängt, damit er ungestört berichten konnte.

»Ja, ich erinnere mich«, nahm der Pater das Gespräch wieder auf. »Bevor er zu uns kam, hatte er längere Zeit im Koma gelegen. Vielleicht eine Spätfolge. Amnesie. Dazu würde passen, dass er mich mit Sie ansprach. Dabei waren wir uns im Kloster doch persönlich so nahegekommen, dass ich ihm das Du angeboten hatte.« Er schwieg wieder. »Ja, er hat Probleme, sich alles zu merken. Das spürte ich schon im Kloster. Es erklärt auch, wieso er die Profess nur mit Ach und Krach schaffte ...« Er hielt inne und lauschte. Vielleicht rügte ihn der Abt wegen seiner wurstigen Ausdrucksweise. Zu gerne hätte ich die Worte des Abts gehört. Danach beendete er das Telefonat und ich eilte zurück. Eine Minute später trat Pater Edmund an den Frühstückstisch.

Nach dem Frühstück sagte ich ihm, dass ich Pfarrer Kern anrufen wolle, um mich zu vergewissern, dass morgen mit der Beerdigungsfeier alles in Ordnung sei. Pater Edmund wünschte, bei der Gelegenheit sogleich seine Dienste anzubieten, was er dann auch tat, als ich ihm das Telefon reichte.

»Wir haben vereinbart, dass ich am Grab einen Segen spreche«, sagte Pater Edmund, nachdem er aufgelegt hatte. »Damit sind Sie doch einverstanden?«

»Selbstverständlich.« - Ich hüstelte leise hinter der Hand und begann schon einmal, meiner irgendwann einsetzenden Müdigkeit vorzubeugen und um das Belauschte zu verifizieren. »Ich schlief letzte Nacht schlecht, lag lange Zeit wach. Dabei stieg eine unscharfe Erinnerung in mir auf. Wissen Sie, mein Gedächtnis spielt mir gelegentlich Streiche. Setzt einfach aus. Ganz banale Dinge fallen mir auf einmal nicht mehr ein. Pater Edmund, ich will Ihnen nicht zu nahe treten, helfen Sie mir bitte. Mir war heute Nacht so, als ob wir uns im Kloster geduzt hätten.«

Peter Edmund strahlte mich an: »Richtig Bruder Lazarus! Es freut mich, dass ich eine Lücke in deinem Gedächtnis schließen kann. Und den Pater lassen wir jetzt auch weg. Nur noch per Du von Bruder zu Bruder.« Er reichte mir seine knochige Hand und drückte fest zu.

Nach dem Frühstück machten wir uns auf den Weg zur Kirche. Unterwegs sprach ich ein Problem an, über das ich zuvor nie nachgedacht hatte. Nämlich, wie ich mir Gott vorzustellen habe.

»Aber das ist doch einfach«, sage Pater Edmund.

»Warten Sie ab. Entschuldigung«, unterbrach ich mich. »Warte bitte ab. Das Du will mir noch nicht so recht über die Lippen. Was ist nur mit meinem Gedächtnis los? Schon wieder hatte ich das Du vergessen. Vermutlich wird mir das noch ein paarmal passieren. Also, in der Kirche gibt es ein Gemälde, das mich nachdenklich gestimmt hat. Du wirst schon sehen.«

17

»Also nochmal«, nahm ich unser Gespräch durchs Dorf nach einer kurzen Pause erneut auf. »In der Kirche hängt ein merkwürdiges Gemälde. Vor meinem Eintritt ins Kloster war ich überhaupt nicht religiös. Meine Eltern legten während meiner Erziehung keinen Wert darauf. Wir gingen nur zur Kirche, wenn dort jemand aus dem Verwandten- oder Freundeskreis heiratete. Einmal war ich auch bei einer Taufe dabei. Dennoch bekam ich mit, dass die Christen zu einem Gott beten. Und in der religiösen Unterweisung im Kloster ging es auch immer nur um einen Gott. Ich meine, einen einzigen Gott, nicht mehrere Götter.«

»Und wo ist nun das Problem?«, fragte Pater Edmund, als ich eine Pause einlegte.

»Auf dem Bild in der Kirche wird die Taufe Jesu dargestellt. Sie, Pardon Du, wirst es ja gleich sehen. Da steht Jesus bis zu den Knöcheln im Wasser. Neben ihm auf dem nahen Ufer steht ein Mann, der ihm aus einer winzigen Schale etwas Wasser auf den Kopf träufelt. Das soll offenbar Johannes der Täufer sein. Und nun kommts, über Jesus, aber noch unter den Wolken, schwebt eine Taube mit ausgebreiteten Flügeln. Der Heilige Geist. Über der Taube der bewölkte Himmel mit einer großen Lücke darin. Aus jener Öffnung zwischen den Wolken schaut ein gütig herabblickender Mann mit weißem Bart und ausgebreiteten Armen auf die Taufzeremonie. Die Köpfe alle drei Personen und der der Taube ziert ein Heiligenschein. Im Kloster hieß es, Jesus ist Gott und Gottvater ist Jesus. Wieso werden dann Jesus und Gottvater auf dem Gemälde als zwei verschiedene Personen dargestellt?«

»Es gibt auch an anderen Orten derartige Darstellungen«, antwortete Pater Edmund. »Darin steckt eine Menge künstlerische Freiheit. Der Maler war ja nicht dabei, als Jesus getauft wurde. Über die Taufe Jesu stehen nur wenige Zeilen in der Bibel. Aus jenen knappen Worten hat der Künstler geschöpft und seiner Fantasie freien Lauf gelassen. Kein Grund zur Beunruhigung. Es gibt nur einen Gott. Religiöse Gemälde in Kirchen bilden nicht die Wirklichkeit ab. Darin werden Ideen und Symbole verarbeitet. Auf die Leinwand wurde Farbe aufgetragen. Zum Beispiel der Heiligenschein. Ein Ring oder eine leuchtende Scheibe hinter oder über dem Kopf einer Person. Hat es den Heiligenschein jemals gegeben? Nein. In der Bibel wird er nicht beschrieben. Er ist ein Symbol zur Kenntlichmachung, dass es sich um die Darstellung heiliger Menschen oder Gott selber handelt. Die Symbole zu verstehen, muss man lernen. Ein kleines Kind weiß nicht, was der Heiligenschein bedeutet. Es fragte und wird belehrt. Von da ab weiß das Kind Bescheid und erkennt auf jedem Bild die Heiligen. Um herauszufinden, welcher Heilige dargestellt ist, muss man die übrigen Symbole in der Szene deuten. Wenn da zum Beispiel ein Mann mit einem riesigen Schlüssel abgebildet ist, weiß der gut informierte Christ, das ist Petrus. Warum? Weil Jesus dem Petrus Schlüsselvollmacht im Priestertum übertrug. Der Schlüssel steht symbolisch für jenen Vorgang. Und so gibt es viele weitere Symbole.«

»Wenn die Gemälde nicht die wahre christliche Lehre darstellen«, fragte ich. »Warum hängt man dann überhaupt Gemälde in der Kirche auf?«

»Um an die Ereignisse zu erinnern, von denen in der Bibel zu lesen ist«, antwortete Pater Edmund. »Und bedenke bitte, viele der heute immer noch stehenden Kirchen wurden zu einer Zeit erbaut, als nicht jeder lesen und schreiben konnte. Damit das gesprochene Wort der

Predigt besser im Gedächtnis bleibt, schmückte man Gebäude mit Bildern und Skulpturen aus. Das Verfahren wird auch heute immer noch angewendet. Denke bitte an Schulen und Ausbildungsstätten. Es gibt kaum einen Unterweisungsraum, in dem nicht ein Projektor steht, mit dem Bilder und Filme auf eine Leinwand geworfen werden. Stellen die Bilder die Wirklichkeit dar? Nein. Es sind Lichtpunkte verschiedener Helligkeit auf einer weißen Wand.«

Wir näherten uns der Kirche und betraten sie. Schweigend führte ich den Pater zu dem angesprochenen Bild an der rechten Seitenwand. Still standen wir eine Minute nebeneinander davor und betrachteten es.

»Lass uns beten und meditieren«, flüsterte Pater Edmund und schritt zu den Bänken. Ich folgte ihm und kniete mich ebenfalls für einige Minuten hin. Dann setzte er sich und verharrte mit gesenktem Haupt. Ich tat es ihm gleich und dachte über seine Belehrung nach.

Plötzlich ertönte die Orgel und erfüllte die Kirche mit einer sanften Melodie. Pater Edmund hob kurz den Kopf, senkte ihn aber sofort wieder und schien mit geschlossenen Augen der Musik zu lauschen. Ich drehte mich um und sah zur Orgel hinauf. Am Spieltisch auf der Empore erkannte ich Melinda. Sie beherrschte das Instrument perfekt und spielte exzellent. Zwischen mehren Stücken machte sie nur kurze Pausen. Dann verstummte die Orgel. Ich lauschte dem Nachhall. Pater Edmund erhob sich langsam und lautlos. Ich folgte ihm durch den Mittelgang Richtung Ausgang. Kurz bevor wir die Kirchentür erreichten, stand Melinda unerwartet vor uns.

»Entschuldigen Sie bitte«, sagte sie und senkte ein wenig ihren dunkelblonden Lockenkopf. »Wie hat Ihnen mein Orgelspiel gefallen? In Absprache mit Pfarrer Kern will ich die Musikstücke morgen zur Trauerfeier spielen.«

»Hervorragend«, platzte es aus mir heraus. »Darf ich bekannt machen. Pater Edmund. Frau Melinda Knoll, die örtliche Organistin.«

»Ihr Spiel und die ausgewählten Stücke, brillant«, lobte der Pater. »Das zweite Werk von Johann Sebastian Bach hat mir besonders gefallen. Sie haben einen ausgezeichneten Fingersatz, spielen leidenschaftlich und prügeln die Noten nicht einfach so herunter. Brillant. Ich kann der Musikauswahl nur zustimmen.«

Melinda strahlte und sagte schlicht: »Danke.«

Wir verabschiedeten uns und sie ging zu einem Seitenausgang.

Vor dem Kirchenportal nahm ich unser Gespräch wieder auf. »Das Gemälde verleitete mich dazu, in der Bibel nachzulesen, wie das damals war mit der Taufe Jesu«, begann ich. »Es werden eindeutig drei göttliche Geschöpfe genannt: Jesus, der Heilige Geist wie eine Taube herabkommend, also keine wirklich Taube, und eine Stimme sprach von Himmel, die sagte: ‚Das ist mein geliebter Sohn, an dem ich Gefallen gefunden habe.‘ Hat Gott da dann selber zu sich gesprochen? Sich selber gelobt? Wenn, wie du gesagt hast Gott Jesus und Jesus Gott ist, warum dann jenes Theater?«

Pater Edmund blieb stehen und sah mich entrüstet an. »Bruder Lazarus, das ist doch kein Theater. So einfach dürfen wir uns das nicht machen! Über die Frage haben sich schon wesentlich klügere Geister den Kopf zerbrochen. Vor ein paar hundert Jahren gab es sogar einen heftigen Streit darüber, ob es mehre Götter im Himmel gibt. Im ersten Konzil von Nicäa, 325 n.Chr., hat man bereits darüber diskutiert und gestritten. Heraus kam die Trinität, auch bekannt als Dreifaltigkeit. Damit wird die

Wesenseinheit Gottes in drei Personen benannt. Gott, der Vater, Jesus, der Sohn und der Heilige Geist. Das bedeutet jedoch nicht, dass es sich um drei Körper handelt. Denn Gott ist Geist. Sonst könnte er nicht überall sein. Verstanden?«

Mir lag ein Nein auf den Lippen. Doch ich unterdrückte es. Stattdessen sagte ich: »Im Internet las ich, dass es Christen gibt, die die Dreifaltigkeit ablehnen und von drei unterschiedlichen Göttern sprechen. Es seien drei getrennte göttliche Persönlichkeiten, die allerdings in ihren Absichten, Zielen und Werken vollkommen einig sind.«

»Vergiss es«, sagte Pater Edmund barsch. »Das sind kleine Sektierergruppen ohne jede Bedeutung. Sie laufen einer Irrlehre nach. Im Konzil von Nicäa gab es eine eindeutige Mehrheit für die Dreifaltigkeit, die bis heute in aller Regel von der Christenheit anerkannt wird. Kein Papst hat je daran gerüttelt. Nicht einmal der abtrünnige Mönch namens Luther. Dreifaltigkeit heißt, dass Gott in drei Seinsweisen existiert: als Vater, Sohn und Heiliger Geist. Also nicht drei Personen, sondern eine. Es gibt nur einen Gott.«

Den Rest des Weges zur Villa legten wir schweigend zurück. Pater Edmunds Begründung befriedigte mich nicht. Person und Seinsweisen, wo war der Unterschied? Mir kam der Gedanke, ihn weiterhin mit theologischen Fragen zu löchern. Vielleicht könnte ich ihn auf diese Weise loswerden. Gleich nach dem Mittagessen würde ich erneut beginnen.

18

Im Kloster sprechen die Mönche während des Essens nicht. Das hatte mein Zwillingsbruder nebenbei in jener eindruckvollen Nacht im Heustadel erwähnt. Einer der Ordensbrüder liest aus der Heiligen Schrift oder einem entsprechenden Werk vor und alle lauschen. Deshalb sagte auch ich während des Mittagessens kein Wort. Für Pater Edmund war das offensichtlich normal.

Nach dem Essen verkündete er, dass er gerne eine kurze Pause der Ruhe in seinem Zimmer verbringen würde. Ich begriff, ihm stand der Sinn nach einem Mittagsschläfchen, womit ich nicht falschlag. Als er nach zwei Stunden aus dem Gästezimmer kam, wirkte er immer noch etwas zerknittert und müde. Ich überredete ihn zu einem Spaziergang in der freien Natur. Er schaute zum Fenster und hatte womöglich gehofft, dass es regnete und der Spaziergang ins Wasser fiele. Doch am blauen Himmel zogen nur kleine Schäfchenwolken ihre Bahn, dazwischen schien munter die Sonne. Wir folgten der Seitenstraße, in der die Villa stand, hinaus aus dem Dorf. Nach dem letzten Haus wurde aus der asphaltierten Straße ein schmaler Feldweg mit festgefahrenen Spurrinnen. Rechts und links Stoppeln eines abgeernteten Getreidefeldes. Als wir uns dem nahen Wald näherten, begann ich das Gespräch.

»Auf dem Gemälde in der Kirche wird Jesus als erwachsener Mann dargestellt. Er wurde demnach in reifem Alter getauft, was auch aus der Bibel hervorgeht. Warum werden dann heutzutage Babys im Säuglingsalter getauft, oft kurz nach der Geburt? Widerspricht das nicht dem Beispiel Jesu, dem wir doch folgen sollen?«

Pater Edmund blieb stehen und sah mich an: »Du hast wirklich einiges vergessen, aus der religiösen Unterweisung im Kloster.« Er schritt weiter. »Die Taufe ist ein wichtiges Sakrament der christlichen Lehre. Jesus hat geboten, dass jeder getauft werden muss, wenn er ins Himmelreich eingehen will. Die Taufe ist eine neue Geburt ins Reich Gottes. Und damit niemand verloren geht, werden bereits die Kleinkinder getauft. Denn wer nicht getauft ist, wird aufgrund seiner Sünden verdammt.«

Ich ließ den Satz erst einmal sacken und sagte dann: »Nehmen wir an, ein Säugling lebt drei Tage und stirbt dann, ohne getauft worden zu sein. Der ist demzufolge wegen seiner Sünden verdammt. Aber Säuglinge können doch noch gar nicht sündigen. Wieso sollten sie verdammt sein?«

»Du vergisst die Erbsünde, Bruder Lazarus. Adam und Eva aßen im Garten Eden von der verbotenen Frucht, wurden aus dem Paradies verbannt und waren von da ab sterblich. Alle Nachkommen der ersten Eltern sind sterblich, also mit der Erbsünde befleckt. Auch davon wird man mit dem Sakrament der Taufe gereinigt.«

Ich wusste zu wenig über die christliche Lehre, um gescheit dagegen argumentieren zu können. Dennoch behagte mir die Antwort des Paters nicht. Es gab ja auch christliche Gemeinschaften, ohne Kindertaufe. Dort wurden nur Menschen getauft, die der Taufe zustimmen konnten. Die Säuglinge hingegen wurden nicht gefragt, quasi ins Christentum gezwungen. Zwar konnte man jederzeit aus der Kirche austreten, was vor ein paar hundert Jahren nicht so einfach war wie heute. Aber warum dieser Zwang? Widersprach das nicht der christlichen Lehre? Mir fiel die Kreuzigung Jesu ein und das kurze Gespräch, das er mit dem Verbrecher neben ihm führte.

»Als Jesus am Kreuz hing, wurden gleichzeitig zwei Verbrecher gekreuzigt. Der eine zeigte Reue und sagte zu Jesus, falls ich mich recht erinnere, wenn du in dein

Reich kommst, denke an mich. Darauf antwortete Jesus, dass er noch heute mit ihm im Paradis sein werde, also im Himmel. Da haben wir demzufolge einen Verbrecher, der kurz vor seinem sicheren Tod bereut und Jesus verspricht ihm das Himmelreich. Einfach so, ohne Taufe. Demnach reicht es doch, sich zum Christentum zu bekennen, oder?«

Pater Edmund schwieg und schien nachzudenken. Ich meinte schon, ihn in die Enge getrieben zu haben. Doch da hatte ich mich getäuscht.

»Nun, ob der Verbrecher vor seinem Kreuzestod getauft wurde, ist nicht berichtet. Er kannte Jesus und offenbar auch Wesentliches aus seiner Lehre. Sonst hätte er ihn nicht gebeten, nach dem Tod an ihn zu denken. Möglicherweise wurde er zwei oder drei Jahre zuvor getauft, ließ sich jedoch weiterhin in sündige Handlungen ein. Das wissen wir nicht. Darüber schweigt die Bibel. Interessant ist aber auch, dass Jesus dem zweiten Verbrecher am Kreuz nicht dasselbe verhieß. Dem sagte er nicht, dass er ins Paradis käme.«

Wieder triumphierte Pater Edmund über meine Unwissenheit mit seiner Bildung und seiner geschickten Rhetorik. Ich mochte nicht aufgeben und brachte weitere Fragen vor, auf die er geduldig einging. Nachdem wir von unserem Spaziergang wieder zu Haus ankamen, bedankte er sich sogar für die erfrischende Unterhaltung. Er sagte ernstlich, dass ihn das Gespräch erfrischt habe. Auch das noch. Bravo. In Wirklichkeit hatte ich ihn zur Verzweiflung bringen wollen. Um mich selbst aufzuheitern, erzählte ich vor der Eingangstür zur Villa noch einen Witz. Denn das Lachen eines Menschen soll ansteckend sein.

»Eine Frau kommt vom Kirchgang nach Hause. Der daheim gebliebene Ehemann fragt sie, worüber der Pfarrer gepredigt habe. Über die Sünde, antwortet die Frau. Und, was hat er gesagt?, will der Mann wissen. Er ist dagegen, erwidert die Frau.«

Ich konnte mein breites Grinsen nicht unterdrücken und hatte gehofft, dass Pater Edmund mich mit seinem Lachen anstecken würde. Doch er verzog keine Miene und sah mich ausdruckslos an. Ob er die Pointe nicht begriffen hatte? Ich hatte ihn noch nie schmunzelnd oder gar lachend erlebt. Mein verstorbener Bruder hingegen, der Mönch im Heustadel, der hatte gelegentlich unbekümmert und herzhaft gelacht.

Aber im Auslegen der Bibel und der Doktrin der Kirche, war er exzellent. Dennoch hatte ich das Gefühl, dass in der gegenwärtigen christlichen Lehre einiges zurechtgebogen wurde, um weiterhin Druck auf die Gläubigen auszuüben. Leuten wie mich konnte man aber nicht so schnell mit Hölle und Fegefeuer in die Ecke treiben, obwohl ich zu wenig wusste. Brutale Bilder über das, was die Sünder erwartete, gab es in fast jeder Kirche. Mir schien, dass es schwierig werden würde, mit weiteren Fragen und Argumenten, den Pater zur Verzweiflung zu bringen oder gar in die Flucht schlagen zu können.

19

Am Freitag hingen graue Wolken am Himmel, als ich mit Pater Edmund zu Trauerfeier in die Kirche ging. Aber es regnete nicht. Den ganzen Tag über fiel kein Tropfen. Obwohl wir recht früh waren, spielte Melinda schon sanfte Melodien an der Orgel, die das Kirchenschiff andachtsvoll fluteten. Ich setzte mich in die erste Reihe, wie es für die nächsten Angehörigen üblich war. Pater Edmund zögert, als wolle er sich neben mich setzten, schob sich dann jedoch in der Bankreihe hinter mir. Nach und nach füllte sich die Kirche bis auf die letzte Sitzgelegenheit. Auch neben mich setzten sich einige ältere Frauen, nachdem sie um Erlaubnis gefragt hatten. Beim Glockenschlag war die Kirche proppenvoll, im Eingangsbereich standen sogar etlich Dörfler.

Pfarrer Kern hielt eine eindrucksvolle Ansprache, in der er geschickt meine Aussagen einflocht und die überragenden Leistungen der Frau Doktor Margit Schütze hervorhob. Man werde sie nicht nur im Dorf, sondern auch weit darüber hinaus vermissen, sagte er. Denn viele Patienten seien von weit angereist, weil sie der gute Ruf der Ärztin erreicht habe und ihre Behandlungsmethoden äußerst erfolgreich gewesen seien. Selbst in aussichtslosen Fällen habe sie exzellent diagnostiziert, Linderung verschafft oder gar geheilt. - Schade, dass ich jene Frau nicht kennengelernt hatte. Laut den Worten des Pfarrers war sie eine Heilige, meine angebliche *Schwester*.

Nach der Ansprache ging es hinaus auf den Friedhof, der gleich hinter der Kirche lag. Zum Klang einer Trompete vom Rande des Gottesackers glitt der Sarg feierlich in die Grube. Pater Edmund trat an das Grab und sprach einen Segen. Pfarrer Kern beendete die Zeremonie, indem er mit den bekannten Worten *Erde zu Erde, Asche zu*

Asche, Staub zu Staub, mit dem bereitgestellten Schäufel-
chen dreimal Sand auf den Sarg warf. Anschließend
reichte er mir die winzige Schippe, um es ihm gleich zu
tun.

Ich atmete erleichtert auf, nachdem der letzte Besucher
der Beisetzungsfeier Sand und Blumen auf den Sarg geworfen und mir mit einem *herzlichen Beileid* murmelnd
die Hand geschüttelt hatte.

Das Gasthaus *Zum schwarzen Adler* platzte schon aus
allen Nähten, als Pater Edmund und ich es erreichten.
Auch im Biergarten hinter dem Gebäude wartete man
offenbar auf das erlösende Zeichen. Ich hatte den Eindruck, dass sich nicht nur ganz Bellabeuren zum Leichenschmaus eingefunden hatte, sondern der gesamte Landkreis, wenn nicht noch mehr. Rechtsanwalt und Notar
Bachmiller hatte mir am Grab die Hand gedrückt, aber in
der Gesellschaft konnte ich ihn auch später nicht entdecken. Vielleicht war er kein Gulaschfreund.

Der Wirt hatte für Pfarrer Kern, Organistin Melinda
Knoll, Pater Edmund und mich am Ende eines langen Tisches vier Plätze reserviert. Nachdem Getränke und Gulasch aufgetragen worden waren, erhob ich mich und
sagte: »Pater Edmund wird nun ein Tischgebet sprechen.«

Der Pater sah mich erstaunt an. Wir hatten es nicht ab-
gesprochen. Offenbar fühlte er sich überrumpelt. Er
setzte eine gütige Miene auf, erhob sich und sprach ein
Tischgebet.

Nach dem allgemeinen Amen, sagte ich: »Prost und
guten Appetit«.

Das Gemurmel war während des Gebets verstummt,
doch dann setzte nach und nach reges Plaudern und Treiben ein.

Melinda saß mir am Tisch gegenüber. Ich lobte ihr

Orgelspiel und die Ansprache des Pfarrers. Eine fröhliche Stimmung wollte an unserem Tischende allerdings nicht aufkommen. Umso mehr genoss ich es, wenn die Organistin aufblickte und mir tief in die Augen sah.

Entschuldigend trat Paul Kramp, der zweite Vorsitzende des Angelvereins, an unseren Tisch und erinnert an den Angelwettbewerb am nächsten Tag. »Wollen Sie auch mitmachen?«, fragte er Pater Edmund. »Das Leben geht ja weiter.«

»Nein danke. Erstens habe ich noch nie geangelt und zweitens werde ich morgen die Predigt für Sonntag vorbereiten.«

»Schade. Also dann, bis sieben Uhr dreißig«, sagte Paul Kramp zu mir. »Mit Glockenschlag acht geht es los.«

Ich versprach, pünktlich zum Wettbewerb zu kommen. Anschließend informierte ich den Wirt, dass er die Rechnung an Notar Bachmiller schicken solle, der würde alles regeln. Beim Abschied hielt ich Melindas Hand etwas länger fest als üblich. Sie entriss sie mir nicht, sondern schien es zu genießen.

20

Am *Bellaweiher*, empfing mich Paul Kramp freudestrahlend. »Bruder Lazarus, herzlich willkommen. Damit
sind wir jetzt vollzählig.«

Der Weiher lag in einer Mulde, umsäumt von Büschen
der verschiedensten Art. Vor Jahrzehnten, vielleicht sogar
vor Jahrhunderten, hatte ein früherer Dorfbewohner den
schmalen *Bellabach* zu einem Weiher aufgestaut, niemand wusste mehr Genaues. Er lag auf einem Grundstück der Gemeinde und wurde liebevoll vom Anglerverein gepflegt. Weil am nördlichen Ufer stets frisches
Wasser in den Weiher floss, das ihn an der südlichen
Uferzone am Überlaufrechen wieder verließ, eignete er
sich vortrefflich für die Forellenzucht.

Am Ufer des etwa hundert Meter langen und ebenso
breiten Gewässers begrüßte mich der erste Vorsitzende
des Anglervereins offiziell und hielt eine kurze Rede. Er
erinnerte an die Wettbewerbsregeln. Ich zählte achtzehn
Petribrüder. Mit mir waren wir also neunzehn, die am
Wettbewerb teilnahmen.

Nach der Rede zog jeder ein Los aus zusammengefal-
tetem Papier, auf dem eine Zahl für den zugewiesenen
Angelplatz stand. Damit wurden Streitigkeiten um die
besten Plätze vermieden. Einige setzten eine unzufrie-
dene Miene auf, andere frohlockten über ihr Los. Offenbar gab es Plätze, wo die Wahrscheinlichkeit größer war
für einen guten Fang.

»Mit dem Glockenschlag um zehn Uhr holt jeder
sofort seine Angel ein und kommt hier zur Waage«, setzte
der erste Vorsitzende seine Instruktionen fort. Er deutete
auf einen Bierzelttisch, auf dem eine elektronische Waage
stand. »Wer die schwerste Forelle gefangen hat, ist
Anglerkönig. Wie immer geht es zur Siegerehrung in den

schwarzen Adler. Wer vor acht Uhr die Angel auswirft, ist vom Wettbewerb ausgeschlossen. Irgendwelche Fragen?« Stille. »Dann auf die Plätze.«

Alle eilten zu ihrem Angelplatz. Ich hatte die Nummer zwölf gezogen und stapfte sogleich ans nördliche Ufer. Der Morgen war frisch. Gut, dass ich unter den Habit einen Pulli angezogen hatte. Tau lag auf dem Gras und benetzte meine Schuhe. Es galt Schilf niederzutreten und Büsche zu umrunden. Einige Angler überholten mich. Das Schild mit der Nummer zwölf steckte an einer winzigen Bucht mit einem schmalen Rasenstreifen zwischen Ufer und einem Weidengestrüpp. Ich stellte den erhaltenen Anglerstuhl auf und machte mich mit den Angelruten vertraut. In Wirklichkeit hatte ich noch nie ein Angelgerät in der Hand gehabt, nur gelegentlich Anglern zugesehen und deren Fang bewundert. Aber alle Vereinsmitglieder hielten mich für den ehemaligen Zimmermann Thomas Schütze aus Bellabeuren, der schon in jungen Jahren dem Verein beigetreten war und hier geangelt hatte. Also biss ich die Zähne zusammen und zog den ersten Wurm auf den Haken. Meine neue Identität durfte nicht auffliegen. Es schlug acht Uhr vom Kirchturm. Überall klatschten Angelköder und Posen in den bis dahin spiegelglatten Weiher und verbreiteten kreisrunde Wellenringe um sich. Auch ich warf eine Angel aus. Wie der Angelhaken so durch die Luft flog, sah ich, dass sich der Wurm davon löste und beide getrennt ins Wasser plumpsten. Sogleich vergaßen die Angler rechts und links von mir, ihren Ehrgeiz absoluter Schweigsamkeit und gaben sich unterdrücktem Kichern hin. Offenbar hatte man mich beobachtet und amüsierte sich prächtig über mein Unvermögen, einen Wurm solide aufzuspießen. Ich holte die Angel ein und startete einen neuen Versuch. Diesmal kicherte niemand. Es gelang mir auch, die zweite Angel einwandlos auszuwerfen, mit Wurm am Haken. Ich setzte mich auf den Stuhl und wartete, die beiden Posen nicht aus den Augen lassend.

Aus dem Augenwinkel sah ich, wie der Schwimmer des Anglers zur Linken hinabgezogen wurde. Sofort straffte sich die Schnur, der Kollege war auf der Hut, die Pose tauchte wieder auf und wurde zum Ufer gezogen. Ein Fisch zappelte hinterher. Nun war für mich sicher, dass Forellen im Weiher schwammen. Gesehen hatte ich in dem klaren Wasser nämlich noch kein einziges Wassertier, nicht einmal Frösche. Nach einer Viertelstunde zweifelte ich erneut daran, dass es in meinem Abschnitt des Gewässers etwas zu fangen gäbe. Denn meine Posen saßen auf dem Wasser wie eingefroren. Ich sah zu den Anglern am gegenüberliegenden Ufer. Das konnte doch nicht wahr sein. Da zogen zwei Angler gleichzeitig je einen Fisch aus dem Wasser. Womöglich schwammen an meinem Ufer nur intelligente Forellen, die den Wurm vom Haken knabberten, ohne sich zu verhaken. Ich zog die zuerst ausgeworfene Schnur heraus. Der Wurm hing noch daran, war aber verendet. In meiner Köderbox steckten auch Maiskörner und drei winzige Fischchen aus Plastik. Ich entschied mich, zwei Maiskörner auf den Haken zu stecken und warf die Angel erneut aus. Auch der Wurm am Haken der zweiten Angel war verendet. Ob die Forellen tote Köder verachteten? Nein, das traf offenbar nicht zu, denn ich hatte gesehen, dass der Angler zur rechten auch mit Mais angelte und schon den zweiten Fisch an Land zog. Wieso hatten meine Würmer eigentlich so schnell das Zeitliche gesegnet? In der Box schlängelten sie sich quicklebendig. Später las ich im Internet, dass ich die Würmer vom falschen Ende her aufgespießt hatte, dem Kopf, was zu ihrem raschen Tod führte.

Nach einer Stunde hatte ich die Hälfte meiner Köder

verbraucht, aber noch keinen Fisch gefangen. Plötzlich zuckte es an einer von meinen Posen. Ich ergriff die Angelrute und zog vorsichtig den Schwimmer etwas näher. Da tauchte er unter. Ich begann heftig an der Rolle zu kurbeln. Es hatte wirklich eine Forelle angebissen. Als ich das zappelnde Tier in der Hand hielt, überlegte ich, ob ich es zurück in den Weiher werfen sollte. Denn der Fisch erschien mir doch recht klein. Ich ging zum Angler rechts neben mir und fragte, ob die Forelle noch den Wettbewerbsbedingungen entspräche. Der Mann wiegte den Kopf und sagte dann leise: »Gerade noch.«

Erleichtert ging ich zu meinem Platz zurück. Wenigstens einen Fisch würde ich an der Waage vorzeigen können. Doch was sah ich da? Der Rutenhalter war ein Stück aus dem Boden gezogen worden, die Angelrute bog sich wie ein Flitzbogen und von der Pose keine Spur. Die Angelschnur wurde von irgendetwas unter der Wasseroberfläche hin und her gezerrt. Ich wagte nicht, daran zu denken, dass während meiner kurzen Abwesenheit ein Fisch angebissen hätte. Ich zog und zog. Ein mächtiges Seeungeheuer schien am Haken zu hängen. Erst als ich die Beute nahe am Ufer hatte, erkannte ich das Wassertier im aufgewirbelten Schlamm. Ich griff nach dem Handkescher und schob in vorsichtig unter den Fisch. Nach zwei verzweifelten Bergungsversuchen hievte ich die Riesenforelle aus dem Wasser. Aufatmend setzte ich mich auf den Anglerstuhl und bestaunte meinen immer noch im Netz zappelnden Fang. Die Kirchturmuhr schlug, zehn Uhr. Das war knapp.

Als ich zur Waage kam, lagen schon einige große Forelle auf dem Tisch. Ich legte meinen Fisch daneben.

»Wow!«, tönte der erste Vorsitzende des Anglervereins, als er ihn sah. »Wenn ich mich nicht täusche, haben wir einen neuen Anglerkönig.«

Die nach mir kommenden Angler trauten sich schon gar nicht mehr, ihren Fang auf den Tisch zu legen. Meine Forelle war zweifellos die längste und wie sich auf der Waage bestätigte auch die Schwerste. Ich nahm Glückwünsche entgegen und wurde im *schwarzen Adler* zum diesjährigen Angler-König mit einer Medaille und einer Urkunde gekürt. Blitzlichter flammten auf, alle wollten ein Foto von mir mit der Forelle. Ich fühlte mich wie ein Filmstar. Anschließend bat ich den Wirt, den Fisch zu braten, denn ich hätte nicht die notwendige Erfahrung und auch keine Pfanne im Haus, die groß genug dafür sei. Alle Wettbewerbsteilnehmer genossen ein Stückchen der Forelle und der Verein übernahm die Kosten für den dazu servierten Kartoffelsalat. Zu gerne hätte ich mit einem zünftigen Bier nachgespült. Doch es hatte sich herumgesprochen, dass ich keinen Alkohol trank, was respektvoll akzeptiert wurde. Ich durfte nicht aus meiner selbstgewählten Rolle fallen. Zufrieden ging ich abends heim, nachdem man mich endlich gehen ließ.

21

Am Sonntag trieb eine Brise dicke Schäfchenwolken flott von West nach Ost, als wir zur Kirche gingen. Dazwischen blitzte unregelmäßig die Sonne durch. Die Kirchenbänke waren so mager besetzt wie am Sonntag zuvor. Offenbar trieb es nur viele Leute in die Kirche, wenn jemand gestorben war, wie am vergangenen Freitag zur Trauerfeier. Ich setzte mich in die letzte Reihe, während Pater Edmund würdevoll nach vorn schritt und hinter der Tür zur Sakristei verschwand. Die Orgel summte über mir im Pianissimo, bis die Kirchenglocken läuteten. Nachdem die Glocken verstummten, trat Pfarrer Kern aus der Sakristei und ging zum Altar. Pater Edmund folgte ihm und nahm auf einem der wenigen Altarstühle platz.

Der Gottesdienst verlief im üblichen Zeremoniell, bis Pater Edmund die Treppen zur Kanzel hinauf stieg. Seine donnernde Stimme, die ich ihm gar nicht zugetraut hatte, hallte in der Kirche wider und schreckte die wenigen Kirchenbesucher regelrecht auf. Alle reckten die Hälse und blickten zur Kanzel hoch, einige mit offenem Mund. Offenbar sollte man seine Predigt nicht nur in den Mauern des Gotteshauses vernehmen, sondern auch im letzten Winkel des Dorfes. Mit geschliffener Sprache begann er bei Adam und Eva, zitierte etliche alte Propheten, streifte Jesu Wirken und endete mit Worten des Apostel Paulus. Mehrmals fielen die Begriffe Himmel und Hölle, jeweils anschaulich darstellend. – Kain, der Sohn Adam und Evas habe seinen Bruder Abel ermordet. Dafür sei er hart bestraft worden und müsse nun bis in alle Ewigkeit in der Hölle schmoren. Jeder, der sich dermaßen schuldig mache, solle mit derselben Strafe rechnen. – Noah, ein Prophet, der gehorsam auf die Stimme Gottes hörte, wurde mit seiner Familie gerettet, während der Herr das sündige Volk im Wasser der Sintflut ertränkte. Zwar habe er verheißen, dass die Menschheit nie wieder durch Wasser von der Erde ausgemerzt werden solle. Doch Gott der Herr habe viele Möglichkeiten, sittenlose Menschen für immer zu entfernen. – Moses führte das Volk aus der Sklaverei Ägyptens. Obwohl sie eindrucksvolle Wunder erlebten und vom Herrn die zehn Gebote erhalten hatten, murrten sie viel, waren unzufrieden und widersetzten sich dem Wort des Propheten. Als Strafe mussten sie vierzig Jahre in Wüste und Wildnis umherirren, bevor sie das verheißene Land betreten durften. Auch heute irrten viele Ungläubige umher, weil sie nicht gewillt seien, Gottes Gebote zu befolgen. – Jesus brachte das Evangelium der Liebe. Er heilte Menschen von ihren Krankheiten und vollbrachte zahlreiche Wunder, die nicht alle in der Bibel niedergeschrieben sind. Viele Sterbliche folgten ihm nach und erfreuten sich an seiner unendlichen Liebe. Aber als er im Tempel sah, wie Geldwechsler und Händler das heilige Haus entweihten, wurde er wütend und trieb sie mit Gewalt hinaus. Im Himmel als auch in der Hölle werde Gerechtigkeit verwirklicht. – Abschließend zitierte er den Apostel Paulus, der mit einzigartigen Worten beschrieben habe, was echte Liebe sei. Auch solle die Frau in den Versammlungen der Gemeinde schweigen. Nicht, weil sie weniger Wert sei, sondern um sie vor Versuchungen zu schützen. Denn die Hölle gäbe es wirklich und der Teufel sei unermüdlich damit beschäftigt, viele zu sich hinab zu ziehen.

Wer dabei keine Gänsehaut bekam, war entweder völlig gefühlskalt oder bereits tot. Ein älterer Mann erhob sich und verließ still, aber mit grinsendem Gesicht und verdrehenden Augen zu mir gewand die Kirche. Unverhohlen demonstrierte jener Kirchenbesucher damit, dass es dem Pater sogar mit Feuer und Schwefel nicht gelungen war, ihn zu terrorisieren.

Alle übrigen Zuhörer erinnerten mich an steinerne Stalagmiten am Boden einer Tropfsteinhöhle. Dass Paulus ebenfalls in seinen Briefen geschrieben hatte, dass ein Bischof mit einer einzigen Frau verheiratet sein sollte, das erwähnte Pater Edmund nicht in seiner ehrgeizigen Predigt. Ich hatte es vor ein paar Tagen zufällig in der Bibel gelesen. Wieso gab es dann den Zölibat für Priester und Bischöfe? Suchte sich jeder aus der Heiligen Schrift, was ihm in den Kram passte? Ich wurde nachdenklich, um nicht zu sagen, misstrauisch gegenüber religiösen Dogmen.

Zum Schluss seiner gewaltigen Predigt verkündete Pater Edmund, dass er am heutigen Tage auch die Beichte an Stelle von Pfarrer Kern abnehme, um ihn zu entlasten. Er betonte die Wichtigkeit der Beichte, die es jedem Reumütigen ermögliche, einen neuen und von Sünden freien Lebensabschnitt zu beginnen.

Brav setzten sich nach dem Gottesdienst etliche ältere Frauen in die Bänke nahe am Beichtstuhl und warteten, bis das grüne Lämpchen aufleuchtete und sie eintreten durften.

Ich stieg zur Empore hinauf und stellte mich neben den Spieltisch der Orgel. Melinda schaute auf und lächelte mich an. Sie spielte noch ein paar Takte, die Orgel verstummte, sie rutschte von der Bank und stand stumm neben mir. Dann trat sie zur Seite und winkte mir, ihr zu folgen. Sie öffnete eine schmale Tür neben der Orgel, die ich noch nicht bemerkt hatte. Sie winkte erneut, mit bittendem Blick einzutreten. Ich tat ihr den Gefallen und betrat einen düsteren, äußerst schmalen Gang direkt hinter den Orgelpfeifen. Keine zwei Menschen hätten in dem Hohlraum aneinander vorbei gehen können. Überall lag dicker Staub auf hölzernen Leisten und Hebeln. Unzählige kleine und große Orgelpfeifen standen senkrecht eingeschraubt oder eingeleimt, so genau konnte ich das nicht erkennen, aufgereiht. Zwischen den stattlichen Flöten konnte ich an einige Stellen durch schmale Schlitze hindurch und in das Kirchenschiff bis zum Altar sehen.

Melinda schloss die kleine Tür hinter sich und trat dicht an mich heran. Ohne irgend ein Wort schlang sie überraschend ihre Arme um meinen Hals und drückte mich fest an sich. Sie hatte mich überrumpelt. Es war mir nicht unangenehm. Ich umschloss ihren schlanken Körper und vergrub meine Nase in ihrem duftenden dunkelblonden Haar. Meine Lippen wanderten tiefer, bis sie den Hals erreichten, auf den ich sie küsste. Sie schob mich sachte zurück und unsere Lippen fanden sich, zunächst sanft, dann heftig und immer wilder, als wollten wir einander auffressen. Auch unsere Zungen umspielten sich zärtlich, bis uns die Luft wegblieb. Wir sahen uns tief in die Augen, ohne ein Wort zu sprechen. Dann pressten wir unsere Lippen wieder aufeinander und ich drückte sie behutsam an mich. In Filmen riss man sich bei derartigen Umarmungen die Kleider vom Leib, um den Akt zu vollziehen. Wir taten das nicht. Offenbar hinderte uns beide eine letzte Sicherung, die standhaft durchhielt.

Keine Ahnung, wie lange wir uns liebkosten. Irgendwann standen wir an der Brüstung der Empore und schauten hinunter zum Beichtstuhl. Das rote Lämpchen leuchtete und zwei Frauen warteten auf Grün.

»Du zuerst«, flüsterte Melinda mit einer Handbewegung zur Treppe.

Ich stieg hinab, verließ die Kirche und ging zum Friedhof hinter dem Gebäude. Vor dem frischen Grab von Margit Schütze blieb ich stehen und betrachtete die Kränze, Schleifen, Gestecke und schier unübersehbar vielen Blumen, die man aufgeschichtet hatte. Aus dem Augenwinkel sah ich, wie sich jemand neben mich stellte, aber mit einem Meter Abstand. Es war Melinda.

»Wie geht es weiter?«, flüsterte sie.

»Leidenschaftlich«, antwortete ich spontan.

Sie schwieg einen Augenblick, sagte dann »Amen«, drehte sich um und ging.

Ich sah weitere Leute auf dem Friedhof umher gehen und verharrte weiterhin in andächtiger Stille. »Amen« hallte es in mir nach. Hatte sie gebetet? Möglich. Aber »Amen« bedeutete allgemein »so sei es«. Was? Klar, unsere Leidenschaft. Darauf hatte sie geantwortet. Mit »Amen« hatte sie unser Begehren bekräftigt. Vor einigen Wochen hätte ich es noch für unmöglich gehalten, im Mönchsgewand hintern den Orgelpfeifen inbrünstig eine junge Frau zu küssen.

Ein Schatten erschien neben mir. Aus dem Augenwinkel erkannte ich ein Habit. Pater Edmund hatte die Kirche verlassen und stand nun nahe bei mir. Er bekreuzigte sich und wir verließen schweigsam den Friedhof. Keiner sprach ein Wort, bis wir die Villa erreichten. Auch das bescheidene Mittagsmahl aus aufgewärmten Eintopfdosen, nahmen wir schweigend zu uns.

Auf seine Frage, wie ich seine Predigt empfunden hätte, antworte ich wahrheitsgemäß, dass ich sehr beeindruckt sei. Er antwortete nicht darauf. Vermutlich wertete er mein Urteil als positiv, wovon ich indes weit entfernt war. Danach zog Pater Edmund sich zu einem Mittagsschläfchen zurück. Ich folgte seinem Beispiel und erwachte erst nach zwei Stunden.

22

Am Montagmorgen fuhr ich im Bus mit Pater Edmund nach Hasenlinde. Notar Bachmiller hatte uns erwartet und empfing uns sofort. Nachdem wir uns begrüßt und gesetzt hatte, begann er, mit ruhigen Worten die Situation zu erklären. Auf der einen Seite stünde die Villa, auf der anderen, die laufenden Darlehen. Die Frau Doktor habe in den letzten Jahren die Arztpraxis komplett modernisiert. Sogar ein erstklassiges Röntgengerät, was nicht jeder praktische Arzt besitze, habe sie erworben. Das Haus sei bis auf den letzten Dachziegel mit einer Hypothek belastet. Falls es mir gelänge, einen Arzt zu finden, der Villa und die komplett eingerichtete Praxis übernähme, käme es auf mein Verhandlungsgeschick an, damit ein kleines Sümmchen aus dem Erbe für mich übrig bliebe. Falls ich keinen Käufer fände, stünde ich mit einem Negativerbe da.

»Ich an Ihrer Stelle würde das Erbe ausschlagen«, sagte Herr Bachmiller.

Zur Begründung führte er aus, dass Patienten aus dem halben Landkreis die Frau Doktor aufsuchten. Deshalb hätte ihre finanzielle Situation auf stabilen Füßen gestanden. Nach zehn oder zwölf Jahren wäre sie aus dem Schneider gewesen und eine wohlhabende Frau. Der tödliche Unfall habe den guten Aussichten ein jähes Ende gesetzt. Es gäbe drei Probleme. Erstens, ob ein neuer Arzt ebenso erfolgreich wäre, oder die Kranken ihn mieden und ihm nach kurzer Zeit das Geld ausginge. Zweitens, ob sich überhaupt ein Doktor aufs Land und in das abgelegene Dorf Bellabeuren locken ließe. Denn die meisten Ärzte bevorzugten die städtische Kultur. Selbst nach Hasenlinde wolle niemand, obwohl es ein kleines Städtchen sei. Ein befreundeter Arzt suche bereits seit zwei Jahren einem Nachfolger. Und drittens, falls ein Arzt die Praxis in Bellabeuren übernehmen wolle, stelle sich die Frage, ob er über die nötigen finanziellen Mittel verfüge.

»Sie müssen sich nicht sofort entscheiden. Aber es gibt eine Frist, die in drei Wochen abläuft. Denken Sie in Ruhe darüber nach.«

»Was geschieht, wenn die Frist verstreicht, bevor Bruder Lazarus sich entschieden hat?«, wollte Pater Edmund wissen.

»Dann ist er der gesetzliche Erbe«, sagte der Notar knapp.

»Und was geschieht mit dem Haus und der Einrichtung, wenn ich das Erbe ausschlage?«

»Dann wird überprüft, ob es Erbberechtigte zweiter oder dritter Ordnung gibt, also im Familienverband. Falls niemand gefunden wird oder die Berechtigten ebenfalls das Erbe ausschlagen, erbt der Staat.«

Ich sagte dem Notar, dass ich mir die Sache überlegen wolle und ihn rechtzeitig informieren würde. Auf dem Weg zur Bushaltestelle kamen wir an einem Laden vorbei, der Zeitungen und Zeitschriften verkaufte. Die Schlagzeile der Lokalzeitung im Ständer auf dem Bürgersteig riss meinen Mund auf, der etliche Sekunden tonlos in dieser Stellung verharrte. Ich war stehen geblieben, Pater Edmund sah mich an und folgte dann meiner Blickrichtung mit den Augen.

»Mönch Lazarus fängt Riesenforelle«, stand da in fetten Lettern. Darunter ein großes Foto von mir mit dem Fisch in beiden Händen vor der Brust. Mit lächelnden Augen und Mundwinkeln wirkte ich sogar ein wenige stolz auf dem Bild.

»Jetzt bist du auch noch berühmt«, sagte Pater Edmund. »Herzlichen Glückwunsch! Ich werde ein

Exemplar kaufen, für den Abt.« Und schon klappte die Ladentür hinter ihm zu.

Verdammt, so viel Popularität mochte ich nicht. Wie auch immer, vermutlich hatte das Lokalblatt nur eine kleine Lesergemeinde, beruhigte ich mich. Das stimmte zwar, aber die Nachricht nahmen andere weitaus größere Zeitungen auf und druckten sie ebenfalls ab, wie ich später erfuhr. Dass man einen Mönch zum Anglerkönig krönte, war offenbar imposant und deshalb wichtig.

Im Bus las Pater Edmund schmunzelnd den ganzen Bericht und gab mir anschließend das Blatt. Ich überflog den Artikel und reichte ihm die Zeitung zurück. Sorgfältig faltete er sie, bevor er sie im Rucksack verstaute. Ich versuchte, mir die Mönche im Kloster vorzustellen, wie sie alle gebeugt über der Zeitung standen. Aber weil ich dort niemanden kannte, war ich nicht sicher, ob man es überhaupt zur Kenntnis nahm. Vielleicht würde der Abt das Blatt in irgendeinem staubigen Archiv verschwinden lassen. Oder gar im Papierkorb entsorgen.

»Wie wirst du dich entscheiden?«, riss mich Pater Edmund aus meinen Überlegungen.

»Ich könnte mir vorstellen, der Empfehlung des Notars zu folgen, und das Erbe ausschlagen«, antwortete ich. »Aber ich will nichts übers Knie brechen und darüber schlafen.«

Pater Edmunds heiteres Gesicht beim Lesen des Zeitungsartikels war einer ernsten Miene gewichen. »Vermutlich ist das dass Beste«, sagte er bedächtig. »Denn das Risiko, wenn du das Erbe annimmst, ist unüberschaubar. Du bist kein Arzt und hast kein Vermögen. Weder ich, noch sonst jemand im Kloster könnte dir helfen, die Villa mit Gewinn zu verkaufen. Letztendlich stündest du noch mit einem Berg Schulden da. Ja, ich bin mir zunehmend sicher, dass Schulden auf dich warten, wenn du das

Erbe antrittst. Ich hätte mich zwar gefreut, wenn du wenigstens eine überschaubare Summe geerbt hättest. Doch was nicht ist, ist eben nicht.«

Was dann mit jener *überschaubaren Summe* zu geschehen hätte, war offensichtlich. Ich *dürfte* sie ans Kloster abtreten, weil Mönchen kein Privatvermögen zustand. Vermutlich war die zu erwartende *überschaubare Summe* der wahre Grund, weshalb der Abt mir Pater Edmund geschickt hatte. Den Klosterbrüdern mit Abt Leo Gärtner an der Spitze ging es eindeutig nicht nur um Schätze im Himmel. Es überraschte mich deshalb nicht mehr, dass der Pater für den nächsten Morgen seine Abreise ankündigte. Ich bemühte mich um Verständnis. Denn das Kloster stand ja nicht im Himmel sondern auf der Erde. Die zeitlichen Naturgewalten machten keinen Bogen um das Gebäude, obwohl gottähnliche Würdenträger darin wohnten.

23

Ich kaufte nach unserer Rückkehr aus Hasenlinde Lebensmittel im Supermarkt ein. Pater Edmund half mir, die Sachen Heim zu tragen, als wir durchs Dorf gingen. Schweigend aßen wir unser Abendbrot. Danach sagte er, dass er noch einen meditativen Abendspaziergang machen wolle. Offenbar lag ihm daran, allein zu sein, weshalb ich meine Begleitung nicht anbot. Eventuell befürchtete er auch, ich würde ihn erneut mit meinen unausgegoren religiösen Ideen löchern. Zum Beispiel dem Zölibat. Hatte Gott nicht schon zu den ersten Menschen, nämlich zu Adam und Eva gesagt, ‚seid fruchtbar und mehret euch'? Wieso missachtete die große Kirche diesen Auftrag? Sollte das gemeine Volk jener Pflicht nachkommen, weil Sex in den Augen der Geistlichen grundsätzlich schmutzig war und die Herren Priester beflecken könnte? Luther hatte den Zölibat doch schon vor ein paar hundert Jahren angezweifelt und gebrochen. Ja, das war ein interessantes Thema. Ich sollte es ansprechen. Bisher hatte ich den Zölibat einfach so hingenommen. Er war ja vom Papst abgesegnet, also göttlich. Doch bevor ich mich auf eine Diskussion mit Pater Edmund einließ, sollte ich mich intensiv informieren, damit er mich mit seinen Argumenten nicht so einfach in die Knie zwang.

Ich ging zum Fenster und sah, wie er mit würdevollen Schritten der Straße hinaus aus dem Dorf folgte, die wir schon einmal gemeinsam gegangen waren. Sobald er die letzten Häuser hinter sich gelassen hatte, würde er sicher sein Handy hervorholen und dem Abt haarklein berichten, was er beim Notar gehört hatte, stellte ich mir vor.

Das Telefon in der Villa klingelte. Ich nahm ab und lauschte einer mir völlig unbekannten männliche Stimme.

»Da staunst du, was? Jetzt hab ich dich doch gefunden, du Strolch.«

»Entschuldigung, mit wem spreche ich?«

»Stell dich nicht so an. Hier ist Mike, mein lieber Bruder Lazarus. Dass ich nicht lache. Andererseits ganz schön klever von dir, im Kloster unterzutauchen. Bin nicht darauf gekommen, dich bei den heiligen Brüdern zu suchen. Weißt du, wie ich dich gefunden habe?«

»Ich höre.«

»Stichwort angeln. Brigitte zeigte mir den Zeitungsartikel mit deinem Foto. Der Rest war dann eine Kleinigkeit, deinen aktuellen Aufenthaltsort zu finden. Also, komm rüber mit den Moneten. Der Termin ist vor über einem Jahr abgelaufen. Zehntausend plus zweitausend Zinsen. Kannst froh sein, dass ich dir nicht noch mehr berechne, nachdem du mich so hinterhältig im Stich gelassen hast und feige untergetaucht bist.«

»Ich hatte einen Zusammenbruch ...«, wollte ich mich rechtfertigen. Doch er unterbrach mich eiskalt.

»Halt die Klappe und erzähl keine Märchen! Du A...« Er betitelte mich mit dem Wort aus der untersten Schublade der Vulgärsprache. »Pit ist schon unterwegs. Er rief mich eben an, dass er die Straße gefunden hat und wird gleich bei dir klingeln.«

»Pit?«

»Ja, Pit der Belgier. Den kennst du nicht. Ist neu in meinem Team. Deshalb ruf ich an, damit du Bescheid weißt. Gib ihm die Moneten und wir sind quitt. Und keine Fisimatenten. Pit ist zwar nicht furchtbar kräftig, aber verdammt schnell mit dem Messer. Sagenhaft, wie viele der schon vom kleinen Finger befreit hat. Zur Zeit mein bester Eintreiber.«

Bevor ich antworten konnte, legte Mike auf. Mein Zwillingsbruder, der Mönch, hatte offenkundig Altschulden aus seiner Zimmermannszeit, von denen er mir kein Wort erzählt hatte. Ich eilte zum Fenster und sah auf die Straße vor dem Haus. Die Abenddämmerung hatte eingesetzt und die Laterne vor dem Nachbarhaus hatte sich eingeschaltet. Niemand.

Mehr als zwanzigtausend lagen im Wandtresor hinter dem Bild. Ich könnte den Geldeintreiber also locker auszahlen. Aber war das sinnvoll? Ich wusste nicht, wer wirklich angerufen hatte und worum es ging. Handelte es sich um einen Erpresser, der dann immer wieder Forderungen stellen würde? Oder war mein Bruder Thomas einem Kredithai in die Hände gefallen? Niemand klingelte an der Tür, wie angekündigt. Womöglich steckte hinter dem Anruf nur ein hundsgemeiner Bubenstreich. Oder die *versteckte Kamera*? Zweifelsohne war ich mit dem Forellenfang bekannt geworden. Nicht ausgeschlossen, dass ein Trittbrettfahrer, sich mal eben die Taschen füllen wollte. Ich verfluchte den Angelwettbewerb und ergab mich in kriminelle Fantasien.

Womöglich steckte ein Petrijünger, also ein Mitglied des Anglervereins, hinter dem Anruf. Gab es einen, der sich verdächtig benommen hatte? Gab es einen, der merkwürdige Fragen gestellt hatt? Oder einen, der mir aus dem Weg gegangen und mich nur aus sicherer Entfernung beobachtet hatte? Außer an den zweiten Vorsitzen Paul Kramp und den ersten Vorsitzenden konnte ich mich nicht an die Namen der übrigen Angler erinnern. Während des Wettbewerbs am See hatten wir kaum miteinander gesprochen. Bei der Siegerehrung im Gasthaus *Zum schwarzen Adler*, war es dann jedoch laut her gegangen. Hatte ich eine Stimme gehört, die jener am Telefon glich? Es war aussichtslos, mir fiel keine Stimme ein, die dem Anrufer entsprach. Und selbst wenn, dann war das ja noch kein Beweis, dass jener mich zu erpressen versuchte.

Ich ging im Geiste alle Leute durch, denen ich in Bellabeuren begegnet war. Entnervt gab ich auf. Wieso klingelte Pit, der angekündigte Geldeintreiber, nicht endlich? Den würde ich ausquetschen. Der könnte was erleben.

Als Pater Edmund um neun Uhr immer noch nicht von seinem meditativen Spaziergang zurück war, machte ich mir Sorgen. Es begann zu dunkeln. War er heimlich abgereist? Unfug, sein Rucksack stand noch im Gästezimmer und das Nachtgewand lag auf dem Bett. Ich sollte nach ihm sehen, womöglich hatte er sich verlaufen oder den Fuß verstaucht. Ich nahm eine Taschenlampe und folgte der Straße, die er genommen hatte.

Um diese Zeit gab es keinen Verkehr, auch sonst war niemand zu Fuß unterwegs. Es war bewölkt und roch nach Regen. Einige Tropfen waren offensichtlich gefallen, ohne den Boden wirklich zu wässern. Die Wolkendecke riss immer wieder auf und fahles Mondlicht erhellte die Felder. Der energielos Wind wusste offenbar selber nicht, aus welcher Himmelsrichtung er wehen sollte. Bevor ich den Wald erreichte, sah ich zwei Gestalten am Boden liegen. Den dunkelbraunen Habit erkannte ich sofort. Pater Edmund lag mit geschlossenen Augen im Staub des Feldwegs. Gleich daneben ein mir unbekannter Mann in dunklen Jeans und Lederjacke mit starrem Blick zum Himmel. Ich fühlte bei beiden den Puls. Nichts. Sie waren kalt und tot.

Ich zog das Handy aus Pater Edmunds Hand und rief die Polizei an. Nach einer gefühlten Ewigkeit rollte ein Auto heran, dem zwei Kriminalbeamtinnen entstiegen. Ein weiteres Fahrzeug mit Spezialisten traf wenige Minuten später ein, darunter ein Arzt und ein Fotograf. Der Tatort wurde abgesperrt und ein Zelt über den immer noch am Boden liegenden Leichen aufgestellt. Scheinwerfer flammten auf und die Beamtinnen in ihren weißen Schutzanzügen huschten durch die Dunkelheit. Es war inzwischen stockfinster, weil der Himmel zugezogen hatte. Das Polizeiaufgebot war nicht unbemerkt geblieben. Aus dem Dorf eilten einige Schaulustige herbei.

Zwischen den beiden Männern war es vermutlich zu einer Auseinandersetzung gekommen, reimte ich mir zusammen. Kommissarin Schneider und ihre Kollegin befragten mich. Die Beamten notierten genau die Uhrzeit, wann Pater Edmund das Haus verlassen hatte und wann ich ihn suchen gegangen war.

»Ihr Ausweis ist ja abgelaufen«, sagt Kommissarin Schneider, nachdem ich ihr das Dokument zur Feststellung der Personalien gereicht hatte. Sie sah mich misstrauisch an.

»Ich weiß, den neuen habe ich schon beantragt, aber noch nicht erhalten. Das dauert halt seine Zeit. Er wird irgendwo zentral angefertigt. Datenschutz, Fälschungssicherheit und so. Sie können im Rathaus nachfragen. Er müsste kommende Woche eintreffen.«

Es wurmte mich, dass die Kriminalbeamtin sofort das abgelaufene Datum bemerkt hatte und der Ausweis somit streng genommen ungültig war. Aber sollte sie ruhig im Rathaus nachfragen. Ich fühlte mich auf der sicheren Seite, obwohl mit einem mulmigen Gefühl.

»Gehen sie jetzt bitte heim«, sagte Kommissarin Schneider, nachdem ihre Kollegin meine Daten penibel notiert hatte. »Heute können wir nicht mehr viel ausrichten. Morgen kommen wir zu ihnen.«

Auf dem Heimweg wurde ich das Gefühl nicht los, dass ich für die beiden Kriminalbeamtinnen zum Kreis der Verdächtigen zählte.

24

Am nächsten Morgen fragte ich nach dem Frühstück den Nachbarn auf der gegenüberliegenden Straßenseite, ob er am Abend zuvor etwas Ungewöhnliches beobachtet hätte. Denn er buddelte ständig im Garten vor und hinter dem Haus, während man die übrigen Bewohner in der Straße selten sichtete. Oft sah man nur den gelben Strohhut des Rentners hinter der grünen Hecke. Nach meiner Begrüßung Schaute er mich durchdringend aus seinen hellblauen und wässrigen Augen an.

»Ob ich etwas Ungewöhnliches bemerkt habe?«, wiederholte der Nachbar meine Frage. »Das hat mich der Polizist eben auch schon gefragt. Ich konnte ihm nur erzählen, was ich gesehen habe.«

»Und was haben Sie gesehen?«

Der Mann scheuchte mit der Hand eine Fliege von seiner sonnenbraunen Wange. »Ich sah, wie Pater Edmund das Haus verließ und Richtung Wald ging. Kurz danach kam ein anderer Mann im Laufschritt von der Hauptstraße. Als er mich sah, ging er plötzlich langsam mit gesenktem Blick ebenfalls Richtung Wald. Es war der zweite Tote.«

»Woher wissen Sie das?«

»Der Polizist zeigte mir ein Foto von ihm. Es sah unangenehm aus, war wohl noch gestern Abend am Tatort aufgenommen worden.«

»Und das haben Sie genauso der Polizei erzählt?«

Der Nachbar nickte. »Die beiden sind wohl irgendwie in Streit geraten. Pater Edmund wurde von dem Fremden erstochen, traf offenbar eine Hauptschlagader. Wie er mit der Verletzung den Angreifer ins Jenseits schickte, ist mir ein Rätsel. Wissen Sie mehr?«

Ich verneinte und ging in die Villa zurück. Nur wenige

Minuten später besuchten mich die beiden Kriminalbeamtinnen, die ich letzte Nacht schon am Tatort kennengelernt hatte. Sie löcherten mich mit Fragen. Ich berichtete, was ich ihnen schon erzählt hatte.

»Und das war alles?«, fragt die Kommissarin.

»Ja, allerdings.« Ich machte eine Pause.

»Nun erzählen sie schon«, forderte mich die Kollegin der Kommissarin auf.

»Es gab da noch einen seltsamen Anruf mit einer Geldforderung. Vermutlich ein alberner Bubenstreich, der nichts mit den beiden Toten zu tun hat.«

»Dürfen wir entscheiden, ob der Anruf mit den Morden zusammenhängt?« Kommissarin Schneider sah mich grimmig an.

Ich berichte knapp, was vorgefallen war.

»Davon haben Sie uns gestern Nacht gar nichts erzählt!«, sagte Kommissarin Schneider vorwurfsvoll. »Wann genau war der Anruf?«

»Entschuldigung, ich war gestern so durcheinander, dass ich nicht mehr an den Anruf gedacht habe. Es ist das erste Mal, dass ich mit einem Mord zu tun habe. Pater Edmund wohnte doch hier bei mir. Wir standen uns nahe. Ich war geschockt, dass er hier in unserem friedlichen Bellabeuren zu Tode kam.«

Die Hauptkommissarin fragte nach dem genauen Wortlaut des Anrufs. Ich versuchte, mich zu erinnern, konnte aber nur ungefähre Angaben machen. Sie sah mich durchdringend mit ihren dunkelbraunen Augen an. Ihre leichte Hakennase erinnerte mich an einen Adler, der auf Beute aus war. Sie strich eine Strähne ihres kurzgeschnittenen schwarzen und glatten Haars hinter das Ohr, als könne sie so besser sehen.

»Ist die Geldforderung berechtigt? Gibt es da noch eine offene Rechnung?«, hakte sie nach.

»Nein! Weder in der Zeit als Mönch, noch davor habe ich mir Geld geliehen. Der Anrufer muss mich verwechseln.«

»Konnten Sie die Nummer des Anrufers auf dem Telefondisplay sehen?«

»Nein, die Nummer war unterdrückt.«

»Mal schauen, was wir da machen können.«

Die zierliche Kollegin der Kommissarin schrieb fleißig in ein Notizbuch. Dabei hing ihr hellblondes Haar tief ins Gesicht, so dass ich von ihrer Mimik kaum etwas erkennen konnte. Als sie aufblickte, sah ich helle, glasige und ausdruckslose Augen ohne Lidschatten. Auch ihre Lippen waren nicht geschminkt. Hauptkommissarin Schneider hingegen hatte zweifelsohne eine Stunde mit allerlei Cremes, Puder und Werkzeug vor dem Spiegel ihr Gesicht für den Tag präpariert. Dabei lag ihr deutlich erkennbar nicht daran, Kriegsbemalung aufzutragen, sondern ganz dezent ihre natürliche Schönheit zu betonen. Ihre Kollegin, die kaum sprach, war eindeutig jünger, unscheinbar und farblos.

»Falls es sich beim getöteten Fremden wirklich um einen Geldeintreiber handelte, hinter dem ein Auftraggeber steht, wird der erneut versuchen, sich das Geld bei Ihnen zu holen«, sagte die Kriminalkommissarin. »Es könnte sein, dass Sie in Gefahr sind. Möchten Sie Polizeischutz?«

Ich lehnte dankend ab. Das fehlte mir noch, dass ich rund um die Uhr beobachtet wurde.

»Ein Rundumpersonenschutz scheint mir auch nicht zwingend notwendig«, sagte sie. »Der Anruf könnte, wie Sie selber vermuten, ein Scherz gewesen sein. Und die beiden Männer töteten sich zufällig zur selben Zeit. Möglicherweise galt der Anschlag nicht Ihnen, sondern wirklich Pater Edmund. Die Identität des getöteten Fremden konnten wir noch nicht klären, er hatte keinen Ausweis bei sich, nicht einmal einen Führerschein, nur ein Handy. Die Auswertung läuft derzeit. Rufen Sie bitte sofort an, falls sich jener Mike erneut meldet oder Sie irgendetwas ungewöhnliches beobachten.«

»Wie ist der Fremde zu Tode gekommen?«, wollte ich abschließend wissen. »Das Messer und das Blut bei Pater Edmund waren ja nicht zu übersehen. Aber an dem anderen konnte ich keine Verletzung erkennen.«

»Genickbruch«, sagte die Kommissarin. »Wir haben inzwischen das Kloster informiert und dabei erfahren, dass Pater Edmund vor seiner Zeit als Mönch aktiv im Kampfsport tätig war. Kennen Sie sich ebenfalls mit Kampfsport aus?«

»Nein, nie im Leben. Ich meine, ich habe noch nie im Leben Kampfsport betrieben. Vor meiner Zeit als Mönch, war ich Zimmermann.«

Die beiden Kriminalbeamtinnen nickten sich zu und verabschiedeten sich. Ob ich noch im Kreis der Verdächtigen stand? Ich vermochte nicht zu deuten, was im Kopf der beiden Damen vor sich ging. Allerdings, wenn ich wirklich verdächtig war, Pater Edmund und den Fremden getötet zu haben, dann hätten sie mich sicher verhaftet und ich säße kurze Zeit später in Untersuchungshaft.

Nachdem die Kriminalbeamtinnen mit ihrem Auto weggefahren waren, ging ich unverzüglich zum Rathaus. Ich musste Melinda sehen. Ihre Augen strahlten auf, als ich eintrat. Sie saß an ihrem Schreibtisch. Daneben stand ein Mann, der mir bei Margits Beerdigung als Bürgermeister Falk vorgestellt worden war. Er drehte sich zu mir und begrüßte mich freundlich.

»Bruder Lazarus, mein herzliches Beileid. Welch eine Tragödie. Standen Sie und Pater Edmund sich persönlich nahe?«

»Nein, das kann man nicht sagen. Wir sind zwar aus demselben Kloster und kannten uns gut. Wie man sich halt unter Klosterbrüdern kennt, wenn man die gleichen Ziele verfolgt.«

»Es ist kaum zu glauben, aber wahr. Da kommt so ein Strolch daher und ersticht einen Pater. In unserem schönen Bellabeuren. Wissen Sie schon Konkretes über die Hintergründe?«

»Nein, tut mir leid. Die Polizei war gerade bei mir. Ich hatte den Eindruck, die tappen noch im Dunkeln.«

»Was kann ich für Sie tun?«

»Danke für das Angebot. Eventuell komme ich darauf zurück. Ich bin nur gekommen, weil Frau Knoll noch eine Unterschrift von mir haben wollte.«

»Ja, Frau Knoll ist sehr gewissenhaft. Dann bis später mal.« Er wandte sich zu Melinda: »Wir waren dann ja auch soweit fertig.«

Als er die Tür zu seinem Büro hinter sich geschlossen hatte, sprang Melinda an den Schalter. Ich ergriff ihre Hände und drückte sie sanft. Am liebsten hätte ich sie geküsst, doch es konnte jeden Augenblick jemand hereinkommen. Vorerst sollte unsere Liebe geheim bleiben. Darüber hatten wir nicht verhandelt. Es war unser stilles Übereinkommen.

»Wo und wann können wir uns treffen?«, flüsterte ich. Womöglich gab es im Amtszimmer versteckte Ohren.

»Heute Abend in der Kirche.«

»In der Kirche?«

»Ja, Seiteneingang. Acht Uhr. Um die Zeit ist dort niemand. Du gehst auf den Friedhof. Falls dich jemand sieht, wird er denken, dass du euer Familiengrab besuchst. Dort gehst du auch wirklich hin und verweilst so lange, bis du sicher bist, dass dich niemand sieht, wenn du hinten herum zum Seiteneingang schleichst.«

»Und wenn jemand in der Kirche ist oder sie betritt?«

»Die schließt der Küster um sieben Uhr ab. Aber ich habe einen Schlüssel.«

Hinter mir öffnete sich die Tür. Jemand trat sein. Es war ja allgemeine Öffnungszeit im Rathaus.

»Vielen Dank Frau Knoll«, sagte ich betont laut. »Dann noch einen schönen Tag.«

Melinda nickte mir freundlich zu: »Ihnen auch.« Dann sah sie an mir vorbei: »Frau May, was kann ich für Sie tun?«

Ich drehte mich um und sah eine ältere, bäuerlich wirkende Frau in einem schwarzen Kurzmantel, die hereingekommen war. Schnell verließ ich die Amtsstube und ging heim, wie auf Wolken. Wir verstanden uns prächtig und ohne viele Worte, Melinda und ich. Ein Rendezvous in der Kirche. Wie makaber. Warum nicht? Wer traf sich schon in der Kirche zu einer Begegnung der besonderen Art? Zu mir konnte Melinda nicht kommen, ohne von den Nachbarn bemerkt zu werden, besonders von dem mit dem gelben Strohhut. Im Habit konnte ich auch nicht zu ihr gehen, denn dort gab es ganz sicher ebenfalls neugierige Nachbarn, die auf der Lauer lagen und sich zumindest ungefragt das Maul zerreißen würden. Ein Mönch bei Melinda, der Organistin, dass musste man doch weitererzählen.

25

Das Telefon klingelte, nachdem ich die Villa betreten hatte. Mike, der Kredithai?, schoss es mir durch den Kopf. Nein, es war der Abt aus dem Kloster. Er beklagte sich darüber, dass ich ihn noch nicht angerufen und Bericht erstattet hätte, nach dem brutalen Mord an Pater Edmund. Ich versuchte, mich damit herauszureden, dass ich so etwas noch nie erlebt hätte und immer noch ganz durcheinander sei. Die Stimme des Klostervorstehers wurde sanfter. Er erkundigte sich über die Einzelheiten des Anschlags und wollte mehr Details wissen, als die Polizei. Abschließend fragte er, wie er helfen könne. Das fehlte mir gerade noch, dass er einen weiteren Pater nach Bellabeuren schickte.

»Hat Pater Edmund Ihnen vor seinem Tod noch berichten können, was der Notar empfohlen hat?«, fragte ich.

»Ja, das hat er. Ebenfalls sagte er, dass Sie sehr gut zurechtkämen und es für ihn nichts mehr zu tun gäbe.«

»Hier im Haus sind noch die Sachen von Pater Edmund. Was soll damit geschehen?«

»Packen Sie bitte alles zusammen und schicken Sie es zum Kloster. Denn, wie es aussieht, werden Sie wohl noch zwei oder drei Wochen dortbleiben müssen, bis alles geregelt ist. Kommen Sie bitte so bald wie möglich zurück.«

Erleichtert atmete ich auf. Offensichtlich wollte Abt Leo Gärtner keinen weiteren Pater nach Bellabeuren schicken.

Der Tag schlich sich durch die Minuten, ohne eine auszulassen. Kein sonstiger Anruf, kein Besuch, nichts. Es ist unglaublich nervig, wenn man seit Mittag auf halb acht wartet. Denn um neunzehn Uhr dreißig wollte ich mich auf den Weg machen. Ob Melinda auch so nervös war? Was hatte sie eigentlich vor? Ich hatte keine Ahnung. Es ist so unermesslich schwer, Frauen zu verstehen. Ich wollte sie so schnell wie möglich umarmen, streicheln, küssen und mehr. Wie sehr hatte ich das bei meiner Frau vermisst, die jetzt sicherlich ihr Witwendasein genoss. Immer kühler war sie in den zurückliegenden Jahren geworden, ich vermochte mich nur noch schemenhaft an unseren letzten Sex zu erinnern. Wie hatte ich es so lange mit ihr aushalten können? Nie war die Initiative von ihr ausgegangen. Immer hatte ich danach das Gefühl, dass es ihr lästig war. Sie sagte es zwar nicht, aber über Sex konnte ich ohnehin nicht mit ihr reden. Dabei tat sie immer so weltoffen, wahrscheinlich, um ihre Verklemmtheit zu verbergen. Wie anders war es mit Melinda. Sie hatte mich hinter die Kirchenorgel gelockt und dann leidenschaftlich umarmt und geküsst. Allerdings, ich war ohne Verabredung hinauf zur Empore gestiegen und hatte mich neben den Spieltisch gestellt. Da wusste ich noch nicht, wie es weitergehen würde. Immerhin, Initiative war somit auch von mir ausgegangen, wenn auch nur eine bescheidene. Beim Fußball würde man vermutlich sagen, dass ich den Ball vorgelegt hätte und sie ihn dann ins Tor schoss. Wir harmonierten schlicht und ergreifend ohne Coach und ohne Training. So eine intensive Übereinstimmung hatte ich noch nie mit einer Frau erfahren. Ich durchlebte die leidenschaftlichen Umarmungen und Küsse hinter der Orgel immer und immer wieder im Geiste und fühlte körperlich, wie meine Begierde nach Melinda von Mal zu Mal wuchs.

Endlich halb acht Uhr. Strammen Schritts steuerte ich auf den Friedhof zu, die wenigen Dörfler unterwegs grüßte ich abwesend und knapp. Niemand sollte mich aufhalten, oder gar in ein Gespräch verwickeln. Ungeduldig stand ich am Familiengrab der Schützes. Endlich, die ersten Sterne funkelten schon am dunkelblauen Himmel, verließ ein uraltes Mütterchen den Friedhof als letzte. Ich war allein und schlich auf leisen Sohlen hinter die Kirche zum Seiteneingang. Ich drückte auf die Klinke, die Tür war unverschlossen. Melinda stand im Halbdunkel in der Kirche mit einem Schlüssel in der Hand. Sanft schob sie mich zur Seite und schloss ab. Dann fiel sie mir um den Hals und wir küssten uns, als hätten wir uns ein Jahrhundert nicht gesehen.

»Komm«, flüsterte sie, als wir beide Luft holen mussten. Sie ergriff meine Hand und wollte mich offenbar zur Treppe ziehen, die auf die Empore führte. Ich ließ ihre Hand los.

»Was ist?«, flüsterte sie

»Ich fühle mich beobachtet.«

»Unsinn, ich habe schon nachgesehen. Es ist niemand da«, sagte Melinda.

Ich wies auf das Gemälde an der Wand neben dem Seiteneingang, auf den der Mond durchs Kirchenfenster schien. Das Bild zeigte Jesus in der Mitte. Zur Rechten stand ein Mann mit einem Korb, in dem ein paar Brote lagen. Zur Linken zeigte ein anderer Mann zwei Fische in seinen Händen. Drum herum und im Hintergrund hatte der Maler unzählige Menschen dargestellt. Jesus sah weder auf die Brote noch auf die Fische, sondern in die Kirche. Nein, nicht nur in die Kirche, er sah mir direkt in die Augen. Manche Künstler schaffen es, die Augen einer gemalten Person so zu gestalten, dass man sich aus jedem Winkel beobachtet fühlt. Dies war so ein Gemälde. Ich ging drei Schritte zur Mitte des Kirchenschiffs. Die Augen folgten mir. Unglaublich. Melinda hatte still mein Tun beobachtet und wartete.

»Lass uns wo anders hingehen«, sagte ich nach einem

langen Blick zu den Deckengemälden. »Hier sind wir den Heiligen zu nahe. Womöglich feuern die uns noch an und applaudieren an der falschen Stelle.«

»Okay, komm«, kicherte Melinda.

Sie schloss die Seitentür wieder auf und wir traten ins Freie. Erleichtert atmete ich durch. Hatte ich in der finsteren Kirche die Luft angehalten? Wir gingen Richtung Friedhof, bogen aber rechts ab, bevor wir ihn erreichten, und standen unmittelbar vor dem Kriegerdenkmal.

»Da drüben ist ein kleiner Pavillon. Wie wär's damit?«

Dichte Hecken umgaben den Pavillon. Die breite Bank darinnen konnte man bei dem knappen Mondlicht von außen nur vermuten. Nachdem wir hineingegangen und uns gesetzt hatten, schaute ich nach oben. Schwarz. Durch das Dach kam kein Regentropfen. Vor dem weiten Eingang vor uns stand dass steinerne Kriegerdenkmal, links und rechts blinkten einige Sterne am weit entfernten Firmament.

»Wunderbar«, sagte ich und begann, Melinda zu liebkosen.

Sie nestelte an meinem Habit. Ich zeigte ihr den Zugang zu meiner blanken Brust, die sie zärtlich streichelte. Dann nahm sie meine Hand und führte sie zu ihrem Busen. Ich versuchte nicht, ihn auszupacken. Streichelte ihre Wölbungen zärtlich und drückte sie mit dem anderen Arm fester an mich.

»Ich möchte für immer mit dir zusammen sein«, flüsterte sie in die Dunkelheit.

»Ich auch«, antwortete ich.

»Wie, mit dir oder mit mir?«

Gleichzeitig lachten wir leise wie Kinder, die sich einen frivolen Witz erzählt hatten. Das Kriegerdenkmal schien uns lautes Lachen zu verbieten.

»Ich weiß nicht, was es ist«, nahm sie das Gespräch

wieder auf. »Ich fühle mich unglaublich zu dir hingezogen.«

»Das empfinde ich auch so«, erwiderte ich.

»Ich glaube, ich weiß, was du fühlst und denkst. Noch nie begegnete ich einem Mann, und ich habe viele kennengelernt, zu dem ich mich so hingezogen fühlte, wie zu dir, Bruder Lazarus. Und ich fühle auch, dass du nicht Mönch für alle Zeit bleiben willst. Aber gegenwärtig ist es wohl gut so.«

Mir kamen fast die Tränen nach ihren Sätzen. Ich beugte mich erneut über sie und küsste zärtlich ihren Mund. Sie hielt mich mit einer Hand im Nacken fest. Ich konnte nicht anders als bestätigen, dass ich ebenfalls fühlte, dass wir zusammen gehörten.

»Ja, für die nächsten Tage, vielleicht auch Wochen, wollen wir unsere Liebe geheim halten«, sagte ich. »Ich habe das Gefühl, dass wir uns zur selben Zeit und ohne vorherige Vereinbarung offenbaren werden, wenn die Zeit reif ist.«

Ich legte mich auf die Bank. Sie legte sich auf mich. Wir liebkosten uns erneut, als sei es das letzte Mal. Dabei wünschte ich mir, dass wir uns noch viele Jahre in den Armen halten sollten, bis in alle Ewigkeit. Das sollte reichen.

Mit der Geliebten in den Armen hat eine Stunde nur drei Minuten. Dennoch richtete ich mich schwer atmend nach gefühlten sieben Liebesstunden wieder auf. Die Eichenbohlen der Bank waren Lichtjahre entfernt von einer bequemen Matratze. Melinda hatte auf meinem zwar nicht fetten, aber doch prickelnden Körper angenehmer gelegen. Gut so. Wir saßen wieder nebeneinander, als Melinda fragte, wie es zum Mord an Pater Edmund gekommen sei. Ich erklärte, dass ich auch noch nicht genau durchblicke.

»Die Kriminalbeamtinnen befragten mich letzte Nacht nur kurz. Heute Morgen standen sie dann wieder vor der Tür. Aber sie tappen immer noch im dunkel, wie es zu den beiden Morden kommen konnte. Morgen weiß ich vielleicht mehr.«

Ich wollte Melinda nicht beunruhigen und erzählte deshalb nichts von Mikes Anruf. Es war ja wirklich noch nicht sicher, ob der Mord und die Geldforderung zusammengehörten.

Beim Abschied sagte sie: »Morgen ist Mittwoch. Da habe ich wie jeden Mittwoch nachmittags frei.«

»Wo?«, fragte ich.

»Wenn du auf deiner Straße, also die Straße, in der die Villa steht, wenn du auf der das Dorf verlässt, kommst du nach einem knappen Kilometer in einen Wald. Durchquere ihn. Etwa zwei Kilometer. Am Ende des Waldes warte ich auf dich.«

26

Es klingelte an der Haustür, als ich soeben gefrühstückt hatte. Kommissarin Schneider und ihre Kollegin standen vor mir, nachdem ich geöffnet hatte.

»Was gibt es Neues?«, fragte ich und bat sie herein. »Darf ich Ihnen etwas zu trinken anbieten?«

»Nein danke«, antworteten beide Damen wie aus einem Mund. »Wir haben etliches herausgefunden und haben weitere Fragen an Sie.« Die Beamtinnen setzten sich auf mein Zeichen. »Der von Ihnen beschriebene Anruf mit der Geldforderung kam von einem Handy, dessen Besitzer in Hasenlinde wohnt. Er heißt jedoch nicht Mike, wie er sich bei Ihnen am Telefon vorstellte, sondern Tobias Engler. Kennen Sie ihn?«

»Nein, nie gehört. Dann war der Anruf doch kein Scherz. Der Mann hat tatsächlich Piet den Belgier geschickt, um bei mir Geld abzuholen? Haben Sie ihn festgenommen?«

»Nein. Er konnte glaubwürdig darlegen, dass er nicht den Anruf getätigt hat«, sagte die Kommissarin. »Zur fraglichen Zeit befand er sich in einer Kneipe und war etwa eine Viertelstunde zum Rauchen vor die Tür gegangen. Sein Handy hatte er an der Bar liegengelassen. Der Wirt bestätigte, das Handy dort neben dem Bierglas gesehen zu haben. Er hätte es jedoch nicht ständig im Auge gehabt. Deshalb sei es durchaus möglich, dass sich jemand das Handy genommen und während Herrn Englers Abwesenheit davon telefoniert habe.«

»Und das glauben Sie?«

»Was wir glauben, ist in dieser Sache unerheblich«, belehrte mich Kommissarin Schneider. »Es zählt, was wir beweisen können.«

»Was ist mit dem Anruf von Pit bei, wie hieß er noch gleich?«, hakte ich nach.

»Engler, Tobias Engler. Auch das haben wir überprüft«, sagte Kommissarin Schneider. »Er behauptete, dass er Piet nicht persönlich kenne. Es riefen immer wieder Leute bei ihm an, die um einen heißen Tipp bettelten. Denn er sei recht erfolgreich im Wettbüro. So etwas spräche sich rum. Er könne sich nicht an alle Namen erinnern. Manchmal rufe er in der Tat zurück und empfahl die eine oder andere Wette. Aber immer mit dem Zusatz, dass er nicht hundertprozentig sicher sei. Irgend ein abgedrehter Typ könne ihm bei Verlust sonst an die Gugel gehen.«

»Interessant«, sagte ich. »Er ist also im Wettgeschäft und verteilt Tipps. Ich dachte immer, jeder behält dort seine heißen Gewinneingebungen für sich.«

»Auf unsere Frage, wieso er Tipps verteile«, fuhr Kommissarin Schneider fort, »sagte er, dass er bei der Gelegenheit wichtige Informationen erhalte, die seine Gesprächspartner oft übersähen. Er hingegen achte auf jede Kleinigkeit, die ihm helfe, auf das richtige Pferd zu setzen.«

»So ein Halunke«, murmelte ich. »Bemerkenswert, wie er sich absichert. Und damit meine ich nicht die Wetttipps.«

»Wir haben hier ein Foto. Kennen Sie den Mann?«, sagte die blonde Kollegin, deren Namen ich vergessen hatte. Sie reichte mir ein Bild. »Manchmal genügen winzige Hinweise zur Aufklärung.«

Das Foto war vermutlich anlässlich einer Vernehmung von der Polizei aufgenommen worden. Es zeigte das ernste Gesicht eines glattrasierten Mannes um die vierzig ohne besondere Kennzeichen, keine Narben, keine auffällige Frisur. Ich betrachtete es eingehend.

»Irgendwie kommt mir der Typ bekannt vor. Aber ich kann mich nicht erinnern, woher«, sagte ich letztlich.

Ich solle das Foto behalten und anrufen, falls ich mich doch noch erinnere, erwiderte Kommissarin Schneider. Die beiden verabschiedeten sich mit der Bemerkung, dass die Identität von Piet, dem Belgier, noch nicht geklärt sei, und fragten, ob ich wisse, wie er nach Bellabeuren gekommen sei.

»Vermutlich mit dem Auto«, antwortete ich spontan. Denn ich konnte mir nicht vorstellen, dass der Killer mit dem Bus angereist sei.

Wie ich später erfuhr, gingen die Beamtinnen meiner Idee nach. Sie befragten Bürger in Bellabeuren, ob irgendwo ein Auto stünde, dass niemandem im Ort gehöre. Auf dem Parkplatz beim Fußballfeld wurden sie fündig. Dort war der rote Sportwagen zwei Jugendlichen aufgefallen. Aufgrund des Nummernschilds ermittelte die Polizei den Namen des Eigentümers und die Wohnung in Hasenlinde. Dort sichteten sie eindeutige Unterlagen, die die Identität des Belgiers bestätigten.

27

Nach dem Mittagessen holte ich den alten Rucksack hervor, den mein Zwillingsbruder aus dem Kloster mitgebracht hatte. In ihn stopfte ich eine Flasche Mineralwasser, zwei Becher, Kekse und eine Picknickdecke, die ich in der Villa gefunden hatte. Im Keller der Villa lagerten auch Weinflaschen. Doch ich entschied mich, keine davon in den Rucksack zu stecken. Womöglich würde Melinda den Alkohol als Mittel werten, um sie übermütig zu machen. Nein, besser wir behielten einen klaren Kopf, der ohnehin in rosa Wolken schwebte. Außerdem hatte ich ja verkünden lassen, keinen Alkohol zu trinken. Wir hatten keine Uhrzeit für unser heimliches Treffen ausgemacht. Aber um ein Uhr fühlte ich, dass die Zeit gekommen sei und ich machte mich auf den Weg.

Als ich an der Stelle vorbei kam, an der Pater Edmund und der Belgier sich gegenseitig ins Jenseits befördert hatten, wurde ich nachdenklich. Keine Spuren auf dem Feldweg erinnerten mehr an den Vorfall. Der Regen am Morgen hatte auch den letzten Schuhabdruck eingeebnet. Gab es wirklich ein Leben nach dem Tod? Die Priester predigten es zwar von der Kanzel, aber bei zwei oder drei persönlichen Gesprächen mit Geistlichen hatte ich den Eindruck gehabt, dass sie nicht einmal an Gott glaubten. Wieso sollten sie also an ein Jenseits glauben. Sie waren auch nur Menschen, die ihren Job erledigten und predigten, was erwartet wurde. Selbst Pater Edmund hatte sich bei der Erklärung zur Gottheit gewunden. Genau genommen, sich sogar herausgeredet und auf Metaphern, künstlerische Freiheit und eine Konferenz vor über tausend Jahren verwiesen, auf der heftig gestritten wurde, bis der Kaiser ein Machtwort sprach, der selber nicht einmal Christ war. Andererseits gab es Menschen, die behaupteten, nach ihrem klinischen Tod weiter existiert zu haben. Sie hatten sogenannte Nahtoderlebnisse und berichteten, gesehen zu haben, wie die Ärzte sich abgemüht hätten, um ihren toten Körper wieder zu beleben. Viele entfernten sich in jenem Zustand vom Behandlungsraum und schwebten durch eine Art Tunnel in einen hellen und angenehmen Raum, wo sie freudig begrüßt wurden. Selbst mein Zwillingsbruder hatte mir im Heustadel davon erzählt und sehr glaubwürdig dabei gewirkt.

Ich erreichte den Wald und hörte die Vögel zwitschern. Die meisten gefiederten Freunde sah ich nicht. Mir kam es vor, als wollten sie mich an diesen Spätsommernachmittag piepend begrüßen und fröhlich auf das bevorstehende Treffen mit Melinda einstimmen. Kiefern, Eichen, Buchen, Tannen und allerlei Sträucher reckten sich wild durcheinander gen Himmel. Ein lichter Mischwald. Hier und da stand ein Pilz am Wegesrand. Ich kannte mich nicht aus im Reich der Fungi und wäre hoffnungslos verloren gewesen, giftige von genießbaren zu unterscheiden. Zwar sind alle Pilze essbar, einige indes nur einmal. Links im Unterholz raschelte es, ich sah etwas Graubraunes davon huschen. Womöglich hatte ich einen Hasen aus seinem Mittagsschlaf gerissen. Oder er hatte gar nicht geschlafen, sondern sich dem Liebesspiel hingegeben? Ich grinste. Halt stopp, schob ich da meine eigenen Erwartungen dem Hasen unter? Hatten die Langohren im Spätsommer eigentlich Sex? War das bei den Rammlern nicht eher etwas für den Frühling? Egal. Glücklich darüber, dass die Paarungszeit des Homo sapiens nicht an Jahreszeiten gebunden ist, schritt ich fröhlich vorwärts. In der Ferne wurde es heller. Ich näherte mich dem Waldrand. Dort angekommen, sah ich auf ein weites Stoppelfeld, das sich in ein sanftes Tal ergoss, durch welches sich ein Bach seinen kurvenreichen Weg bahnte, zu beiden Seiten gesäumt von grünen Büschen. Auf der gegenüberliegenden Seite des winzigen Rinnsals erstreckte sich ein frisch gepflügter Acker. Ein Wald hoher Tannen umschloss das Feld wie ein riesiges schwarzes Hufeisen, dessen offene Seite in den Bach mündete.

Plötzlich raschelte es hinter mir. Noch ein Hase? Nein, es war Melinda, die auf einem kaum erkennbaren Pfad durch den Wald auf mich zukam. Wir fielen einander in die Arme und ließen uns auf einer winzigen Lichtung am Waldrand nieder. Nicht nur ich, auch sie hatte eine Picknickdecke mitgebracht. Wir legten beide Decken übereinander und küssten, umarmten und streichelten uns abwechselnd. Als wir eine Pause einlegten und die Wolken am Himmel betrachteten, richtete sie sich auf und zerrte eine Thermoskanne mit heißem Tee aus ihrem kleinen Rucksack. Wir zogen die Decken vor die gefällten und aufgeschichteten Holzstämme am Rande unserer Liebeslichtung und lehnten uns dagegen. Still schauten wir auf das Stoppelfeld, die Bachschleifen, den Acker, den gegenüber liegenden Wald und tranken Tee.

»Ich habe Kekse mitgebracht«, sagte ich in die Stille. »Magst du welche?«

»Gerne, aber zuerst sollten wir meine belegten Brötchen verspeisen. Kekse zum Nachtisch.«

Sie sah mich spitzbübisch an. Mir war es recht. Wir aßen, tranken Tee und plauderten unbeschwert über alle erdenklichen Themen. Erstaunt stellte ich fest, dass wir immer wieder einer Meinung waren. Irgendwann müsste es doch krachen. Das war durchaus normal, oder? Es geschah nicht an jenem Nachmittag. Erneut nahmen wir uns in die Arme und küssten einander. Vermutlich war ich noch nie in meinem Leben so unbändig geherzt worden und erwiderte leidenschaftlich jede Liebkosung.

»Als Pater Edmund am Sonntag aus dem Paulusbrief

zitierte, also was wahre Liebe ist«, sagte Melinda. »Da nahm ich mir vor, auf genau die Weise dich für immer und ewig zu lieben. Wahrscheinlich schaffe ich das nicht auf Anhieb. Hab bitte Geduld mit mir. Bisher bin ich durchs Leben gestolpert wie auf einem Bein. Nun habe ich ein zweites Bein bekommen, dich.«

»Dir hat Pater Edmunds Predigt also gefallen?«

Sie zögerte mit der Antwort. »Insgesamt wirkte das alles wie aus dem Mund eines überdrehten Eiferers. Und bei Fanatikern ist Vorsicht angebracht. Aber die Paulusworte über die Liebe, die waren super.«

»Das waren ja auch nicht des Paters eigene Worte«, warf ich ein.

Melinda küsste mich sanft auf die Wange und lehnte sich zurück. Für mich war das Thema damit nicht abgeschlossen.

»Er zitierte aber auch die Paulusworte«, sagte ich, »dass die Frau in der Versammlung schweigen solle. Hat dich das nicht gekränkt?«

»Nein. Paulus schrieb doch an eine bestimmte Gemeinde. Wenn ich mich recht erinnere, an die Korinther. Vermutlich gab es dort ein paar Emanzen, die ihre Männer unter den Pantoffel zwangen. Deshalb die harte Unterweisung. An anderer Stelle schreibt Paulus, dass der Mann ohne die Frau nichts sei, ebenso die Frau ohne den Mann. Oder so ähnlich. Es soll eben alles seine Ordnung haben. Nicht jeder kann Häuptling sein, es muss auch Indianer geben.«

»Das hast du aber schön gesagt.«

»Ich bin gerne eine Frau. Denn Frauen können Kinder kriegen und werden als erstes von einem sinkenden Schiff gerettet.«

Ich erfreute mich an ihrem hellen und unbeschwertem

Lachen. Deshalb bemühte ich mich, nicht nur ernsthafte Themen anzusprechen, sondern auch herumzualbern.

»Vom Klimawandel bemerkt man gegenwärtig hier im Süden der Republik glücklicherweise nicht viel«, sagte ich. »Stell dir vor, wir würden in Hamburg oder Bremen leben, die und viele andere Städte werden bald in den Fluten versinken.«

»Wirklich?«

»Aber sicher. Selbst New York und weitere Metropolen, die nur wenige Meter über Normalnull erbaut wurden, haben keine Chance. Der Meeresspiegel wird zehn oder zwanzig Meter steigen. Einige Zukunftsforscher prophezeien sogar noch mehr. Klimaerwärmung. Ganz schlimm wird es die Holländer erwischen, kein Land mehr für Tomaten und Tulpen. Was meist du, warum die alljährlich im Wohnwagen in Deutschland einfallen? Die sind clever und üben den Notfall.«

Melinda lachte beim Hinweis zu den Wohnwagen auf.

»Dabei gibt es eine ganz einfache Lösung, den steigenden Meeresspiegel zu verhindern.« Ich machte eine Pause, um meine Idee genüsslich zu präsentieren. Doch Melinda dauerte das zu lange.

»Aber es wurden doch schon etliche Gesetzte verabschiedet«, mischte sie sich in meine Ausführungen. »Um die Erderwärmung zu stoppen und so damit zu verhindern, dass noch mehr Gletscher abschmelzen und Grönland und die Eisbären bleiben, wo sie hingehören.«

»Die Gesetze reichen nicht«, tat ich allwissend. »Es ist wie bei der Dusche. Damit das Wasser nicht überläuft, die Wohnung und das ganze Haus überschwemmt, haben kluge Klempner einen Abfluss eingebaut. Der fehlt dem Globus. Man bräuchte doch nur an geeigneter Stelle auf dem Meeresgrund einen Abfluss bohren und schon ...«

Ich vermochte nicht, meine Ausführungen zu beenden.

Melinda lachte schallend auf. Vermutlich hörte man es im ganzen Tal vor uns, falls dort jemand herumschlich.

»Ja, ja, die Wissenschaftler sollten auf dich hören«, feixte sie.

»Was glaubst du denn, wer noch zählt, außer Albert Einstein und mir?«, sagte ich mit ernster Miene.

Nachdem sie sich lachend wieder eingekriegt hatte, fügte sie hinzu: »Und vergiss den Stöpsel nicht. Sonst umhüllt den Planeten ganz schnell das Kadaveraroma von all den toten Fischen.«

Mit immer absurderen Ideen spannen wir das Bild weiter, bis meine Fantasie zum Himmel aufstieg.

»Gott und Petrus hatten je eine Fußballmannschaft aufgestellt und trainierten die himmlischen Geister. Eines Tages ging es um das Elfmeterschießen. Weil sie noch keinen Torhüter trainiert hatten, wurde ausgelost, wer im Tor stehen sollte. In Gottes Mannschaft fiel das Los auf den kleinsten Mann, der wegen seiner kurzen Arme als Torwart völlig ungeeignet war. Aber Gott erhob keine Einwände. Petrus hatte seinen besten Stürmer ausgewählt, der den Ball ins Tor schießen sollten. Als der Fußballer gegen den Ball trat, warf ein Maulwurf von unten aus dem Rasen einen Hügel vor dem Elfmeterpunkt auf. Der Maulwurfshügel lenkte den Ball gen Himmel, so dass er über das Tor fliegen würde. Sofort fiel ein Eisklumpen vom Himmel, touchierte den Fußball und brachte ihn wieder in die ursprüngliche Schussbahn. Der Torschütze hatte in die obere rechte Ecke des Tores gezielt. Der kleine Torwart hätte ihn dort normalerweise nie halten können. Doch bevor der Ball das Tor erreichte, flog blitzartig ein Adler herab und stupste den Ball direkt in die Hände des kleinen Torwarts. – Entrüstet sah Petrus Gott an: ‚Wollen wir nun Elfmeterschießen üben oder herumkaspern?‘«

Mit Fußball vermochte Melinda nicht so viel anzufangen. Aber sie lachte trotzdem herzlich. Die Zeit mit ihr verging viel zu schnell. Der Abendstern leuchtete längst am Himmel, als wir uns auf getrennten Wegen auf den Heimweg machten. Welch ein himmlischer Nachmittag mit Melinda. Wenn man lieben kann, soll man lieben und nicht die Zeit vertrödeln. Beschwingt eilte ich durch den Wald, ließ den Feldweg hinter mich und erreichte die ersten Häuser Bellabeurens. Nachdem ich die Haustür zur Villa geöffnet hatte, sah ich am Boden eine kleine Karte, die jemand durch den Briefschlitz in der Tür eingeworfen hatte.

»Leider traf ich Sie nicht an. Komme morgen wieder«, las ich. Die Handschrift kam mir bekannt vor. Ich drehte die Karte um. Es war eine Visitenkarte. Der Name darauf fegte meine heitere Stimmung brutal hinweg. Meine Ex-Frau und Witwe hatte mich gefunden.

28

In der Nacht spielte ich verschiedene Szenarien durch, wie ich auf den Besuch meiner Ex-Ehefrau und Witwe reagieren könnte. Erste Variante, ich würde unauffällig ein paar Tage verreisen. Doch das erschien mir nicht sinnvoll. Die Polizei ermittelte immer noch nach dem Mord an Bruder Edmund und dem Fremden. Meine plötzliche Abreise könnte Misstrauen wecken und mich wieder in den Kreis der Verdächtigen einfügen, von dem ich annahm gestrichen zu sein.

Zweite Variante, ich wiese sie schroff an der Haustüre ab, schlug sie ihr einfach vor der Nase zu, ohne ein Wort zu sagen. Wie würde sie reagieren? Sie konnte recht hartnäckig sein. Sie würde erneut klingeln oder am nächsten Tag vor der Tür stehen. Nein, ich konnte mir nicht vorstellen, dass sie verschwinden würde, ohne mit mir gesprochen zu haben. Denn sie wollte doch höchstwahrscheinlich herausfinden, wer ich wirklich war. Warum sonst sollte sie nach Bellabeuren gereist sein?

Von der Dorfkirche läutete die Glocke zur Mitternacht. Ich sinnierte weiter.

Dritte Variante, ich bat meine Ex-Ehefrau herein und wir plauderten. Selbstverständlich musste ich mich verstellen und jede Verbindung zu meiner ehemaligen Identität abstreiten. Das Abstreiten war einfach. Aber könnte ich mich allen Ernstes überzeugend verstellen? Mein Habit, ja, mein Habit musste sie doch irritieren. Ich musste würdevoll und bedächtig auftreten. Im Habit dürfte ich sie auch nicht einfach wegschicken. Mönche waren die Inkarnation der Sanftmut. Ich hätte mir einen Bart wachsen lassen sollen. Mönche trugen Bärte. Nicht alle, aber einige. Welch dämlich Idee. Seit meiner Verwandlung zum Mönch waren erst wenige Tage vergangen. Die langen Stoppeln im Gesicht würden die Absicht dahinter eher offenbaren als verbergen. Im Gespräch mit meiner Ex-Ehefrau müsste ich religiöse Themen ansprechen. Aber welche? In dieser Hinsicht war ich schon bei Pater Edmund gescheitert. Grübelnd schlief ich weit nach Mitternacht ein.

Am nächsten Morgen rief Mike erneut an und fluchte, weil Piet umgebracht worden war.

»Das wirst du mir teuer bezahlen. Deine Schuld hat sich hiermit auf zwanzigtausend erhöht.«

»Augenblick«, sagte ich, »das muss ich notieren.« Und beschloss, den Spieß umzudrehen. »Kannst du bitte noch einmal wiederholen, weshalb sich deine Forderung erhöht hat.«

»Das fragst du noch? Bist du bescheuert? Bringst meinen besten Mann um und glaubst, ich würde das einfach so hinnehmen. Schon die Zeitung gelesen? *Mönch tötet unbekannten Mann*. Jetzt schicke ich dir zwei Jungs auf den Hals, die machen dich kalt, wenn du nicht mit den Moneten rüber kommst, du ...« Er benutzte das Wort aus der Vulgärsprache mit dem man Menschen auf eine Körperöffnung reduziert, über die jeder am Ende des Verdauungsorgans verfügt.

Ich fiel ihm ins Wort. »Wer hier das ... «, auch ich dezimierte ihn nun auf besagte Körperöffnung und sprach das vulgäre Wort konkret aus. Nicht, weil ich Wohlgefallen dabei empfand, sondern weil ich wollte, dass mich der Halunke verstand. Denn einem Mönch sind Begriffe aus der Vulgärsprache unwürdig, dachte ich mir, und er sollte sie meiden. Doch in diesem Fall machte ich eine Ausnahme. Deshalb wiederholte ich es sogar. »Wer hier wirklich das ... ist, wird sich noch zeigen. Hast wohl wieder dein Handy auf dem Tresen liegen lassen, Tobias Engler. Da staunst du, dass ich deinen Namen kenne, was? Ja, die Polizei hat mich informiert. Keine schlaue Idee, nochmal bei mir anzurufen. Die Raucherpause haben sie dir ohnehin nicht abgenommen. Aber nun bist du geliefert! Ich habe hier eine rote Taste am Festnetztelefon, wenn ich die drücke, was glaubst du, was dann passiert? Das Gespräch wird aufgenommen. Und nicht nur das, die Polizei hat mir so einen kleinen Apparat dagelassen, mit dem jedes Telefongespräch zeitgleich, also sofort, ans Polizeipräsidium übermittelt wird, wenn ich es aufnehme. Und nun rate mal, was ich soeben getan habe, als das Telefon klingelte? Jedes Wort aufgenommen und die Kommissare hörten mit. Jetzt haben die ein schönes Geständnis von dir. Die geben vermutlich gerade die Fahndung raus. In deiner Situation würde ich auf der Stelle das Land verlassen und mindestens zwanzig Jahre Deutschland nicht mehr betreten. Du weißt ja, Mord verjährt nicht, du großkotziger Ganove. Bilde dir bloß nicht ein ...«

Es klickte im Hörer. Mike, alias Tobias Engler, hatte aufgelegt. Ich stellte mir vor, wie er zum Auto rannte und Richtung Tschechien raste. Denn das war die nächste Grenze ins Ausland.

Es hatte gut getan, dem Erpresser richtig die Meinung zu sagen. Die Kommissarinnen hatten kein Gerät bei mir aufgestellt, mit dem ein Telefonat zeitgleich ans Präsidium übertragen worden wäre. Das war mir spontan eingegeben worden, weil ich befürchtete, die angekündigten Killer stünden schon vor der Tür und würden das Telefon samt Aufzeichnung mitnehmen. An den Festnetzgeräten in der Villa gab es wirklich einen roten Knopf, nach dessen Betätigung das Gespräch aufgenommen wurde. Auf dem Schreibtisch der Arzthelferin, im Behandlungszimmer, im Wohnzimmer und im Schlafzimmer stand so ein Gerät.

Von einem Apparat, der zeitgleich Gespräche an die Polizei überträgt, hatte ich noch nie gehört. Es sollte technisch fraglos möglich sein. Beim nächsten Besuch der Kriminalbeamtinnen würde ich es empfehlen. Denn in Kriminalfilmen sah man oft, wie Spezialisten umständlich sogenannte Fangschaltungen einrichteten. Möglicherweise waren die Filmemacher nicht auf dem neusten Stand der Technik, oder es wurde nur zelebriert, um die Spannung zu erhöhen.

Ich rief Kommissarin Schneider an und berichtete, wer eben angerufen hatte.

»Verdammt!«, fluchte sie. »Wir hätten doch eine Abhöreinrichtung installieren sollen.«

»Keine Sorge, ich habe das Gespräch aufgenommen. Holen Sie das Band doch bitte gleich ab, damit es nicht in falsche Hände gelangt.«

Ich ging hinunter in die Praxis und entnahm die kleine Tonbandkassette mit der Aufnahme. Denn nur im Gerät des Sprechzimmers steckten zwei Kassetten, die eine für den Anrufbeantworter, die andere für die Aufzeichnung. Abhören und Bedienen konnte man die Funktionalität indes von allen vier Telefonapparaten.

29

Drei Minuten nach zehn Uhr klingelte es an der Haustür. Da stand sie, meine Witwe. Eigentlich meine Noch-Ehefrau Cornelia. Aber weil ich meine Identität gewechselt hatte, kannte ich sie offiziell nicht. Und ich würde mir größte Mühe geben, sie nicht zu kennen und ihr keinen Anlass geben, mich zu erkennen. Mit leicht geöffnetem Mund starrte sie mich an, als ich sagte: »Ja bitte?«

»Äh, entschuldigen Sie. Aber das ist unglaublich. Ihr Gesicht gleicht meinem verstorbenen Mann wie aus dem Gesicht geschnitten. Wenn ich ihn nicht selber identifiziert und beerdigt hätte, würde ich meinen, er sei gar nicht gestorben.«

Am liebsten hätte ich barsch gesagt: *Nein. Der bin ich nicht, sondern ein armer Mönch. Versuchen Sie Ihre Masche beim Nachbarn. Vielleicht können Sie ihm etwas verkaufen.* – Und dann hätte ich anständig die Tür zugeschlagen. Doch das brachte ich nicht übers Herz. So würde sie sich nicht abspeisen lassen. Die Idee hatte ich schon letzte Nacht verworfen. Außerdem hatte ein Nieselregen eingesetzt. Also bat ich sie herein. Ich wusste, dass sie gerne Kaffee trinkt. Doch den bot ich ihr nicht an, auch keinen Tee oder sonst irgendetwas. Ein paar freundliche Worten müssten wir wohl wechseln, um ihren möglichen Verdacht zu zerstreuen. Nachdem wir das Wohnzimmer betreten und sie sich gesetzt hatte, trat ich an das Sideboard, auf der eingerahmte Familienfotos standen und bekreuzigte mich vor dem Bild meiner *Schwester* Margit so, dass sie sehen konnte, was ich tat. So hoffte ich, sie ohne Worte zu überzeugen, dass ich unmöglich ihr Ehemann sein konnte. Denn der war total unreligiös und ging nur zur Kirche, wenn es unbedingt sein musste. Mit der Szene hatte sie nicht gerechnet. Ich sah es an ihren aufgerissenen Augen und triumphierte innerlich. Sie schaute verlegen zur Seite.

»Ist jemand gestorben?«

»Ja, meine *Schwester*, die Ärztin. Deshalb bin ich überhaupt hier. Als einziger Verwandter muss ich mich um den Nachlass kümmern. Normalerweise bin ich im Kloster.«

Sie holte tief Luft und begann zu erzählen: »Ich sah in der Zeitung den Bericht über den Angelwettbewerb und das Foto, Sie und der Fisch.«

Dieser verdammte Angelwettbewerb, grollte es innerlich in mir. Der würde mich noch ins Grab bringen. Doch davon bemerkte sie nichts, da war ich mir sicher. Denn sie plauderte unbeschwert weiter.

»Ich dachte erst, eine uralte Zeitung erwischt zu haben, und mein Mann hätte hier heimlich geangelt. Aber nein, die Zeitung war aktuell. Abgesehen davon hat mein Mann noch nie geangelt. Auch mit Klosterbrüdern hatte er nichts am Hut. Dennoch, der Mönch auf dem Foto glich meinem Mann bis aufs Haar. Das machte mich neugierig. Haben Sie einen Zwillingsbruder?«

»Ich wurde adoptiert«, sagte ich und zuckte mit den Schultern.

»Mein Verstorbener auch.«

Verdammt, das war mir so rausgerutscht. Ich musste besser aufpassen, was ich preisgab.

»Mein Mann wurde ebenfalls adoptiert. Dann ist es doch möglich, dass sie beide eineiige Zwillinge sind. Deshalb die totale Übereinstimmung. Wann sind Sie geboren?«

Jetzt ging mir die Lady doch auf den Nerv: »Entschuldigen Sie bitte«, sagte ich streng aber so höflich wie es mir geboten schien. »Sie sind für mich eine wildfremde

Frau. Tauchen hier einfach auf und erzählen mir, ich sähe ihrem verstorbenen Ehemann ähnlich. Ich weiß nicht, was sie im Schilde führen. Ist das ein neuer Enkeltrick, von dem immer wieder in den Medien berichtet wird? Aber ich bin noch nicht so senil, darauf hereinzufallen. Ich habe Sie hereingebeten, weil ich Sie draußen nicht im Regen stehen lassen wollte.«

Sie zuckte ein wenig zusammen, richtete sich aber sogleich wieder auf und entschuldigte sich. Leider habe sie kein Foto von ihrem verstorbenen Mann dabei, könne es aber nachreichen. Sie habe nicht ehrlich angenommen, hier auf ihren Mann zu treffen. Vielmehr sei sie davon ausgegangen, dass das Zeitungsfoto sie getäuscht habe. Doch die Wirklichkeit sei so verblüffend, dass sie es einfach nicht glauben könne.

»Es gibt manchmal Menschen, die einander sehr ähnlich sehen«, sagte ich in versöhnlichem aber ernstem Ton, wobei ich meine Hände im Schoß faltete. »Womöglich haben Sie gedacht, hier etwas abstauben zu können. Das hat schon jemand anders versucht. Doch ich werde das Erbe ausschlagen. Denn es gibt nichts zu erben. Meine *Schwester*, die Ärztin, hat für die Modernisierung der Praxis enorme Ausgaben vorgenommen. Die Villa ist mit Hypotheken total überladen. Ich würde nur Schulden erben. Und das kann ich mir als Mönch nicht leisten.«

Ich erhob mich zum Zeichen, dass ich das Gespräch für beendet betrachtete. Sie stand ebenfalls auf, entschuldigte sich erneut und beteuerte, keine finanziellen Absichten zu verfolgen. Im Grunde tat sie mir leid. Aber ich hatte kein Verlangen, meine neue Identität für die eiskalte Ex-Frau aufs Spiel zu setzten. Ruppiges Verhalten war die Sprache, die sie verstand. Das hatte ich oft erlebt. Freundlich aber bestimmt leitete ich sie zur Tür, die ich ohne ein *Aufwiedersehen* schloss.

Zwar nahm ich an, erheblich Zweifel in ihr gesät zu haben, dass ich nicht mit ihrem Ehemann identisch sein konnte. Aber hundertprozentig überzeugt war ich nicht. Unglaublich, mit welcher Selbstsicherheit sie aufgetreten war. Das ist wohl ein sorgfältig einstudiertes Verhalten hinterhältiger Menschen. Sonst könnten sie nicht erfolgreich andere täuschen. Schon lange bevor ich mit der Nase drauf gestoßen wurde, hatte ich den Verdacht, dass Cornelia, meine Ehefrau und jetzige Witwe, einen Geliebten hatte und fremdging. Ich war früher von einer Reise zurückgekommen und ins Büro gegangen. Ich erwartete, dort niemanden anzutreffen, denn alle sollten schon im Feierabend sein. Zwar dunkelte es bereits, war aber noch hell genug, weshalb ich im Gebäude kein Licht einschaltete. Auf dem Flur zu meinem Büro musste ich am Büro meines Bruders Karl vorbei. Schon von weitem sah ich den Lichtstrahl aus seiner einen Spalt breit geöffneten Zimmertür. Auf leisen Sohlen ging ich zur Tür und spähte hinein. Was ich sah, war so unvermutet, dass ich fast erstarrte. Mein Frau Cornelia saß auf der Schreibtischkante, die Bluse geöffnet, der Rock hochgeschoben. Mein Bruder Karl stand zwischen ihren gespreizten Beinen und küsste sie leidenschaftlich. Die beiden waren so miteinander beschäftigt, dass sie mich nicht bemerkten. Ich wich zurück und überlegte kurz. Dann ging ich zum Eingang des Flures, ließ die Tür absichtlich laut ins Schloss fallen, schaltete das Licht ein und stapfte laut hörbar durch den Gang. An der Tür meines Bruders blieb ich stehen und stieß die Tür auf.

»Na, so spät noch bei der Arbeit?«, begrüßte ich ihn aus dem Türrahmen.

Er sah auf und wiegte den Kopf hin und her, als ob ich ihn beim Studium bedeutender Akten gestört hätte. Cornelia war nicht zu sehen. Ob sie in einen Schrank geschlüpft war oder sich hinter dem Schreibtisch verbarg? Ich wollte es nicht wissen und ging weiter zu meinem Büro. Versuchte mir mein Bruder die Ehefrau auszuspannen? Oder ging die Initiative von ihr aus? Es interessiert mich nicht wirklich. Denn mein neuer Lebenslauf war bereits angelaufen. Das Gesehene bestätigte mich darin, auf dem richtigen Weg zu sein.

Als ich nach fünfzehn Minuten mein Büro verließ, saß Karl immer noch am Schreibtisch. Zuhause begrüßte mich Cornelia mit einem bezaubernden Augenaufschlag und einer zärtlichen Umarmung. Sogar einen Kuss drückte sie mir auf die Wange. So hatte sie mich schon lange nicht nach einer Reise begrüßt. Vermutlich war sie soeben einem Taxi entstiegen. Mir war sofort klar, worum es ging, ich hatte sie um ihren Höhepunkt gebracht. Den wollte sie nun nachholen. Ich ließ es geschehen und genoss die wenigen Minuten. An wen sie in der Dunkelheit des Schlafzimmers dachte, das war keine Frage für mich.

Zwei Tage nach Cornelias überraschendem Besuch in Bellabeuren traf ein Brief von ihr ein, worin sie sich noch einmal entschuldigte, mich belästigt zu haben. Es sei ihr lediglich darum gegangen, sich persönlich zu überzeugen, wer ich sei. Ich verbrannte den Brief. Denn ich wollte keinesfalls mit der Witwe, meinen Adoptiveltern und deren Sohn, meinem Bruder, in Verbindung gebracht werden. Die Familie Baumann und das riesige Bauunternehmen in Neuburg sollten mir gestohlen bleiben.

Aber dann interessierte mich doch, wie es um das Unternehmen stand. Im Internet forschte ich nach und fand heraus, dass ein Steuer-Prüfer Unregelmäßigkeiten festgestellt habe. Mit den Worten, »Es wird sich alles Aufklären«, wurde mein Adoptivvater in den Nachrichten zitiert.

30

Aufmerksam verfolgte ich die Nachrichten über die Unregelmäßigkeiten in den Bilanzen des Bauunternehmens *Baumann GmbH*. Ich war gespannt, wie mein Adoptivvater die Auffälligkeit erklären würde. Er war der alleinige Boss. Mein Bruder Karl und ich hatten zwar Prokura, aber bei wichtigen Entscheidungen mischte der Alte stets mit.

Die Firma kannte ich gut, um nicht zu sagen sehr gut. Über etliche Jahre mochten mein Vater und sein Sohn sich nicht so recht um den Bürokram kümmern, wie sie es nannten. Sie überließen mir die Aufsicht über die Buchführung und achteten nur darauf, dass am Jahresende positive Zahlen geschrieben wurden. Dann plötzlich, wie aus aufgeräumtem Himmel, erklärte mir mein Vater, dass ich entlastet werden sollte. Sein jüngerer Sohn solle nun den Bereich der Buchführung über die Finanzen übernehmen, während ich mich mehr um die Bauprojekte kümmern und dort nach dem rechten sehen sollte.

Anfangs begriff ich das Verhalten meines Vaters nicht. Ich war adoptiert worden, nachdem es mit der eigenen Nachwuchsproduktion bei ihm und seiner Frau nicht geklappt hatte. Doch zwei Jahre später wurde meine Mutter unerwartet schwanger und brachte Karl zur Welt. Sie bemühten sich wahrhaftig, mich nicht merken zu lassen, dass Karl ihr Lieblingskind war. Mir fehlte es an nichts, was die weltlichen Güter betraf. Emotional verspürte ich dessen ungeachtet eine gewisse Kühle. Mehrfach hatte ich mir das versucht auszureden. Auch glaubte ich, dass mein Vater mir gerne die unangenehmen Arbeiten im Unternehmen zuwies. Deshalb wunderte ich mich darüber, dass er plötzlich Karl die Aufsicht über die Buchführung übertrug.

Ich genoss die Reisen zu den unterschiedlichsten Baustellen in ganz Deutschland als auch im benachbarten Ausland. Wir bauten große Häuser und Hallen für verschiedene Auftraggeber. Ebenso gehörten Brücken und Straßen zu unseren Projekten. Erhebliche Summen flossen deshalb durch die Bücher des Unternehmens. Nach einiger Zeit wollte ich wissen, wie gut mein Bruder Karl seinen Jab meisterte. Auf meine Fragen antwortete er stets mit einem breiten Lächeln: »Bestens!«

Aber ich wollte genau wissen, wie es um die finanzielle Seite des Unternehmens stand. Gleich bei meinem ersten Versuch, in die Daten zu schauen, stieß ich am Zentralcomputer auf eine Zugriffssperre. Karl hatte das Passwort geändert, ohne mich zu informieren. Dabei waren wir doch gleichberechtigt. Das machte mich sofort misstrauisch, was ich ihm aber nicht zeigen wollte. Es kostete mich etliche Versuche, bis ich das Passwort geknackt hatte. Und dann kam ich aus dem Staunen nicht mehr heraus. Da waren Projekte aufgelistet, die es in Wirklichkeit nicht gab, denn ich kannte alle Baustellen und besuchte sie regelmäßig. Firmen und Dienstleister überwiesen Gelder oder erstellten Rechnungen, die mir unbekannt waren. Große Summen im Millionenbereich flossen durch die Bücher. Meine Neugier war geweckt. Nachdem ich immer tiefer in die Materie getaucht war, hatte ich herausgefunden, was Karl mit Billigung meines Vaters trieb, der ihn vielleicht sogar dazu angestiftet hatte. Die beiden wuschen Geld. Mich hatten sie absichtlich von jenen Geschäften ausgeschlossen. Woher das Schwarzgeld kam, konnte ich nicht ermitteln, vermutlich handelte es sich um Bargeld aus illegalen Quellen. Aber ich fand heraus, dass jenes Geld auf geheime Konten in Steueroasen floss. Jetzt zahlte es sich aus, dass ich jahrelang die Buchführung in Händen hatte und mich bestens mit Computerprogrammen und Banken auskannte. Ich beschloss, mir meinen Anteil zu holen. Konsequent verborgen und über Wege, die sie nicht nachvollziehen konnten, überwies ich Geldbeträge auf meine neu eingerichteten geheimen Konten. Zunächst kleine Summen. Doch als ich sah, dass die beiden offenbar nichts bemerkten, wurde ich großzügiger und räumte ihre Konten fast völlig leer. Weil Geld selbst auf Schweizer Bankkonten nicht wirklich sicher ist, hob ich Bargeld ab und kaufte dafür kleine Goldbarren, Goldmünzen und Diamanten. Jene Edelmetalle und Edelsteine verpackte ich in wasserdichte Frühstücksboxen aus nichtrostendem Stahl. Bei meinen Reisen zu den Baustellen und bei der Suche nach neuen Kieslagern, vergrub ich die Boxen hauptsächlich in Süddeutschland, aber auch in Österreich und in Frankreich.

Einmal, als ich gerade dabei war eine Grube an einem Waldrand auszuheben, stand ein Förster vor mir.

»Was machen Sie da?«, fragte er barsch.

Ich zeigte ihm meinen Dienstausweis des Bauunternehmens *Baumann GmbH* und erkläre, dass ich nachschaue, ob sich im Boden eventuell ein Kieslager befände. Ich würde das Loch auch wieder zuschaufeln.

»Dafür hätten Sie doch eine Genehmigung gebraucht«, behauptete der Mann in grün und mit einem Dackel an der Leine.

»Da haben Sie recht, wenn sich meine Vermutung bestätigen würde. Dann dürften wir selbstverständlich erst nach der Zustimmung des Grundstückseigentümers Probebohrungen vornehmen. Wenn sich daraufhin bestätigt, dass sich ein abbauwürdiges Kieslager unter der Ackerkrume befindet, dann würden wir mit dem Eigentümer über den Abbau verhandeln. Ich hingegen untersuche hier ja nur ein wenig den Boden. Aber ich glaube, ich habe mich geirrt. Vermutlich liegt hier kein Kies.«

Brummend zog der Waldhüter mit seinem Vierbeiner davon. Ich schaufelte das Loch wieder zu, ohne meinen Schatz zu vergraben. Dabei war es eine markante Stelle am Waldrand, die ich mir gut hätte merken können. Denn ich machte keine Aufzeichnungen über meine Depots, sondern suchte mir stets einprägsame Lagerstätten für das edle Eigentum aus. Fünf Schritte neben einem riesigen Feldstein hatte ich gegraben. Jenen Felsbrocken würde in den nächsten hundert Jahre niemand wegräumen. Ein mühelos leicht wiederzufindender Platz.

31

Nach dem Besuch meiner Ex-Frau, beziehungsweise meiner Witwe, meldete sich mein Magen und verlangte Nahrung. Ich verspürte indessen keine Lust, mich in die Küche zu stellen. Deshalb verließ ich kurzentschlossen die Villa und marschierte zum *schwarzen Adler*. Auf dem Parkplatz vor dem Gasthaus stand ein PKW mit Hamburger Kennzeichen. Offenbar hatten sich Touristen nach Bellabeuren verirrt. Auf der kleinen Tafel am Straßenrand mit der Überschrift *Mittagstisch*, stand handgeschrieben *Königsberger Klopse*. Wunderbar!

Der Wirt kam gerade aus der Küche, als ich den Gastraum betrat. Ein wohliger Geruch wehte mir entgegen, wie er nur Königsberger Klopsen eigen ist. Augenblicklich sammelte sich Speichel in meinem Mund. Ich liebe jene ostpreußische Spezialität aus gekochten Fleischklößen in weißer Sauce mit Kapern, die nach einem Ort benannt sind, der schon lange nicht mehr zu Deutschland gehört. Der Wirt empfing mich freundlich und versprach, sogleich zu servieren. Ich setzte mich an einen freien Tisch, davon gab es genügend, und schaute umher. An einem Ecktisch löffelte ein Ehepaar im Rentenalter wortlos eine Suppe. Der Wirt stellte mir die vermutlich gleiche Suppe auf den Tisch. Denn sie gehörte zum Mittagstisch wie auch ein kleiner Nachtisch nach dem Hauptgericht. Weil die Suppe recht heiß war, ließ ich meinen Blick noch einmal durch die Gaststube gleiten. An einem leeren Tisch verweilten meine Augen. Dort hatte bei meinem ersten Besuch im *schwarzen Adler* ein Mann alleine gesessen und in sein Bierglas gestarrt. Wie ein Blitz durchzuckte es mich. Das war er gewesen. Das war der Mann auf dem Foto, das mir die Kriminalbeamtin gegeben hatte. Deshalb war er mir bekannt vorgekommen.

Ich löffelte meine Suppe und kam ins Grübeln. Das Bild wurde immer klarer. Nachdem der Wirt den leeren Suppenteller ergriff und mir die Königsberger Klopse auf den Tisch stellte, zeigte ich ihm da Foto.

»Egon, kennst du den Mann?«

Der Wirt nahm das Foto, schaute aber nur kurz drauf: »Klar, das ist der Tobi.«

»Tobi, und weiter?«

»Tobias Engler, der Ex von der Melinda. Die Lady im Rathaus.«

»Kann es sein, dass ich den vor ein paar Tagen hier gesehen habe?«

»Kann schon sein. Der schaut immer mal wieder vorbei. Warum?«

»Die Polizei gab mir das Foto. Sie nehmen an, dass er etwas mit dem ermordeten Pater und dem Fremden zu tun hat.«

»Würde mich nicht überraschen«, sagte der Wirt gleichmütig. »Der hat nicht alle Tassen im Schrank. Aber der Pater und der Fremde, die beiden sollen sich doch gegenseitig umgebracht haben.«

»Da gibt es noch Klärungsbedarf«, sagte ich. »Was meinst du damit, dass der Tobias nicht alle Tassen im Schrank hat?«

»Wie gesagt, ist der Ex von der Melinda. Über die Scheidung ist er immer noch nicht hinweg. Lungert hier regelmäßig rum und hofft offenbar, sie würde ihn noch einmal erhören, der Spinner. Hat Kontaktverbot. Musste schon zweimal Strafe zahlen.« Der Wirt grinste.

»Strafe?«

»Ja, einmal hatte er ihr vor ihrer Haustür aufgelauert und das andere Mal war er einfach ins Rathaus spaziert.«

»Ach so«, sagte ich möglichst gleichgültig und wandte mich meinen Königsberger Klopsen zu.

Herzhaft zerrieb ich die Kapern zwischen Zunge, Gaumen und Zähnen und genoss den pikanten sauren Geschmack. Manche Menschen mögen keine Kapern. Aber ohne jene Blütenknospe wären die Klopse nichts anderes als gekochte Frikadellen. Erst, nachdem ich den Teller genüsslich geleert und den letzten Rest Sauce gelöffelt hatte, wanderte mein Blick wieder zu jenem Tisch, an dem Tobias Engler gesessen hatte. Keine Frage, er hatte das Gespräch zwischen mir und Egon, dem Wirt, belauscht. Später hatte er dann den Zeitungsbericht über meinen Sieg beim Angelwettbewerb gelesen, in dem auch stand, dass ich der Bruder der verunglückten Ärztin war. Und schon hatte er sich zusammengereimt, dass bei mir etwas zu holen sei. Dass ich mich nicht an ihn erinnerte, schob er mühelos auf meine partielle Amnesie.

Nachdenklich löffelte ich den Nachtisch aus dem kleinen Glasschälchen, eingemachte Zwetschgenhälften im eigenen Saft. Über Tobias Engler hatte Melinda bisher kein Wort verloren, lediglich, dass sie schon einmal verheiratet war. Ich hatte auch nicht weiter nachgefragt. Früher oder später würde sie von selbst damit kommen. Nein, nicht irgendwann. Heute Abend würde ich ihr sagen, wer von mir Geld forderte und nun hoffentlich auf der Flucht war.

32

Abends traf ich mich mit Melinda in einem Hochsitz. Es regnete leicht, aber Dach und hölzerne Seiten des Hochstandes waren wasserdicht. Eng nebeneinander saßen wir auf der winzigen Bank wie zwei durchgebrannte Teenager und sahen nach der leidenschaftlichen Begrüßung durch die ein wenig angehobenen schmalen Plastikfenster hinaus in die grüne Natur. Vor uns lag eine Waldlichtung, auf der Unkraut und einige Blumen wucherten. Wir atmeten die feuchte Waldluft ein und versuchten den Duft der verschiedenen Pflanzen und Bäume zu identifizieren. Melinda deutete wortlos mit dem Finger nach rechts. Dort war ein Reh aus dem Wald getreten und begann zu äsen. Fasziniert schauten wir eine Weile zu. Dann sprang das Reh unvermittelt zurück in den Wald.

Ich zog ein Foto aus der Tasche und zeigte es Melinda: »Kennst du den?«

Im Halbdunkel starrte sie auf das Bild. »Woher hast du das?«

»Von der Polizei.«

»Von der Polizei?«, wiederholte sie. »Was hat er nun wieder angestellt?«

»Du kennst ihn also.«

»Aber ja doch. Das ist mein Ex-Ehemann, Tobias Engler. Nach unserer Scheidung nahm ich meinen Mädchennamen wieder an.«

»Was führte zur Scheidung?«, wollte ich wissen.

Sie schwieg und schien nachzudenken. Dann sagte sie nur ein Wort. »Eifersucht.«

»Magst du darüber reden?«

»Eigentlich nicht. Aber erzähle bitte erst, wieso dir die Polizei ein Foto meines Ex gegeben hat.«

Ich berichtete in wenigen Worten von den Erpresseranrufen und dass Tobias Engler verdächtigt wurde, sie getätigt zu haben.

»Die Polizei ist sich sogar einigermaßen sicher, dass er den Belgier geschickt hat, der dann den Pater ermordete. Alles nur wegen Geld. Gegenwärtig ist er anscheinend auf der Flucht.«

»Eigentlich mag ich nicht über ihn reden«, sagte Melinda leise. »Denn dann kommen Dinge hoch, die mir übel aufstoßen. Oft erlebte ich, dass mir Leute nicht glaubten. Und ich verstand sie sogar. Wenn ich es nicht selbst erlebt hätte, würde ich es auch nicht glauben.«

»Du musst nichts erzählen, wenn du nicht magst.« Ich legte meinen Arm um ihr Schultern und küsste sie auf die Wange.

»Doch«, sagte sie bestimmt. »Ich denke, es ist gut, wenn du es weißt. Vielleicht hilft es mir auch, es zu verarbeiten und darüber hinweg zu kommen. Manchmal denke ich, alles sei gut. Aber dann taucht wie aus dem nichts eine Erinnerung auf und versaut mir mitunter den ganzen Tag. Ich dachte schon, ich würde nie wieder einen Mann lieben können. Aber dann kamst du.« Sie schlang ihre Arme um meinen Hals und küsste mich leidenschaftlich, bevor sie fortfuhr.

»Anfangs schien alles ganz normal. Tobias war aufmerksam, zuvorkommend und charmant. Aber kaum waren wir verheiratet, da brach die Hölle los. In der Öffentlichkeit riss er sich zusammen. Aber sobald wir allein oder zu Hause waren, hagelte es Vorwürfe. Warum ich anderen Männern schöne Augen machte. Aber ich hatte mit niemandem geflirtet. Warum ich mit jedem Mann im Viertel ins Bett ginge. Meine Versicherung, dass nichts an seiner Beschuldigung den Tatsachen entspreche, hörte er überhaupt nicht. Wenn er einen Privatdetektiv beauftragen würde, fände der schon die eindeutigen Beweise. Als wir auf der Hochzeitsreise ein Hotelzimmer betraten, standen dort zwei Betten. Ein breites französisches Doppelbett und ein Einzelbett. Ich war guter Laune und fragte: *Welches Bett möchtest du?* Ich hatte erwartet, dass er sagen würde, selbstverständlich das, in dem du liegst, oder etwas in der Art. Doch er schimpfte los: *Nicht einmal auf der Hochzeitsreise willst du mit mir zusammen sein! Wen hast du dir jetzt schon wieder angelacht? Ich komm schon noch dahinter.* In diesem Ton ging es eine gefühlte Stunde. Beim Frühstück begleitete er mich im Hotel an die Frühstücksbar, weil ich mir noch eine Scheibe Käse holte. Obwohl es von unserem Tisch bis zur Bar nur fünf Schritte waren. Er unterstellte mir, dass ich mit irgendeinem Mann hinter einer Tür verschwinden würde, um Sex zu haben. Dabei kannte ich absolut niemanden im Hotel.«

»Das ist ja krankhaft«, sagte ich, als Melinda eine Pause machte.

»Genau. Mein Ex ist krank. Aber nicht so krank, dass man ihn in eine geschlossene Anstalt hätte einweisen können. In Gesprächen mit Freunden oder auch Fremden gab er sich ganz normal. Aber sobald wir alleine waren ... Da hatte er regelrechte Anfälle und schlug die Türen krachend zu. In einigen wenigen schwachen Momenten gab er sogar zu, nicht immer Herr über sich zu sein. Doch beim Wort Therapie sperrte er sich. Darüber konnte ich nicht mit ihm reden. Immer wieder hielt ich ihn liebevoll im Arm, küsste ihn und er beschimpfte mich und warf mir die übelsten Verleumdungen an den Kopf, völlig grundlos. Kannst du dir das vorstellen?«

»Ich dachte immer, so etwas gäbe es nur in schlechten Romanen oder Filmen«, sagte ich und drückte Melinda an mich.

»Ja. Das habe ich auch gedacht, bis ich Tobias geheiratet hatte. Da wurde mir klar, so abgefahrene Typen gibt es auch im wirklichen Leben, nicht nur in Büchern und im Film.«

»Ist er gewalttätig geworden?«, fragte ich. »Hat er dich bei seinen Anfällen geschlagen?«

»Nein, er hat mich nicht geschlagen. Aber es gab jene Ausbrüche, in denen er völlig gefühlskalt war und praktisch in einer anderen Person steckte. Ich glaube, er ist schizophren.«

»Könnte sein.«

Melinda berichtete von weiteren Eifersuchtsdramen mit ihrem geschiedenen Ehemann. Ich begriff, was Egon, der Wirt im *schwarzen Adler,* gemeint hatte, als er sagte, dass der Tobias spinne. Und ich begriff, weshalb Melinda sich hatte scheiden lassen. Mir wurde auch klar, warum das Gericht dem Ex-Ehemann ein Kontaktverbot auferlegt hatte.

»Tobias hatte eine gut gehende Spielhalle in Hasenlinde«, berichtete Melinda. »Aber durch die Gerichtsverfahren und die Strafen, verschuldete er sich dermaßen, dass er den Laden verkaufen musste. Wovon er gegenwärtig lebt, weiß ich nicht. Offenbar geht er keiner geregelten Arbeit nach.«

»Von Erpressungen«, unterbrach ich Melinda. »Bei mir hat er es versucht. Hoffen wir, dass er Deutschland für ein paar Jahrzehnte verlassen hat, wie ich ihm geraten habe.«

33

Am Freitagmorgen stand ich früh auf und nahm den Bus nach Hasenlinde. Abgesehen von meinen Schätzen, hätte ich mir mit dem Geld, über das ich gegenwärtig verfügte, ein Taxi leisten können. Doch das stand mir als armer Mönch nicht zu. Bald, bald schon würde ich mit der Rolle aufhören. Mein Plan stand kurz vor der Vollendung. Dafür brauchte ich weitere zivile Kleidung. Der Habit müffelte mehr als zuvor, jedenfalls kam es mir so vor. Gleich nach der Rückkehr würde ich ihn ablegen und in die Waschmaschine stecken.

Im Bus saßen überwiegend Schulkinder. Ich setzte mich ans Fenster einer freien Zweierbank. Die Köpfe fast aller Mädchen und Jungen stierten gesenkt auf ein Smartphone in ihrer Hand. Nur die beiden auf der Sitzbank neben mir aber auf der anderen Seite des Ganges spielten nicht auf einem Display herum. Dafür umso heftiger an sich selber. Der Junge mochte vielleicht fünfzehn sein, das Mädchen höchstens dreizehn oder sogar nur zwölf. Er hatte mir den Rücken zugedreht und ich konnte nur ahnen, wo seine Hände tasteten und streichelten. Sie hatte ihre Arme unter seine Windjacke geschoben und schaute kurz über seine Schulter zu mir herüber. Schöne braune Augen. Die Brauen scharf und dunkel nachgezogen, die Wimpern fachgerecht getuscht. Ihre leicht gebräunte Gesichtsfarbe umrahmten schwarze Locken. Ihr Blick schien zu fragen, *na, möchtest du auch gerne knutschen?* Aber womöglich bildete ich mir das nur ein. Konkret war ich schlicht und ergreifend erstaunt darüber, wie unbekümmert die beiden sich in aller Öffentlichkeit befummelten und küssten. Zu meiner Zeit und in deren Alter hätte ich mich das nicht getraut.

Ich wandte meine Augen ab und sah aus dem Busfenster auf einen gepflügten Acker. Wann hatte ich zum ersten Mal einen weiblich Körper erkundet? Der erste Kuss tauchte aus einem fernen Winkel der grauen Zellen auf. Nach einem wilden Abend in der Diskothek hatte ich sie heimgebracht. Wir kannten uns kaum. Als sie sich bedankte und mir zum Abschied brav die Hand reichte, beugte ich mich blitzschnell vor und presste meine Lippen auf ihre. Äußerst unbeholfen. Denn ich spürte nur einen Teil ihrer Lippen. Entweder hatte ich vor Erregung stümperhaft gezielt, oder sie hatte im Bruchteil der entscheidenden Sekunde ihren Kopf bewegt. Keine Umarmung, keine Wiederholung, verblüfft über das Geschehen wichen wir voneinander zurück. Ich sah, wie sie errötete und schnell ins Haus lief. Ich hatte es getan. Ich hatte zum ersten Mal erotisch erregt ein Mädchen geküsst, im Halbdunkel einer Straßenlaterne. Erst um einiges später brachte ich die Geduld auf, abzuwarten und im rechten Augenblick eine Frau leidenschaftlich zu küssen.

Der Bus hielt an einer Haltestelle an der Straße. Weit und breit kein Haus, nur die zur Fahrbahn offene Schutzhütte der Busgesellschaft. Eine pummelige Frau um die sechzig oder noch älter stieg ein. Über ihr schwarzes mit winzigen rosa Blümchen gemustertes Kleid trug sie einen offenen dunkelgrünen Übergangsmantel. Sie zog einen mit zwei Rädern versehenen Einkaufs-Trolley hinter sich her und setzte sich vorn im Bus neben einen Jungen, der erschreckt von seinem Smartphone aufsah. Als der Bus sich wieder in Bewegung setzte, bemerkte ich den Feldweg gegenüber der Bushaltestelle. Schnurgerade verlief er über den sanften Hügel des Stoppelfeldes, hinter dem ich das rote Dach eines Hauses sah. Von dort war die Frau vermutlich gekommen. Es gab hier einsam gelegene Gehöfte.

Endlich strichen die ersten Häuser von Hasenlinde am

Bus vorbei. Im Stadtzentrum stieg ich aus. Auch die pummelige Frau verließ den Bus. Als sie mich sah, bekreuzigte sie sich und murmelte, *gelobt sei Jesus Christus*. Gerade noch rechtzeitig fiel mir ein, was ich darauf zu antworten hatte. Dann verschwand sie im Getümmel der Fußgängerzone.

Ich betrat ein Bekleidungsgeschäft nach dem anderen und schleppte schließlich nach drei Stunden und völlig erschöpft vier schwere Einkaufstüten zur Bushaltestelle. Hemden, T-Shirts, Unterwäsche, Socken, eine Windjacke und zwei paar Schuhe zollten der Schwerkraft Tribut und sparten nicht damit. Einkaufen, eine Tortur. Nie werde ich begreifen, warum das unzählige Frauen als lebensbejahendes Hobby betreiben. *Shoppen* nennen sie es, als würde es dadurch leichter. Ständig kauften sie neue Klamotten, auch wenn die Kleiderschränke zu Hause bersten. Dabei sehen unbekleidete Frauen doch am reizvollsten aus, fraglos die jungen, für gewöhnlich. Aber gerade die kaufen am meisten ein. Verrückte Welt. Meine Gedanken glitten ins Frivole ab. Gab es Männer, die ihr Verlangen radikal abgeschaltet hatten und nicht mehr nach Beute ausschauten?

Die pummelige Frau vom Morgen tippelte zur Bushaltestelle. Vor mir bekreuzigte sie sich und murmelte mich an. *In Ewigkeit amen*, antwortete ich ordnungsgemäß. Sie blieb vor mir stehen und sah mir freundlich in die Augen.

»Ich sehe, Sie haben für Bedürftige eingekauft«, sagte sie mit einem Blick auf meine Einkaufstüten. »Warum gab man Ihnen keinen Bus für die Einkaufstour? So etwas haben Klöster heutzutage doch.«

»Der ist derzeit in der Werkstatt«, antwortete ich und hoffte, sie würde nicht nach dem Namen der Werkstätte fragen.

»Ja, ja. Immer wenn man den Wagen mal braucht, tut er nicht mehr. Normalerweise nehme ich auch nicht den Bus. Aber ich musste dringend zum Zahnarzt und bei der Gelegenheit habe ich auch gleich noch ein paar Sachen besorgt.« Sie wies auf ihre rollende Einkaufstasche.

Der Bus schaukelte an die Haltestelle. Ich setzte mich absichtlich auf einen Sitz neben einem älteren Herren. So gab es keinen freien Platz mehr in der Reihe, auf den die pummelige Frau sich hätte neben mich setzen können. Denn ich fürchtete, dass sie das vor hatte, um mich auszufragen, oder um mir ihre Lebensgeschichte auszubreiten. Weder das eine noch das andere wollte ich hören. Sie setzte sich in die Sitzreihe direkt hinter mir. Als der Bus abgefahren war, beugte sie sich vor und schwatzte mir buchstäblich ins Ohr.

»Wissen Sie, mein Bruder war auch Mönch. Gott hab ihn selig. Er starb viel zu früh. Krebs. Einmal besuchte ich ihn im Kloster Bergsee. Kennen Sie das Kloster?«

Ich schüttelte den Kopf. Aber vermutlich hatte sie das von hinten nicht sehen können. Deshalb fügte ich laut und deutlich hinzu: »Nein Kloster Bergsee kenne ich nicht.«

»Kloster Bergsee?«, vernahm ich eine andere Frauenstimme hinter mir. Es war die Dame, neben der sich die pummelige Frau gesetzt hatte. »Ich habe einen nahen Verwandten, der ist im Kloster Bergsee. Bruder Antoine heißt er. Haben sie den dort getroffen?«

Ich dankte dem Himmel, dass die beiden Frauen nun miteinander plauderten und mich nicht weiter beachteten.

34

In der Villa streifte ich den Habit ab und warf ihn in die Waschmaschine. Eine Bedienungsanleitung für das moderne Gerät fand ich nicht. Aber nachdem ich einige Knöpfe gedrückt hatte, zischte Wasser und die Trommel begann sich zu drehen. Soeben wollte ich die Waschküche verlassen, als ich in einem Regal Waschpulver stehen sah. Verdammt. Ich hatte kein Waschmittel eingefüllt. Verschmutzte Wäsche zu waschen gehörte bisher nicht zu meiner Leidenschaft und würde es wohl nie werden. Erneut musterte ich das technische Gerät und zog eine winzige Schublade heraus. Das Zischen und Drehen der Trommel hörte auf. Dafür hatte ich das Fach für das Waschpulver gefunden. Ich füllte es und schob die Schublade wieder zurück. Sogleich begann die Trommel wieder zu rumpeln und Wasser zischte im Inneren der weißen Metallkiste. Ob der Habit nach der Wäsche noch braun wäre? Egal.

Nach der belebenden Dusche zog ich über die frisch erworbene Unterwäsche ein hellblaues Oberhemd und stieg in die sandfarbene Bundfaltenhose. Socken, Sportschuhe und ein hellbraun kariertes Sakko rundeten mein Outfit ab. Ein fescher Kerl schaute mich aus dem zweimeterhohen Spiegel im Schlafzimmer an.

Die Augen des Nachbarn auf der gegenüberliegenden Straßenseite mutierten zu Wagenrädern, als er sein Buddeln im Garten unterbrach und mit offenem Mund zu mir herüberschaute. Sein sonst üblicher freundlicher Gruß wollte nicht über die Lippen kommen. Bevor seine Augen überreizt aus den Höhlen sprangen, grüßte ich ihn höflich und fügte hinzu: »Der Habit musste in die Wäsche. Habe leider nur einen dabei.«

Er nickte. Ob er mich nicht erkannt hatte? Quatsch

natürlich hatte er mich registriert. Dem entging nichts. Ich schmunzelte in mich hinein. Denn mit meinem neuen Outfit hatte er offenbar nicht gerechnet. Ich spürte seinen Blick auf meinem Rücken, als ich der Hauptstraße entgegenging und dort links abbog. Nur noch wenige Schritte bis zum Rathaus. Es war Freitag Nachmittag. In zehn Minuten lief die Öffnungszeit der Amtsstube ab.

Melindas Augen mutierten nicht zu Wagenrädern, als ich das Büro betrat. Ihre Sehorgane strahlten wie Eintausend-Watt-Scheinwerfer. Fast wäre sie über den Tresen gesprungen. Doch dann entschied sie sich, gesittet um den Schalter herum zu gehen und wollte soeben auf mich zueilen, als die Tür zum Büro des Bürgermeisters schwungvoll aufgestoßen wurde. Das Dorfoberhaupt betrat den Raum. Melinda blieb stehen, wandte sich um und ging wieder an ihren Platz, wo sie eine Mappe hervorzog und vor sich auf den Schreibtisch legte. Der Bürgermeister sah mich nur kurz an und wandte sich dann zu Melinda.

»Ich habe noch einen Termin außer Haus. Dann bis Montag.«

»Ich wünsche Ihnen ein schönes Wochenende«, erwiderte sie und senkte den Blick.

Als der Bürgermeister an mir vorbei dem Ausgang zustrebte, blieb er plötzlich stehen: »Du lieber Himmel. Ich habe sie gar nicht erkannt. Bruder Lazarus. Heute ohne Kutte?«

»Die musste in die Wäsche. Ich habe nur eine dabei.«

»Kann ich etwas für Sie tun?«

»Nein danke, Frau Knoll kümmert sich schon.«

»Dann auch Ihnen ein schönes Wochenende. Ich bin leider etwas in Eile.«

Er warf die Tür hinter sich zu und ich war mit Melinda allein in der Amtsstube. Mit einem Schlüssel in der Hand rannte sie ebenfalls zur Ausgangstür und schloss ab. Sie kam auf mich zu und wir umarmten und küssten uns leidenschaftlich.

»Du duftest so frisch und verführerisch«, sagte sie, nachdem wir uns voneinander gelöst hatten. »Wo hast du die neuen Klamotten her? Doch nicht etwa aus dem alten Rucksack?«

»Ich war einkaufen. In Hasenlinde.«

»Du siehst großartig aus. Ja, im Habit steckte schon etwas Schweiß. Aber darin hätte ich dich nach wie vor umarmt. Wie am Telefon gesagt, dein neuer Personalausweis und der Reisepass, beide sind eingetroffen.«

Sie ging wieder hinter den Tresen und holte die Mappe mit den Dokumenten. Ich quittierte den Empfang und betrachte die neue Ausweiskarte im Scheckkartenformat eingehend von beiden Seiten. Anschließend öffnete ich den bordeauxroten Reisepass. Alle Daten waren korrekt erfasst. In Zeile vierzehn stand sogar *Lazarus,* mein Ordensname. Anerkennend nickte ich Melinda zu, die wieder um den Tresen herumgekommen war. Wir umarmten uns erneut, bevor sie mich gehen ließ.

»Dann bis später.«

Ohne Habit marschierte ich eine Stunde später durch den Wald zu unserem vereinbarten Treffpunkt. Melinda traf kurz nach mir ein. Es war ein lauer Spätsommertag und ihm folgte eine ebenso milde Sommernacht, in der wir nicht müde wurden, uns innig zu liebkosen und Worte der Liebe auszutauschen.

Am folgenden Samstag ging ich zu Bushaltestelle vor dem Rathaus und tat so, als warte ich auf den Bus, der gemäß Fahrplan in einer Stunde kommen sollte. Melinda fuhr mit ihrem Auto wie zufällig vorbei, hielt an und winkte mich heran. Ich stieg ein. Erst als Bellabeuren drei Kilometer hinter uns lag, hielt sie in einer Haltebucht an, und wir begrüßten uns liebevoll. In Hasenlinde parkte sie und wir bummelten händchenhaltend durch die Stadt.

»Irgendwer aus Bellabeuren wird uns sehen«, sagte Melinda.

»Ja, hoffentlich. Mit der Heimlichtuerei ist jetzt Schluss. Morgen rufe ich meinen Abt an.«

Ich hatte den Satz kaum vollendet, als die pummelige Frau vom Vortag in ihrer dunkelgrünen Übergangsjacke um die Ecke kam. Sie würdigte uns keines Blickes, nahm mich nicht wahr und strebte mit ihrem Einkaufstrolley dem Wochenmarkt zu. Ich war zusammengezuckt, nur leicht. Aber Melinda hatte es bemerkt.

»Was ist?«

»Die Frau eben, die sollte mich eigentlich erkennen. Ich wechselte gestern ein paar Worte mit ihr, als Mönch und im Habit.«

»Das ist wohl schief gegangen«, lächelte Melinda spitzbübisch.

Zwar hatten mich schon ein paar Leute in Bellabeuren ohne Habit gesehen und gestaunt, aber Hand in Hand mit Melinda, das war noch einmal etwas anderes.

Nach einem ausgiebigen Stadtbummel hatten wir hunger. In der Fußgängerzone waren wir an einem griechischen Restaurant vorbeigekommen. Melinda schlug vor, dort zu speisen, was mir recht war. Wir kehrten um und standen urplötzlich vor der pummeligen Frau mit der dunkelgrünen Übergangsjacke. Sie starrte mich an, als sei ihr der Leibhaftige erschienen. Entsetzt vergaß sie, sich zu bekreuzigen, und schlug die freie Hand gegen die Brust.

»Dürfen Sie das?«, fragte die Frau mit weit aufgerissenen Augen und sah zu Melinda.

Ich nickte gütig: »Ja, ich darf das.«

»Dann ist der Zölibat jetzt abgeschafft.« Sie holte tief Luft. »Davon habe ich gar nichts mitbekommen.«

»Allgemein ist er noch nicht aufgehoben, aber für mich schon«, sagte ich in ruhigem Ton. »Sie entschuldigen uns bitte.«

Die Frau stand mit ihrem Einkaufstrolley wie gelähmt da. Sie erinnerte mich an Lots Frau in der Bibel, die zur Salzsäule erstarrte, als sie sich nach Sodom und Gomorra umsah. Wir ließen sie stehen und betraten das griechische Restaurant. Hinter der Eingangstür fielen wir uns kichernd in die Arme. Ein Kellner sah uns amüsiert zu.

»Für die ist eine Welt zusammengebrochen«, sagte ich, als wir uns an einen Tisch setzten. »Hoffentlich überlebt sie das.«

»Ich kenne sie flüchtig«, erwiderte Melinda leicht hin. »Sie wohnt auf einem Einsiedlerhof, der zu Bellabeuren gehört. Dort ist die Zeit offenbar stehen geblieben. Gelegentlich kommt sie ins Dorf. Die ist hart im Nehmen. Sie wird gleich ihre Verwandtschaft im Dorf anrufen. Noch bevor wir mit dem Essen fertig sind, weiß ganz Bellabeuren Bescheid.«

Das Restaurant war geschmackvoll eingerichtet. Weiße Säulen, dezent platzierte Muscheln und Fotos verliehen dem Ambiente einen griechischen Touch. Aus einer Wand ragte in Form eines Reliefs die Akropolis von Athen aus dem Mauerwerk. Auf den weißen Tischdecken standen Kerzen und kleine Vasen mit frischen Blumen. Als der Kellner die Kerze entzündete, dufte es nach Vanille über unserem Tisch.

Nachdem wir die Speisekarte ausführlich studiert hatten, bestellte Melinda Souvlaki, aber nicht mit Pommes, sondern mit viel Salat, betonte sie. Ihr Wunsch wurde mit einem überquellenden Teller erfüllt, wie sich später zeigte. Ich war erfreut, eine *Lammhaxe aus dem*

Backofen in der Karte entdeckt zu haben. Schon bei der Vorstellung lief mir das Wasser im Munde zusammen. Meine Auswahl war genau richtig. Ich wurde nicht enttäuscht. Der unvergleichliche Duft der gebackenen Haxe erfreute meine Nase. Die braune Soße und die großen Weißen Bohnen, rundweg herrlich. Auch Melinda machte sich vergnügt über ihr Menü her und ließ kein Häppchen von den Fleischspießen und kein grünes Blatt übrig.

»Ein Glück«, sagte ich, »dass wir keinen Winterschlaf machen müssen.«

»Wie kommst du jetzt darauf?«

»Stell dir vor, wir müssten ein paar Monate schlafen, einfach nur schlafen, ohne so ein herrliches Essen.«

Sie sah mich irritiert an. »Du hast Ideen.«

»Bis zu sieben Monate schlafen Haselmäuse und Siebenschläfer, ohne irgendetwas zu fressen.«

»Und falls sie doch mal aufwachen, weil sie hunger haben?«, warf Melinda ein.

»Tun sie nicht. In Experimenten hat man die Tiere künstlich wach gehalten. Sie sind gestorben. Die brauchen den Winterschlaf und pennen locker ein halbes Jahr. Es gibt sogar Vögel, die im Winter schlafen. Die amerikanische Winternachtschwalbe beispielsweise. Sie schläft jedoch nicht das halbe Jahr, nur ein paar Wochen.«

»Aha«, staunte Melinda mich an.

»Ich bin froh«, sagtet ich, »dass ich kein Siebenschläfer bin. Essen ist doch das zweit wichtigste im Leben. Es kommt gleich nach ...«

Melindas Augen blitzten auf. Sie spitzte ihre Lippen, öffnete sie und schob mit der Gabel frischen grünen Salat hinein.

Erst gegen Abend fuhren wir zurück nach Bellabeuren. Melinda stoppte ihr Auto vor der Villa.

»Du kommst doch noch mit rein?«, sagte ich.

»Nur, wenn du mich ganz lieb bittest«, antwortete sie schnippisch.

Ich beugte mich zu ihr und küsste sie. »Bitte.«

Lachend stieg sie aus und folgte mir in die Villa. Ein wenig traurig registrierte ich, dass der Nachbar von gegenüber nicht in seinem Garten buddelte. Er war nirgends zu sehen. Auch sonst hielt sich niemand in der Straße auf, der von unserer Umarmung und dem zärtlichen Kuss hätte erzählen können. Aber vermutlich hatte Melinda recht und das ganze Dorf war bereits informiert. Ich musste an die pummelige Frau mit dem dunkelgrünen Übergangsmantel in Hasenlinde denken. Später am Abend machte ich Melinda einen Heiratsantrag. Ich benahm mich wie ferngesteuert. Diese großartige Frau musste schlicht und ergreifend zu mir gehören. Sie zierte sich nicht, sondern stimmte freudig zu.

»Wenn es dir recht ist, bereite ich Montag im Rathaus das Aufgebot vor«, sagte sie mit strahlenden Augen. »Du kommst vorbei und brauchst nur noch unterschreiben.«

»Gerne.«

»Da wird Bürgermeister Falk staunen. Er hat nur drei verschiedenen Reden für Trauungen in der Schublade. Mal schauen, welche er bei uns hält.«

35

Kurz vor Mitternacht verließ Melinda die Villa. Sie habe nicht die passende Kleidung für den morgigen Sonntag, sagte sie. Mit mir würde sie voraussichtlich nicht rechtzeitig aus dem Bett kommen. Denn sie müsse pünktlich in der Kirche sein. Pfarrer Kern mochte sie nicht ohne Orgelspiel im Gottesdienst allein lassen. Ich überlegte, ob ich ohne Habit in die Kirche gehen sollte. Dabei erinnerte ich mich, dass die Kutte noch in der Waschmaschine lag. Ich zerrte sie heraus und steckte sie in den Wäschetrockner. Nach einer Stunde holt ich den Habit aus dem Gerät und probierte ihn an. Er passte nach wie vor und duftete herrlich nach dem Weichspüler, einem Frühlingsduft. Ich entschloss mich, noch einmal im Mönchsgewand die Kirche aufsuchen. Das tat ich am Sonntagmorgen. Alle Blicke ruhten auf mir, oder bildete ich es mir nur ein? Niemand sprach mich an. Vielleicht hätte ich doch nicht mit dem heiligen Habit in die Kirche kommen sollen. Zweifel überfielen mich. Melinda saß an der Orgel und spielte wie gewohnt. Nach dem Gottesdienst, das Orgelnachspiel beherrschte noch den Raum, verließ ich als erster die Kirche und eilte in Richtung Villa. Mein Nachbar mit dem gelben Strohhut unterbrach seine Gartenarbeit, trat an den Zaun und winkte mich zu sich.

»Ohne die Kutte aus dem finsteren Mittelalter gefallen Sie mir besser«, sagte er lächelnd. »Seien Sie ein Mann und legen das Mönchsgewand ab. Damit kann man heute doch nicht mehr punkten. Melinda passt zu Ihnen.«

»So, meinen Sie? Wie kommen Sie darauf?

»Ich bitte Sie. Ich hab doch Augen im Kopf. Und die Bürger von Bellabeuren auch.«

Die Dorfpostille funktionierte demnach bestens. Aber

vielleicht war es gar keine stille Post. Nicht ausgeschlossen, dass unzählige Augenpaare jeden meiner Schritte begleiteten. In so einem kleinen Dorf wie Bellabeuren, blieb nichts lange geheim. Ob es auch Leute gab, die meine wahre Identität längst bemerkt hatten? Mit der Weisheit, dass das Auge sieht, was es sehen will, beruhigte ich mich. Deshalb nickte ich dem Nachbarn hinter grüne Hecke freundlich zu. Er tippte mit dem rechten Zeigenfinder an seine Strohhutkrempe, senkte das Haupt und schwang die Hacke, um einer unerwünschten Pflanzen an die Wurzel zu rücken. Ich wand mich ab und verschwand in der Villa. Dort entledigte ich mich des Habits. Nie wieder würde ich es überstreifen. Doch da irrte ich mich.

Wenig später hupte Melinda vor dem Haus. Ich eilte hinunter und stieg ein. Wir umarmten und küssten uns über dem Schalthebel ihres kleinen Wagens. Der Nachbar sah uns lächelnd zu.

»Du warst ja so schnell verschwunden?« Sie sah mich fragend an.

»Ich hielt es einfach nicht mehr aus.«

»Das glaube ich«, sagte sie und lenkte das Fahrzeug aus Bellabeuren hinaus. Auf einem Wanderparkplatz stellte sie das Auto ab und wir schlenderten durch Felder an einem glucksenden Bach entlang, Hand in Hand. Bei Sonnenschein kamen wir an einer Wiese vorbei, auf der ein Landwirt vermutlich das letzte Mal in diesem Jahr Heu machte. Mit einem Traktor, an dem eine Wendemaschine montiert war, fuhr er Reihe für Reihe die Wiese ab und wendete das trocknende Gras. Der unverwechselbare Geruch wehte zu uns herüber. Ich musste an meinen Zwillingsbruder Thomas denken, dessen Namen ich angenommen hatte und der im Heu gestorben war.

»Ob es im Himmel auch Heu gib?«

Sie sah mich irritiert an. »Wie kommst jetzt darauf?«

»Es duftet so erquicklich und ich dachte daran, dass im Himmel natürlich alles perfekt ist. Dazu gehören doch auch angenehme Gerüche, am Wohnplatz Gottes.«

»Und mein Parfüm gefällt dir nicht?«

»Entschuldige, keine Wiesenblume kann es mit dir aufnehmen.« Ich nahm sie in den Arm, küsste sie und die Welt war wieder in Ordnung. Wir kamen zu einem Gasthaus. Dort aßen wir zu Mittag.

Am Montagmorgen lag ich nach dem Aufwachen noch einige Zeit im Bett und sah zur weiß getünchten Zimmerdecke. Der Sonntagnachmittag und der Abend, sie kamen mir wie zehn Minuten vor. Wie konnte es sein, dass manchmal die Zeit raste und dann wieder nicht vergehen wollte? Ich erhob mich, ging ins Bad und frühstückte gemütlich. Drei wichtige Dinge standen auf der Tagesordnung in meinem Kopf: Notar anrufen, Abt anrufen, ins Rathaus gehen und das Heiratsaufgebot unterschreiben.

Mit Notar Bachmiller zu sprechen, war die einfachste Angelegenheit. Ich teilte ihm schlicht und ergreifend mit, dass ich nach reiflicher Prüfung und Überlegung die Hinterlassenschaft meiner *Schwester*, also das Erbe, ausschlug. Es schien ihn nicht zu überraschen. Er versprach, sogleich die erforderlichen Dokumente vorzubereiten. Ich müsse sie unterschreiben, bevor er alles beim Nachlassgericht einreichen könne. Ich dürfe noch so lange in der Villa wohnen bleiben, bis ein Nachlassverwalter eingesetzt worden sei. Danach müsse ich ausziehen und ihm meine neue Adresse mitteilen. Eingehend belehrte er mich, dass ich keine Wertgegenstände aus dem Erbe entwenden oder beschädigen dürfe. Das könne sehr unangenehme Folgen für mich haben. Notar Bachmiller fügte hinzu, dass es durchaus üblich sei, dass ich sehr persönliche Dinge aus dem Erbe erhalten könne, die nur einen ideellen Wert hätten. Zum Beispiel Tagebücher und Foto-alben. Darüber müsse ich mich aber mit dem Nachlass-verwalter einigen. Im stillen beschloss ich, einhundert-zwanzig Euro im geheimen Wandsafe zu lassen und Martinas privaten Laptop als mein persönliches Eigentum zu deklarieren. Ich hatte ihn seit meiner Ankunft täglich benutzt und auch schon eigene Dateien darauf gespei-chert.

Der Anruf bei Abt Leo Gärtner gestaltete sich sto-ckend. Kurz und direkt sagte ich ihm, dass ich mich in eine Frau verliebt habe, hiermit aus dem Orden austrete und Melinda heiraten werde. Die Telefonleitung erschien mir wie tot. Der Abt überlegte offenbar, was er antworten sollte. Die Stille dauerte eine Ewigkeit. Dann fragte er, ob ich alles gut abgewogen hätte. Er versuchte nicht, mich zu überreden, zurück ins Kloster zu kommen, sondern akzeptierte meine Entscheidung. Offenbar war ich nicht der erste, der den Orden verließ. Er fragte, wie ich denn künftig meinen Lebensunterhalt verdienen wolle. Mit der Frage brachte er mich ein wenig aus dem Konzept. Denn ich konnte ihm ja nicht sagen, dass ich genügend Mone-ten besaß, um nie wieder arbeiten zu müssen. Und als Zimmermann könnte ich schon gar nicht beschäftigt werden. Einerseits, weil nicht ich, sondern mein verstor-bener Zwillingsbruder jenen Beruf erlernt hatte. Anderer-seits, weil der nach seinem Zusammenbruch nicht mehr voll berufsfähig war. So hatte er mir im Heustadel er-zählt. Ich druckste ein wenig herum und sagte Abt Leo Gärtner, dass sich schon etwas finden werde. Er beendete das Gespräch nicht ohne mir zu versichern, dass ich jederzeit im Kloster wieder willkommen sei. Erleichtert legte ich auf.

Wie nicht anders zu erwarten, begrüßte Melinda mich mit einem strahlenden Lächeln im Rathaus. Geschäftig legte sie mir ein paar Dokumente auf den Tresen. »Bitte genau durchlesen.«

Ich prüfte nur, ob mein Name und mein Geburtsdatum korrekt verzeichnet waren. Alles übrige überließ ich Melinda, die bereits unterschrieben hatte.

»Bürgermeister Falk will dich sprechen«, sagte sie und wies zur Tür des Dorfoberhaupts. Dort klopfte sie kurz, öffnete und bat mich einzutreten.

»Willkommen Bruder Lazarus«, begrüßte er mich und kam hinter seinem altmodischen Schreibtisch hervor. »Oh, Entschuldigung. Sind sie jetzt noch Ordensbruder? Haben Sie den Abt informiert?«

Ich sagte ihm, dass alles geregelt sei und nichts der Eheschließung im Wege stünde. Er bat mich zur Sitzgruppe neben dem Schreibtisch und setzte sich auf einen der dicken Ledersessel, von dem er mich gut im Blick hatte. Ich versank im Polster und kam mir recht klein vor. Dann fragte er, ob ich damit einverstanden sei, dass er die Trauung vollziehen würde. Ich nickte und bejahte, denn das hatte ich längst alles mit Melinda besprochen. Er wollte Ereignisse aus meinem Leben wissen, die er in seine Ansprache einflechten könne und griff nach dem Stift und dem schlichter Schreibblock auf dem schmalen Tisch vor den Sesseln. Ich bat ihn, die Zeit als Mönch und die Walz nur zu streifen. Über meine Lehre als Zimmermann dürfe er sich gerne bei meinem ehemaligen Meister Paul Kramp erkundigen.

»Sehe ich das richtig, dass Sie eigentlich nur nach Bellabeuren zurückgekehrt sind, um sich um den Nachlass ihrer Schwester, der Frau Dr. Margit Schütze, zu kümmern?«

»Ja, so ist es. Ich konnte doch nicht ahnen, dass ich hier auf so eine schöne, wunderbare und geistreiche Frau treffen würde, der mein Herz nun gehört.«

»Was wird denn nun aus dem Erbe?«

»Ich habe es ausgeschlagen. Das Risiko, am Ende auf einem Berg Schulden sitzen zu bleiben, war mir zu groß.«

Bürgermeister Falk nickte verständnisvoll. Offenbar hatte er sich über die Situation erkundigt und stellte keine weiteren Fragen. Dann ging er zur Tür und rief Melinda in sein Büro. Sie brachte auch gleich die Dokumente zur Vorbereitung der Trauung mit. Er sah sie eingehend durch.

»Soweit ich sehe, ist alles in Ordnung. Es freut mich, sie beide trauen zu dürfen.«

Er reichte uns beiden die Hand, als hätte er die Zeremonie komplett vollzogen. Doch es war weiter nichts als der heutige Abschied. Mit einem breiten Lächeln sagte er: »Frau Knoll, Sie dürfen sich für den Rest des Tages frei nehmen.«

»Dankeschön, Herr Bürgermeister Falk!«

Zufrieden verließen wir dass Rathaus und fuhren nach Hasenlinde. Dort kauften wir ein breites französisches Bett, was wir ursprünglich erst am Mittwochnachmittag geplant hatte. Denn in Melindas Zwei-Zimmer-Wohnung mit Küche und Bad stünde nur ein schmales Bett, in dem wir nicht gemeinsam schlafen könnten, hatte sie mir erzählt. Dass ich zu ihr ziehen würde, war klare Sache. Wir kauften auch eine neue Bettdecke, ein Kopfkissen und bunte Bettwäsche. Mit erstaunten Augen sah Melinda zu, wie ich mit großen Scheinen alles bar bezahlte und steckte ihre Kreditkarte zurück. Nun war ich eine Erklärung schuldig. Das stand unausgesprochen im Raum. Woher hatte ich armer Mönch so viel Geld? Bei den gemeinsamen Restaurantbesuchen hatte Melinda stets bezahlt.

»Meine *Schwester* hat mir ein wenig hinterlassen«, begann ich meine Erklärung. »Nicht viel, was man halt so im Hause hat, aber das hier kann ich bezahlen. Ich will ja auch etwas zu unserem gemeinsamen Heim beitragen. Sonst käme ich mir schäbig vor. In den privaten Räumen der Villa fand ich in einem Fach diese Scheine. Die eiserne Reserve. Das muss aber unter uns bleiben, sonst bittet mich der Nachlassverwalter zur Kasse. Margits zwei Konten habe ich nicht angerührt. Das eine ist im Minus und auf dem andere ist gerade mal soviel, um das Minus auszugleichen.«

Nachdenklich registrierte ich, dass sie noch nie danach gefragt hatte, wie ich finanziell zu unserem gemeinsamen Leben beitragen wollte. Ob sie davon ausging, dass ich anstandslos wieder als Zimmermann arbeiten würde? Den Beruf hatte ich angeblich gelernt und sie in dem Glauben gelassen.

Leider konnten wir das neue Bett nicht in Melindas Kleinwagen mitnehmen. Es werde in zwei Tagen geliefert, versicherte der Möbelhändler. Mit der Einweihung unserer neuen Lagerstätte mussten wir also noch warten. Zwar hätte ich locker einen kleinen Transporter mieten können, aber mit der Offenbarung meiner tatsächlichen Vermögensverhältnisse wollte ich bis zur Hochzeit warten. Ich hatte mir vorgenommen, Melinda erst auf der Hochzeitsreise damit zu überraschen, quasi als mein Hochzeitsgeschenk. Sie hatte vorgeschlagen, ein paar Tage ins Allgäu zu fahren. Dem stimmte ich zu. Von dort hatte ich heimlich via Internet eine Reise in die Schweiz vorbereitet, mit einer noblen Limousine, die ich mieten würde.

36

Wieder in der Villa, studierte ich im Internet die neuesten Nachrichten. *Karl Baumann tot aufgefunden* lautete eine Überschrift, die mich erschütterte. Was war da los? Eilig überflog ich den Nachrichtentext. *Fremdverschulden nicht ausgeschlossen*, stand dort. *Die Kriminalpolizei ermittelt.* Was tatsächlich vorgefallen war, wurde nicht berichtet. Fieberhaft suchte ich Details, die darüber informierten, wie mein jüngerer Bruder zu Tode gekommen war. Hatte man ihn erschossen? War er erschlagen worden? Hatte man ihn vergiftet? Was auch immer. Kein Wort darüber. Nur, dass ihn eine Putzfrau im Büro des Firmeninhabers Franz Baumann, dem Bauunternehmer in Neuburg, tot aufgefunden habe. Die Nachrichten waren von gestern, bemerkte ich nach einem Weilchen betroffen, weil ich im Suchfeld versehentlich das Datum vom Tag zuvor eingegeben hatte. Ohne festen Tagesrhythmus verlor ich offenbar den Überblick. Kein Wunder, im Habit meines Zwillingsbruders hatte ich keinen Kalender gefunden und mir auch keinen gekauft. In der Arztpraxis unten, ja, da gab es selbstverständlich einen Kalender, den ich nicht beachtete. Ich genoss meine unverhoffte Freiheit und glaubte, dem Tyrann der Zeitrechnung entronnen zu sein.

Ich suchte erneut im Internet und fand drei aktuelle Nachrichten über den Tod meines jüngeren Bruders. Denen entnahm ich, dass er mit dem Kopf auf die gläserne Kante des niedrigen Tisches vor der Sitzgruppe im Büro meines Adoptivvaters gestürzt war. Korrekterweise sollte ich nun von meinem Ex-Adoptivvater sprechen. Die Untersuchungen seien noch nicht abgeschlossen, habe die Polizei erklärt. Aber mutmaßlich sei Karl Baumann unglücklich aufgeschlagen, was zu seinem schnellen Tode geführt habe. Wie der Juniorchef in dem geräumigen Büro stürzen konnte, sei ein Rätsel, schrieb ein Reporter. Die Polizei prüfe, ob es eine Auseinandersetzung gegeben habe, in deren Verlauf es zu einer Rangelei gekommen sein könnte.

Das Büro meines Ex-Adoptivvaters betrat man nicht ungefragt. Seine robuste und erfahrene Vorzimmersekretärin selektierte verantwortungsbewusst und schonungslos, wen sie zum Chef ließ. Allein ihr schwarzes zu einem Dutt gebundenes Haar, und ihr strenger Blick flößte Respekt ein. Zu gerne hätte ich sie oder einen ehemaligen Mitarbeiter angerufen, um mehr zu erfahren. Doch dadurch könnte meine neue Identität auffliegen. Zu riskant. Nein, ich durfte keine Sterbensseele aus dem früheren Umfeld kontaktieren. Auch hier in Bellabeuren durfte ich mit niemandem über die Baumanns, deren Unternehmen in Neuburg, und dem frühen Tod meines Bruders sprechen. Offiziell kannte ich die Familie nicht. Dass man den Tod vom echten Thomas Baumann im Heustadel noch nicht mit Bellabeuren in Zusammenhang gebracht hatte, beruhigte mich, wenigsten oberflächlich. Ich durfte nicht leichtfertig einen *Knochen* verlieren. Die exklusive Dorfpostille war nicht zu unterschätzen. Irgendwer würde plaudern, mein neues Leben durchkreuzen und mich vernichten.

Dann fand ich die Meldung, sie war gerade erst vor einer Minuten gepostet worden, dass Franz Baumann, mein Ex-Adoptivvater, verhaftet worden sei. Gegen eine beachtliche Summe Kaution habe man ihn jedoch wieder frei gelassen. Die Angestellte M. habe gesehen, wie Karl Baumann in das Büro seines Vaters gegangen sei. Etwa eine halbe Stunde später habe Franz Baumann das Office verlassen. Dazwischen habe es keine weiteren Besucher gegeben. Weil die offizielle Arbeitszeit um gewesen sei, wäre sie nach Hause gegangen. Wann und ob der Juniorchef aus dem Büro gekommen sei, könne sie nicht sagen. Sie habe angenommen, dass er noch etwas erledigte, wollte ihn nicht stören und habe das Firmengelände ohne nachzusehen verlassen.

Mit der Angestellten M. war zweifellos die robuste Vorzimmersekretärin gemeint, obwohl ihr Name im Artikel nicht genannt wurde. Dass sie gegangen sei, ohne noch einmal in das Büro meines Vaters zu sehen, nahm ich ihr nicht ab. Denn ich wusste, dass sie stets noch einmal hineinschaute und sich verabschiedete, bevor sie ging. Oft genug hatten mein Bruder, mein Vater und ich noch bis weit nach Feierabend zusammengesessen und Projekte besprochen. Sie war nie gegangen, ohne ihren Kopf ins Büro meines Vaters zu stecken und zu fragen, ob wir noch etwas bräuchten. – Trotzdem, vielleicht hatte sie eine Ausnahme gemacht, weil der Chef ja schon gegangen war. Nicht auszuschließen, dass danach noch jemand das Büro meines Ex-Adoptivvaters betreten hatte. Aber wer?

Offenbar bezweifelte die Polizei die Aussage der Sekretärin. Denn kaum hatte ich den Artikel gelesen, erschien eine Aktualisierung im Internet. *Tötete die Angestellte M. den Juniorchef?*, lautete die Überschrift. Die Angestellte M. sei verhaftet worden und werde morgen dem Haftrichter vorgeführt, stand in der kurzen Meldung.

Aha, dachte ich. Da hat mein Ex-Adoptivvater im Verhör den Verdacht offenbar auf die Sekretärin gelenkt. Sie war nach ihren eigenen Worten die Letzte gewesen, die Karl lebend gesehen, und dann das Büro verlassen hatte.

Mit weiteren Nachrichten zum Tod meines Bruders Karl war an diesem Abend vermutlich nicht zu rechnen. Die Laptop-Uhr zeigte null Uhr sechsundzwanzig an. Ich las die Pressemeldungen alle noch einmal durch und klappte dann das Notebook zu. Dass die Vorzimmersekretärin meinen Bruder getötet haben sollte, konnte ich mir nicht vorstellen. Sie war von robuster Statur und etwa genau so groß wie Karl. Aber warum hätte sie das tun sollen? Ich vermochte kein Motiv zu erkennen. Ob es möglich war, dass sie doch den toten Karl gesehen hatte und nun den Chef erpressen wollte? Das könnte ein Motiv sein.

In der Nacht wälzte ich mich ruhelos hin und her. Die Vorgänge in meiner ehemaligen Familie gingen mir nahe und immer und immer wieder durch den Kopf. Ich war offiziell tot, mein Bruder Karl war tot. Der Alte stand nun alleine vor seinem Lebenswerk. Er würde Mitarbeiter einstellen müssen, denn ohne Computer lief in der Firma nichts mehr. Sein Computerwissen war bescheiden. Selbst im Internet und mit E-Mails tat er sich schwer. Die moderne Technologie hatte ihn schlicht überholt. Obendrein waren die Millionen von den geheimen Konten verschwunden. Wen konnte er um Hilfe wegen der abhandengekommenen Rücklagen bitten? Niemanden, denn es waren illegale Bankkonten im Ausland. Ich versuchte mir vorzustellen, wie verzweifelt er sein musste. Aber er war ein Baumann, ein Kämpfer, der nicht so glattweg aufgab. Was würde er als Nächstes tun?

Irgendwann am Morgen schlief ich dann doch ein. Deshalb erwachte ich am nächsten Tag erst, als die Sonne schon hoch am Himmel stand. Welche Schreckensbotschaften standen mir nun bevor?

37

Das Frühstück wollte nicht recht munden. Sollte ich es unterbrechen und erst einmal im Internet nachsehen, was über meine Ex-Familie berichtet wurde? Nein, die nächste Presseerklärung der Polizei würde nicht vor ein Uhr erfolgen. Die Angestellte M. musste ja erst dem Haftrichter vorgeführt werden. Praktisch konnte es in dem Fall noch keine neuen Meldungen geben, reimte ich mir zusammen. Dennoch ließ ich das angebissene Butterbrot liegen und klappte den Laptop auf. Meine Kalkulation wurde bestätigt. Keine neuen Nachrichten im Fall Baumann. Enttäuscht biss ich einen weiteren Happen vom inzwischen angetrockneten Butterbrot ab. Der Kaffee war kalt geworden. Irgendwie musste ich den Tag überleben. Melinda konnte ich erst nach ihrem Feierabend abholen. Um ein Uhr raste ich wieder durchs Internet. Nichts. Keine neuen Nachrichten zum Fall Baumann. Ich schlenderte zum Supermarkt am Dorfrand, kaufte eine Dauerwurst, drei Birnen und eine Schokolade. Nichts davon brauchte ich wirklich, denn es gab reichlich Lebensmittel in der Villa, bis auf die Birnen. Mein Verhalten nennt man vermutlich Frustkauf. Extra langsam und gemächlich ging ich wieder zurück in der Hoffnung, dass so die Zeit schneller verginge. Tagsüber sah man selten jemanden auf der Hauptstraße des Dorfes. So auch heute. Ich erblickte niemanden, mit dem ich hätte plaudern können. Wieder in der Villa räumte ich den Einkauf weg und wollte gerade den Laptop einschalten, als das Telefon klingelte. Melinda meldete sich.

»Das Bett ist gekommen!« Ihre Stimme überschlug sich fast. »Hast du Zeit?«

»Ich mach mich auf den Weg.«

»Warte, ich hol' dich ab.«

Zwei Minuten später fuhr sie mit ihrem Kleinwagen vor die Villa.

»Hast du dir frei genommen?«, wollte ich wissen.

»Nur für eine halbe Stunde. Im Rathaus stapelt sich die Arbeit. Deshalb muss ich wieder zurück. Ich lass die Möbelpacker in die Wohnung und du passt dann auf, dass das Bett ordentlich aufgestellt wird.«

Ich war noch nie in Melindas Wohnung gewesen. Sie parkte ihren Wagen vor einem Mietshaus mit sechs Klingeln neben der Tür. Der große Möbelwagen stand direkt vor dem Eingang.

»Zweiter Stock«, sagte Melinda nach kurzer Begrüßung.

Im Treppenhaus waren die Steinstufen mit Metallhandlauf auf sprossenartigem Geländer offenbar vor wenigen Minuten gewischt worden. Sie blitzten und es roch nach Putzmittel. Die beiden Möbelpacker folgten uns mit leeren Händen. Sie wollten sich erst einmal orientieren, sagten sie. Das Bett würden sie anschließend holen. Hinter Melindas Wohnungstür gelangten wir in einen schmalen Flur, in dessen Wände rechts zwei Türen, geradeaus eine und links die vierte ins Schlafzimmer führte. Melinda gab Anweisung, zuerst ihr altes schmales Bett abzubauen und in den Keller zu bringen. An dessen Stelle sollte dann das neue Bett aufgebaut werden. Die Möbelpacker machten sich an die Arbeit.

Melinda blickte auf ihre Armbanduhr. »Ich muss dann wieder«. Sie gab mir einen schnellen Kuss und raste die Treppe hinunter. Die Handwerker packten tüchtig an und hatten das neue Bett nach wenigen Minuten perfekt aufgestellt. Als sie gegangen waren, sah ich mich in Melindas Wohnung um. Das Wohnzimmer war kaum größer als das Schlafzimmer, etwa fünf mal vier Meter, schätzte ich. Einfache und praktische Möbel überall. Nichts Überflüssiges oder Unnützes. Einzig und allein das elektronische Keyboard neben dem Eingang fiel etwas aus dem Rahmen. Klar, sie spielte nicht nur in der Kirche die Orgel, sondern übte obendrein zu Hause. An den Wänden hingen beruhigende Landschaftsbilder. Alles sauber und ordentlich, wie ich es erwartet hatte. Ein winziges Bad und eine ebenso kleine Küche vervollständigten die Wohnung. Für mehr als zwei Personen, war sie nicht gebaut worden. Ich setzte mich auf einen der beiden Hocker vor dem minimalen Küchentisch und inspizierte den Kühlschrank. In der Tür steckte eine Flasche Mineralwasser, aus der ich mir einschenkte. Dann beschloss ich, noch ein paar Lebensmittel für das Abendessen aus dem Supermarkt zu holen und machte mich auf den Weg.

Wieder in Melindas Wohnung, betrat ich das Schlafzimmer und freute mich über unser erstes gemeinsames Bett. Aber da fehlte doch etwas? Auf der Matratze gab es kein Bettlaken und nur eine Bettdecke und ein Kopfkissen von Melindas altem Bett. Ich suchte und fand die gekaufte und noch verpackte Bettwäsche, auch das für mich vorgesehene Kopfkissen mit Bettdecke. Nachdem ich alles frisch bezogen hatte und dabei ins Schwitzen gekommen war, hätte ich mich am liebsten ins Bett geworfen und geschlafen. Doch dann legte ich den hellblauen und ebenfalls nagelneuen Überwurf auf die Bettdecken und bestaunte mein Werk. Die Möbelpacker hatten sogar die beiden Nachttischlampen aufgestellt und angeschlossen. Ich schaltete sie ein. Nun konnte Melinda kommen.

Sie kam etwas später, weil sie die frei genommene halbe Stunde wie angekündigt nachgearbeitete. Da sie mir ihre Wohnungsschlüssel überlassen hatte, klingelte sie.

Ich öffnete und tat erstaunt: »Sie wünschen?«

Melinda sah mich verblüfft an, begriff aber sofort: »Die Dame des Hauses wünscht, über die Schwelle getragen zu werden.«

Wir lachten beide herzlich. Ich ergriff sie, trug sie über die Türschwelle und direkt ins Schlafzimmer, wo ich sie sanft auf den hellblauen Überwurf niederlegte. Sie versank in dem darunter liegenden Daunenbett. Ich sprang neben sie. Nachdem wir uns ausgiebig liebkost hatten, aßen wir zu Abend und fuhren anschließend zur Villa. Ich packte mein Habit und weitere persönliche Sachen in einen von Margits Reisekoffern, auch den alten Rucksack aus dem Kloster. Dann schnappte ich mir die Tasche mit Margits Laptop und wir fuhren zurück in unser gemeinsames Heim.

Am nächsten Tag suchte ich noch einmal alleine die Villa auf, ging durch alle Räume und sah in alle Schränke. Nein, nichts von allem würde ich wirklich benötigen. Aus dem geheimen Wandsafte nahm ich das restliche Geld bis auf einhundertzwanzig Euro. Die sollte der Nachlassverwalter finden.

Während ich die Treppe hinabging, läutete das Telefon. Ich beschleunigte meine Schritte, betrat die Praxis und nahm das Telefon ab. Rechtsanwalt und Notar Bachmiller meldete sich. Er informierte mich, dass das Nachlassgericht ihn zum Nachlassverwalter eingesetzt habe. Wir vereinbarten den nächsten Tag für die Übergabe des Erbes.

Wieder in meinem neuen Heim, suchte ich im Internet nach den neuesten Nachrichten. *Tötete Franz Baumann seinen Sohn?*, lautete eine Überschrift. Doch der Artikel gab nichts her. Auf Nachfrage habe die Polizei schlicht und einfach bestätigt, dass mein Ex-Adoptivvater Franz Baumann zu einem Verhör einbestellt, danach aber wieder auf freien Fuß gesetzt worden sei.

38

Wie verabredet traf Rechtsanwalt und Notar Bachmiller am nächsten Tag in der Villa ein. Ich übergab ihm den Schlüsselbund für Haus und Praxis und forderte ihn auf, seines Amtes zu walten. Er hatte noch eine Mitarbeiterin mitgebracht, die ich bisher nicht in seiner Kanzlei gesehen hatte. Die junge und zierliche Frau von etwa fünfundzwanzig Jahren mit pechschwarzen, schulterlangen und glatten Haaren trug asiatische Gesichtszüge. Sie öffnete einen Diplomatenkoffer und entnahm eine klobige Kamera. Herr Bachmiller hatte ein kleines Diktiergerät in der Hand.

»Bleiben Sie bitte bei uns, damit wir alles vollständig erfassen«, sagte der Jurist zu mir. »Morgen kommen Sie bitte in die Kanzlei. Dort müssen Sie dann das Protokoll unterschreiben, damit alles seine Richtigkeit hat.«

Wir begannen den Rundgang im Keller. Anschließend besichtigte er die Praxis und betrat dann die Privaträume im ersten Stock. Sorgfältig diktierte er alle Möbel, Geräte und Gegenstände in das Diktafon. Zwischendurch gab er seiner Mitarbeiterin Anweisungen, was sie fotografieren sollte. Kleine Artikel wie Laborgeräte, medizinische Behandlungsinstrumente, Besteck oder Küchengeräte erfasste er nicht einzeln, sondern bat seine Mitarbeiterin, davon Aufnahmen zu machen. Lediglich den Giftschrank nahm er sich penibel vor. Von jedem Fläschchen und jeder Pillendose las er laut den Titel und das Haltbarkeitsdatum ab.

Als wir oben im Wohnzimmer fertig zu sein schienen, trat er ans Fenster, öffnete es und sah hinter in den Garten. Zu seiner Mitarbeiterin sagte er: »Machen Sie eine Aufnahme von hier oben auf den Garten. Anschließen gehen Sie bitte hinunter und fotografieren den Garten und das Grundstück aus verschiedenen Perspektiven.«

Nachdem die Mitarbeiterin den Raum verlassen hatte, beobachtete er sie noch eine kleine Weile durch das Fenster bei ihrer Tätigkeit im Garten. Unvermutet klingelte er mit dem Schlüsselbund.

»Welches ist der Schlüssel zum Safe?«, fragte er.

Ich hatte schon erwartet, dass er keine Ahnung vom geheimen Stahlfach hatte und zeigte ihm den Schlüssel.

»Wo?«

Aha, alles wusste er doch nicht. Ich hing das Bild ab und er öffnete den eingemauerten Tresor in der Wand. Den gesamten Inhalt breitete er auf dem Couchtisch aus. Mit den Worten, »das habe ich nicht gesehen«, reichte er mir die einhundertzwanzig Euro.

»Die können Sie doch sicher gut gebrauchen. Wann ist die Hochzeit?«

»Übermorgen.« Ich bedankte mich und steckte die Geldscheine in meine Hosentasche.

Er begann die einzelnen Dokumente zu studieren und erfasste jedes in seinem Diktiergerät.

»Hier ist das Stammbuch ihrer Eltern. Das wollen Sie doch bestimmt behalten?« Herr Bachmiller reichte mir ein in dunkelbraunes Leder gebundenes Buch.

»Oh ja«, antwortete ich schlicht.

»Und was ist mit den drei Fotoalben da drüben?« Er deutete auf den Schrank, in dessen unterem Fach die Alben lagen.

»Darf ich die auch behalten?«

»Aber sicher doch. Gibt es sonst noch etwas, was für die Erbmasse unbedeutend ist, für Sie aber einen persönlichen Wert hat?«

Ich dachte kurz nach und sagte dann. »Das Stammbuch und die Fotoalben. Das reicht.«

Der Nachlassverwalter sah mich nachdenklich an. Ich fühlte mich durchschaut. Offenbar vermutete er, dass ich bereits Wertgegenstände beiseitegeschafft hatte. Ich dachte an die einundzwanzigtausendfünfhundertsechzig Euro aus dem Safe und den Laptop. Aber Margits Schmuck hatte ich nicht angerührt. Keine Ahnung, wie wertvoll der war. Ein Ring und eine Perlenkette hatten im Safe gelegen. Alles übrige hatte sie in einem einfachen Schmuckkästchen im Schlafzimmer aufgehoben. Ich fühlte mich zu einer Erklärung gedrängt.

»Wissen Sie, ich war ja schon Jahrzehnte lang nicht mehr hier in Bellabeuren, nur gelegentlich für ein paar Tage. Zuerst die Walz, dann Arbeitseinsätze im Ausland. Zwar hatte ich ein gutes Verhältnis zu meinen Eltern und zu meiner *Schwester*, aber weil ich nicht, wie von meinem Vater gewünscht, Medizin studiert hatte, mied ich das Zuhause ein wenig. Deshalb gibt es nicht wirklich viel hier, woran mein Herz hängt.«

Der Notar nickte verständnisvoll. Seine asiatische Mitarbeiterin kam von ihrem Rundgang ums Haus zurück.

»Es gibt eine Garage«, sagte sie. »Dort sollten wir auch noch einen Blick hinein werfen.«

»Ja gut, hier haben wir auch noch etwas übersehen. Lichten Sie das bitte alles ab.« Er deutete auf die Dokumente auf dem Couchtisch und auf den geöffneten Wandtresor.

Die Garage war fast leer. Nur ein altes Fahrrad und verschiedene Gartengeräte fanden sich darin. Die waren schnell erfasst und dem Erbe hinzugefügt.

»Dann bis morgen in der Kanzlei«, verabschiedete sich Herr Bachmiller.

Es war vollbracht. Befreit vom Erbe und ohne Schlüssel für die Villa trottete ich mit dem Stammbuch und den Fotoalben unterm Arm zum Rathaus. Es war herrlich, meine geliebte Melinda zu sehen. Ich erzählte kurz, dass alles mit der Übergabe des Erbes geklappt habe.

»Man kann dir ansehen, wie erleichtert du bist«, sagte sie.

»So kann man das? Aber da plagt mich noch etwas. Was soll ich heute zum Abendessen machen?«

»Nichts. Ruh dich aus. Ich habe schon etwas vorbereitet.«

In meinem neuen Zuhause klappte ich den Laptop auf und checkte die neuesten Nachrichten. In einer kleinen Meldung wurde gebracht, dass man die Angestellte M. auch auf freien Fuß gesetzt habe. Der Mordverdacht gegen sie sei aufgehoben worden. Offenbar tappe man noch im Dunkeln, wer für den Tod von Karl Baumann verantwortlich sei, folgerte der Reporter in seinem Artikel.

Weil die Kriminalpolizei weiterhin ermittelte, vermutete ich, dass die zuständigen Beamten immer noch an einem Unfall zweifelten. Ich konnte mir auch nicht vorstellen, dass mein sportlicher Bruder versehentlich mit dem Hinterkopf auf die Kante des kleinen Bürotisches aufgeschlagen sei. Auf dem Boden war ein hochwertiger Teppich fest verlegt. Da gab es nichts, worüber man stolpern hätte können. Allerdings konnte ich mir gut vorstellen, dass mein Ex-Adoptivvater seinen Sohn mit den Händen von sich gestoßen hatte, der dann rückwärts gefallen war. Dieses Verhalten hatte ich noch gut in Erinnerung. Auch ich hatte es gelegentlich erlebt. Wenn ihm etwas nicht passte, was ich gesagt oder getan hatte, stieß er mich einfach von sich. Nicht heftig, nicht so, dass ich jemals gefallen wäre. Ich überlegte, worüber sie in Streit geraten sein könnten. Bei Bauprojekten gab es manchmal Meinungsverschiedenheiten. Doch die wurden stets sachlich diskutiert und einvernehmlich beigelegt. Ob sie entdeckt hatten, dass ihre heimlichen Konten geplündert worden waren? Ja, da hätte mein Ex-Adoptivvater ausrasten können. Beim Geld kannte er keinen Spaß. Er hatte als einfacher Mauerer das Unternehmen praktisch aus dem Nichts aufgebaut. Jeder Pfennig zählte. Er dachte immer noch in Mark und Pfennig, was er zwar zu verbergen suchte, ihm aber herausrutsche, wenn er aufgeregt war. Je länger ich nachdachte, desto klarer zeichnete sich das Bild ab, dass die beiden über das verschwundene Geld aneinander geraten waren. Der Alte verfügte nur über bescheidene Computerkenntnisse. Nach meinem Verschwinden hatte er Karl offenbar die gesamte Verwaltung und Finanzabteilung überlassen. Ich konnte mir gut vorstellen, dass er sich von seinem Sohn betrogen fühlte. Ganz sicher hatte Karl verzweifelt versucht, den Verbleib des Geldes nachzuvollziehen. Das war ihm nicht gelungen. Ich fühlte mich bestätigt, meine Spuren erfolgreich verwischt zu haben.

39

Am Samstagmorgen beging ich den Fehler, vor dem Frühstück die Nachrichten im Internet zu lesen. Sensationssüchtig wollte ich zu allererst wissen, ob es neue Informationen über den Tod meines Bruders Karl gab. Eine fette Überschrift hätte mich beinahe vom Stuhl gehauen. *Bauunternehmer Franz Baumann erschossen*, stand in fetten Lettern auf etlichen Internetseiten. Fassungslos las ich den Text. Über den Tathergang schwieg die Polizei und nach dem Mörder werde gefahndet. Raubmord werde nicht ausgeschlossen, denn der Bauunternehmer sei kurz vor Mitternacht in seinem Auto auf einem Parkplatz vor dem Gasthaus *Zum Lamm* erschossen und ausgeraubt worden. Von seiner Brieftasche, aus der er noch zuvor seine Rechnung am Tresen bezahlt hätte, fehle jede Spur.

Ich kannte das Gasthaus. Dorthin ging mein Ex-Adoptivvater gerne nach einem arbeitsreichen Tag, gönnte sich ein kühles Bier und plauderte mit dem Wirt, den er aus der Schulzeit kannte. Auf der gegenüberliegenden Straßenseite lag hinter einer Hecke und üppigen Kastanienbäumen der Parkplatz. Er war von den Straßenlaternen nur schwach ausgeleuchtet. Dort war Franz Baumann laut Nachrichtenmeldung überfallen und erschossen worden.

Aufgrund seiner Tätigkeit als Bauunternehmer hatte mein Ex-Adoptivvater nicht nur Freunde. Aber mir wollte niemand einfallen, den er sich so sehr zum Feind gemacht hätte, dass der ihm deshalb nach dem Leben trachtete. Vermutlich war es ein Gelegenheitstäter gewesen, der Geld gefordert hatte. Doch mein Ex-Adoptivvater trug selten größere Geldsummen bei sich, schon gar nicht, wenn er ins Gasthaus ging. Ich hatte oft einspringen müssen, weil in seiner Brieftasche nicht genügend

Bargeld steckte. Manchmal hatte er sogar beim Wirt anschreiben lassen. Vielleicht war ein Junkie über die leere Brieftasche so erbost gewesen, dass er Franz Baumann kaltblütig erschossen hatte. Mein Ex-Adoptivvater fuhr eine dunkelblaue, noble Limousine mit Stern auf der Motorhaube. Wer hätte da nicht beim Fahrer eine pralle Brieftasche vermutet? Das kleine Städtchen galt zwar als beschaulich und war bisher von schweren Kapitalverbrechen verschont geblieben. Doch irgendwann würde es auch dort passieren, sinnierte ich.

Ich musste meine Mutmaßungen jäh unterbrechen und klickte die Webseite weg. Denn Melinda kam aus dem Bad, beugte sich über mich und küsste mich auf den Nacken.

Zu gerne hätte ich mit Melinda über den zweiten Todesfall in der Familie Baumann gesprochen. Aber damit würde ich meine wahre Identität preisgeben. Und das wollte ich auf keinen Fall. Erst auf unserer Hochzeitsreise wollte ich sie einweihen. Wenn überhaupt. Inzwischen zweifelte ich, ob es bei aller Liebe notwendig sei, Melinda über meinen Reichtum aufzuklären. Wir kannten uns ja erst wenige Tage, um genau zu sein. Bröckelte bei mir die Faszination der großen Liebe meines Lebens? Vielleicht sollte ich erst einmal für ein paar Monate weiterhin den armen Mönch spielen? Als Zimmermann konnte ich nicht arbeiten, aber vielleicht irgendwo im Büro? Oder im Internet-Café? Mit Computern kannte ich mich bestens aus.

Wir fuhren in Melindas Auto nach Hasenlinde und machten Besorgungen für die Hochzeit. Sie wollte unbedingt ein neues Kostüm für dieses große Ereignis in unserem Leben. Und ich sollte ein neues, dunkelblaues Sakko anziehen. Darin würde ich seriös, aber nicht übertrieben feierlich aussehen. Mein kariertes Sakko könne ich unmöglich zur Trauung tragen. Ich wies behutsam darauf hin, dass meine finanziellen Mittel beschränkt seien.

„Kein Problem", sagte Melinda. „Ich habe etwas gespart. Das leisten wir uns."

Der Einkaufsbummel war für mich eine Tortur, während Melinda fröhlich alle Umkleidekabinen der Stadt aufsuchte. Immer wieder musste ich an den Tod meines Ex-Adoptivvaters denken.

Was war da wirklich geschehen? Das Bauunternehmen Stand nun ohne Führung da. Sollte ich zurückkehren? Nein, unmöglich. Es gab etwa achtzig Angestellte. Fast alle waren auf irgend einer Baustelle im Einsatz. Im Büro des Firmensitzes arbeitete nur ein relativ kleiner Mitarbeiterstab. Da gab es die strenge Sekretärin vor dem Büro meines Ex-Adoptivvaters. Weiterhin eine Sachbearbeiterin, die sich hauptsächlich um die Arbeitsverträge und die Löhne der Bauarbeiter kümmerte. Sie regelte auch alles mit den Subunternehmern, falls wir welche brauchten. Zwei Sachbearbeiter überwachten überwiegend die Ein- und Abgänge der Baustoffe und wickelten die Bestellungen ab. Einem weiteren Sachbearbeiter unterstand die Aufsicht über das große Betriebsgelände und die riesige Halle, wo Baugeräte, Baumaschinen und Gerüste lagerten, wenn sie nicht im Einsatz waren. Er kümmerte sich auch um Wartung und Reparatur. Eine Halbtagskraft half im Büro aus, wo es nötig war. Umfangreiche Verträge ließen wir von selbständigen Rechtsanwälten überprüfen. Früher gab es mal einen fest angestellten Architekten. Aber als der in den Ruhestand ging, stellten wir keinen neuen ein, sondern beauftragten freie Architekten für unsere Bauobjekte. Oft kamen auch Architekten auf uns zu, weil sie ein lukratives Projekt an Land gezogen hatten, zu dessen Verwirklichung sie uns brauchten. Das Geschäft lief gut. Warum hatten sich

Franz und Karl Baumann in jene merkwürdigen Geldge-schäfte eingelassen, die sie vor mir verheimlichten? Ob dahinter Ganoven steckten, denen sie nun zum Opfer ge-fallen waren?

Vermutlich hatte mein jüngerer Bruder Karl, meinen Ex-Adoptivvater zum schnellen Geld überredet. Er war gierig und konnte nie genug bekommen. Jedes Jahr musste er einen neuen Firmenwagen haben. An Gründen, den alten abzuschaffen, mangelte es ihm nie. Ich hin-gegen fuhr vier bis fünf Jahre stets dasselbe Auto. Und die Limousine meines Ex-Adoptivvaters hatte mindestens fünfzehn Jahre auf dem Buckel. Bei Karls Wünschen drückte er schon mal ein Auge zu. Das war ihm letztlich wohl auf die Füße gefallen.

40

Ich wollte keine große Hochzeitsfeier. Melinda stimmte zu, obwohl sie vermutlich ein paar Freunde mehr eingeladen hätte. Weil es von meiner Seite keine Verwandten gab, einigten wir uns auf eine schlichte Trauung im Rathaus, zu der sie nur ihre Tante Olga und deren Tochter Claudia einlud. Nach der Zeremonie war ein Essen im *schwarzen Adler* vorgesehen. Gleich anschließend sollte unsere Hochzeitsreise beginnen.

Melinda trug zur weißen Bluse ein dunkelblaues Kostüm, das ihre sportliche Figur in allen Zonen hervorhob. Ihr dunkelblondes Haar fiel in weichen Wellen auf ihre Schultern. Ein dezentes Make-up und und ein nicht zu roter Lippenstift betonten ihre vollkommene Schönheit. Noch nie hatte ich eine so elegante und anmutige Braut gesehen, obwohl sie gar kein Brautkleid trug. Ich hatte eine helle Sommerhose angezogen und ein dunkelkariertes Sakko über das weiße Hemd gezogen. Melinda zuliebe band ich mir eine rot-beige-blau gestreifte Krawatte um.

Weil wir nach dem Essen sofort unsere Flitterwochen beginnen wollten, fuhren wir mit gepackten Koffern zum Rathaus. Dort lernte ich dann Tante Olga kennen, die etwa in meinem Alter war und einen riesigen fast weißen Hut zum rosa Kostüm trug. Ihre Tochter erschien in einem schwarzen, engen Rock und einer weißen Bluse unter einer kurzen schwarzen Lederjacke. Sie war höchstens achtzehn Jahre alt und machte einen verschüchterten Eindruck.

Zur Trauung begrüßte uns Bürgermeister Falk oben im Saal des Rathauses. Dort fanden gewöhnlich die Ratssitzungen statt, hatte mich Melinda informiert. Erheblich mehr Stühle als nötig standen im Raum. Ob noch neugierige Bürger kommen würden? Die Trauung war öffentlich. Auf dem großen Tisch lag eine schneeweiße Damasttischdecke, vor dem Bürgermeisterplatz eine geschlossene lederne Schreibmappe. Rechts stand eine prächtige Blumenvase mit roten und gelben Tulpen. Melinda und ich setzten uns auf die beiden Stühle vor dem Tisch. Tante Olga und Claudia nahmen in der ersten der fünf Stuhlreihen hinter uns Platz.

Als niemand mehr zu kommen schien, erhob Bürgermeister Falk sich, begrüßte uns, stellte die Personalien formal fest und hielt seine vorbereitete Rede. Er sprach recht sachlich und flocht nur gelegentlich eine heitere Redewendung ein. Letztlich kam er zu der Stelle, wo ich *Ja* sagen musste. Mir schoss durch den Kopf, dass ich bei der feierlichen Zeremonie genau genommen Bigamie beging. Mein angeblicher Tod hatte zwar die Ehe mit Cornelia beendet. Aber wahrhaftig lebte ich noch. Doch nun gab es kein Zurück mehr. Ein riesiger Kloß steckte plötzlich in meinem Hals. Keine Ahnung, woher der so unerwartet hochgestiegen war und mir das Atmen erschwerte. Würde ich noch Luft für das *Ja* bekommen? Melinda sah mich erwartungsvoll an. Ein *Ja* verließ meine Lippen. Sie strahlte über das ganze Gesicht bei ihrem *Ja*. Wie aus einer fernen Welt hörte ich die Worte des Bürgermeisters: »Sie dürfen die Braut jetzt küssen.«

Nach Glückwünschen und Händeschütteln schritten wir die Treppe hinunter zum Ausgang. Vor dem Rathaus erwartete uns nicht die absolute Leere von Bellabeuren, sondern eine Überraschung. Je drei Mitglieder aus dem Angelverein hatten sich links und rechts aufgestellt und warfen Reiskörner über uns. Es standen auch noch einige andere Leute vor dem Rathaus, die ich nicht kannte. Ein Foto sollte gemacht werden. Eine junge Frau mit einem schweren Apparat gab Anweisungen, wie sich alle aufzustellen hatten. Das klappte nicht so, wie sie es sich offenbar vorgestellt hatte. Deshalb wuselte sie umher, schob hier und da eine Person zurück oder zog eine andere hervor. Noch bevor sie mit dem Aufstellen fertig war, raste eine schwarze Limousine vor das Rathaus und bremste unmittelbar vor dem nur wenige Meter entfernten Eingang.

Ich sah auf und blickte in das Mündungsfeuer einer Waffe. Es blitzte zweimal kurz hintereinander auf. Ich begriff nicht sofort, dass auf Melinda und mich geschossen wurde. Im Nachhinein kann ich nicht einmal sagen, ob ich die Schüsse hörte. Die Lichtblitze aus dem dunklen Seitenfenster des Beifahrers werde ich nie vergessen. Sofort, bevor ich erfasst hatte, dass das Auto kurz gehalten hatte, raste der Fahrer auch schon wieder davon. Für einen kurzen Augenblick herrschte Totenstille. Dann rannten plötzlich alle Leute vor dem Rathaus durcheinander.

Melinda, die sich an meinem rechten Arm eingehakt hatte, knickte ein. Erschrocken sah ich, wie sie ihre rechten Hand auf die Brust legte. Sie rutschte auf die Steinstufen des Rathausportals, bevor ich erkannte, was geschehen war. Ihre Hand glitt zur Seite und ich erblickte ein Loch im Kostüm. Ich kniete neben ihr nieder und riss die Kostümjacke auf. Darunter ebenfalls ein kleines Loch. Melinda sah mich mit weiten Augen und offenem Mund an. Sie schien nach Atem zu ringen.

»Ich liebe dich. Wirklich.« Das waren ihre letzten Worte. Erst später begriff ich, was sie mir damit sagen wollte. Ihr Kopf sackte nach hinten und ihre Augen starrten gen Himmel.

Was dann geschah habe ich nur noch wirr in Erinnerung. Ein Rettungswagen fuhr vor. Der Notarzt stellte Melindas Tod fest. Eine Kugel hatte sie direkt ins Herz getroffen. Die zweite Kugel fand die Spurensicherung später im Holzrahmen der Rathaustür. Offenbar traumatisiert saß ich teilnahmslos auf der Bank vor dem Rathaus, als Melindas Tante Olga mich ansprach. Ich erinnere nicht, was sie sagte. Ich schickte sie zum Essen in den *schwarzen Adler.* Mir war nicht nach Speisen zumute. Die Polizei erschien. Kriminalkommissarin Schneider setzte sich später neben mich auf die Bank. Ich konnte keine ihrer Fragen beantworten. Irgendwann bat mich Bürgermeister Falk ins Rathaus. In seinem Büro suchte er nach Worten und bot mir seine Hilfe an. Eine gefühlte Stunde, vielleicht waren es auch nur fünf Minuten, saß ich schweigend da. Dann erhob ich mich und fuhr mit Melindas Auto heim. Dort warf ich mich aufs Bett. Tränen, die ersten seit Melindas Tod rannen mir über die Wangen. Ich schluchzte und begann hemmungslos zu Weinen.

41

Am nächsten Morgen klingelte das Telefon. Wahrscheinlich jemand, der mir sein Beileid ausdrücken will, vermutete ich. Noch im Halbschlaf hob ich unwillig ab.

»Du hast wohl gedacht, ich hätte dich vergessen!«, brüllte eine mir bekannte Stimme. »Wenn ich sie nicht haben kann, kriegst du sie schon gar nicht, verstanden? Dich habe ich nicht umgelegt, weil du mir immer noch die Moneten schuldest. Übergabe Freitag. Zwölf Uhr in der Fußgängerzone in Hasenlinde. Ich spreche dich mit den Worten an: ‚Danke für die Besorgung‘. Du übergibst mir dann die Moneten in einem Einkaufsbeutel. Zieh deine Kutte an. Keine Polizei. Sonst mach ich dich kalt.«

Augenblicklich war ich hellwach. Es war die Stimme von Tobias Engler, der sich Mike nannte. Bevor ich reagieren konnte, hatte er aufgelegt. Ich mochte es nicht glauben. Der Halunke hatte Melinda erschossen und mich nur verschon, weil er noch Geld von mir wollte. Wie krank war der denn?

Mein erster Gedanke nach dem Anruf, Kriminalkommissarin Schneider informieren. Ich hatte schon die Visitenkarte mit ihrer Telefonnummer herausgekramt. Doch dann hielt ich inne. Was würde es bringen? Mike war offensichtlich unberechenbar und zu allem bereit. Bisher war ich davon ausgegangen, dass Mike, alias Tobias Engler, sich die Geschichte mit den Schulden bei meinem Bruder nur ausgedacht hatte. Nun zweifelte ich. Wer so brutal vorging, um seine Schulden einzutreiben, hatte womöglich wirklich Anspruch darauf. Mit seinem Verhalten wollte er vermutlich ein Exempel setzen, um andere säumige Zahler abzuschrecken. Weil er auf der Flucht vor der Polizei war, konnte er seinen Geschäften höchstwahrscheinlich nicht in gewohnter Weise nachgehen und war auf jeden Euro angewiesen.

Ich legte meinen Schlafanzug ab und ging ins Bad. Ich brauchte einen klaren Kopf. Unter der Dusche, so hoffte ich, würde ich ihn vermutlich nicht nur äußerlich säubern. In der vergangenen Nacht hatte ich wenig, vielleicht überhaupt nicht geschlafen. Die feierliche Trauung im Rathaus und die anschließende Erschießung von Melinda hatten mich nicht ruhen lassen.

Dass Mike meine Frau Melinda kaltblütig an unserem Hochzeitstag erschossen hatte, wollte mir nicht in den Kopf. Nur weil sie mich geheiratet hatte? War da ein fanatischer Mörder auf freiem Fuß? Oder machte er sich das Geschehen nur zu eigen, um daraus Kapital zu schlagen und hatte mit der Ermordung nichts zu tun? Aber wer hatte dann die Schüsse abgefeuert?

Sollte ich nun die Polizei informieren oder nicht? Falls ich es täte, würde er mich kalt machen, wie er sich ausdrückte. Das sollte ich nicht leichtfertig ignorieren. Es war Donnerstag um die Mittagszeit, als er anrief. Ich konnte mir also noch den restlichen Tag und den ganzen Freitag überlegen, was ich tun sollte. Denn für die Geldübergabe hatte er mir bis Samstag Zeit gelassen, aus was für Gründen auch immer. Mike, Melindas Ex, hatte, wie der Wirt *Zum schwarzen Adler* behauptete, nicht alle Tassen im Schrank. Das entsprach offensichtlich der Wahrheit. Wirte sind gute Menschenkenner. Sie blicken am Tresen gelegentlich in menschliche Abgründe, die nirgendwo sonst offenbart werden.

Mikes Worte, »Wenn ich sie nicht haben kann, kriegst du sie schon gar nicht, verstanden«, gingen mir immer und immer wieder durch den Kopf. Der Mann war krank. Keine Frage. Ein absoluter Fanatiker. Mit Fanatikern könne man nicht verhandelt, hatte ich irgendwann mal in einem schlauen Buch gelesen. Was würde also geschehen, wenn ich ihm das geforderte Geld gab? Wäre ich dann vor ihm sicher? Nein. Entweder würde er mich auf der Stelle erschießen, um einen Zeugen zu beseitigen. Oder aber, er würde erneut Geld fordern. Was war wahrscheinlicher?

Bis Donnerstagabend wog ich das Für und Wider gegeneinander ab. Letztlich kam ich zu dem Schluss, dass Mike unberechenbar war. Weder ich noch sonst jemand würde seinen nächsten Schritt voraussehen können. Nur eines war sicher. Er wollte Geld, Moneten, wie er sich auszudrücken pflegte. Ebenso war sicher, dass ich nicht vor ihm sicher war, ganz unabhängig davon, ob ich ihm das geforderte Geld gab oder nicht. Ich entschloss mich, die Polizei zu informieren und rief Kriminalkommissarin Schneider an. Sie wollte die Sache nicht am Telefon besprechen und saß eine halbe Stunde später mit ihrer Kollegin bei mir im Wohnzimmer.

»Haben Sie zwanzigtausend Euro für die Übergabe?«, fragte Kommissarin Schneider, nachdem ich ihr von dem Anruf erzählt hatte.

Ich schüttelte den Kopf. »Nein.«

»Irgendwie merkwürdig«, sagte sie. »Normalerweise fordern Erpresser wesentlich höhere Summen. Aber offenbar haben wir es hier nicht mit einem normalen Erpresser zu tun. Das belegt auch seine Vorgeschichte.«

»Was meinen Sie damit?«

»Er war doch mit Ihrer Frau verheiratet und wollte nach der Scheidung nicht von ihr lassen. Gerichtlich wurde sogar ein Annäherungsverbot verhängt. Wenn er wirklich der Mörder Ihrer Frau ist, müssen wir ihn bei der Geldübergabe fassen. Wir werden einen Beamten auswählen, der in Ihre Rolle schlüpft und am Samstag zur Geldübergabe in die Fußgängerzone geht.«

»Das wird schief gehen«, warf ich ein. »Er kennt mich, weiß, wie ich aussehe. Vermutlich wird er bereits auf der Lauer liegen, bevor ich eintreffe. Wenn dann jemand anders kommt, dann ...«

Kommissarin Schneider hob die Hand: »Schon gut. Mir fällt spontan niemand im Präsidium ein, der aussieht wie Sie Herr Schütze. Der Markus vielleicht. Mit etwas Schminke. Aber er ist erheblich dicker als Sie. Haben Sie den Habit noch?«

Ich nickte. »Ja.«

»Und Sie wären wirklich bereit, dass Geld zu übergeben? Der Mann ist höchstwahrscheinlich bewaffnet.«

»Ja, ich habe bereits darüber nachgedacht. Ich bin bereit. Ich denke, er wird mich nicht töten, weil er vermutlich hofft, mich weiterhin erpressen zu können.«

»Ich will das nicht alleine entscheiden«, sagte Kommissarin Schneider. »Ich rufe Sie an.«

Sie erhob sich und wir verabschiedeten uns.

42

Am Freitagvormittag rief Kommissarin Schneider mich an und teilte mir mit, dass ein Polizeibeamter die Geldübergabe vornehmen werde. Man habe einen Mann aus den eigenen Reihen gefunden, der mir ähnlich sähe.

»Aber«, wand ich ein. »Ähnlich reicht nicht.«

»Eine Maskenbildnerin wird letzte Korrekturen vornehmen. Anschließend werden Sie glauben, einen Zwillingsbruder zu haben. Der Beamte und die Maskenbildnerin werden deshalb am Samstag, also morgen, zu Ihnen in die Wohnung kommen. Punkt acht Uhr. Die Perfektionierung wird etwa eine Stunde dauern. Danach fährt dann der neue Mönch mit ihrem Auto davon. Alles klar?«

»Bei der Geldübergabe darf ich aber doch dabei sein. Natürlich in sicherer Entfernung. In einem Polizeiauto oder so.«

»Auf keinen Fall. Der Mann ist gefährlich und hat mutmaßlich bereits gemordet. Außerdem scheint er einen Komplizen zu haben, der uns völlig unbekannt ist. Bei den Schüssen auf Ihre Frau saß der Schütze ja nicht am Steuer. Wir dürfen Sie keinesfalls unnötig in Gefahr bringen. Sie bleiben schön zu Hause. Ich rufe Sie so bald als möglich nach der Geldübergabe an und informiere sie.«

»Ich wäre aber gerne ...«, begann ich erneut.

»Das ist nicht verhandelbar!«, fiel mir Kommissarin Schneider ins Wort. »Oder muss ich Sie festsetzen?«

»Und was soll ich tun, falls Tobias Engler mich anruft und den Ort oder den Zeitpunkt der Geldübergabe ändert?«

»Dann rufen Sie mich selbstverständlich umgehend an. Nochmal, Sie bleiben zu Hause und lassen sich nirgendwo blicken.«

Widerwillig stimmte ich der geplanten Vorgehensweise

der Polizei zu, obwohl ich dem Mörder meiner geliebten Melinda gerne wütend den Beutel mit dem Geld um die Ohren gehauen hätte.

Wie angekündigt klingelte es am Samstagmorgen an meiner Wohnungstür. Der Polizeibeamte glich mir körperlich vollkommen. Von hinten hätte man uns nicht unterscheiden können. Aber von vorn. Sein Gesicht sah mir zwar ähnlich. So sehr, dass man uns aus zwei Kilometer Entfernung gut und gerne für Zwillinge hätte halten können. Doch die Geldübergabe sollte von Angesicht zu Angesicht erfolgen. Da hätte Mike, alias Tobias Engler schon von weitem gesehen, dass man versuchte, ihn reinzulegen.

Kaum in der Wohnung, machte die zierliche und kleine Maskenbildnerin sich flink und lange Vorrede ans Werk. Sie setzte den Polizisten und mich auf Stühlen nebeneinander, sah mich genau an, griff in ihren Werkzeugkoffer und begann den Beamten zu bearbeiten. Zuerst kürzte sie seine Haare mit Haarschneidemaschine und Schere. Anschließend hantierte sie flott aber gewissenhaft wie eine Hummel, die keine Blume auslassend, alle Blütenkelche inspiziert und darin stochert. Mit Modelliermasse, Pinsel, Stiften, Puder, Spray und was weiß ich nicht alles, werkelte sie am Kopf des Polizeibeamten.

»Sind Sie bei der Polizei angestellt?«, fragte ich die fleißige Dame.

»Nein, ich arbeite in einem Theater«, sagte sie.

»Wo?«

»In Nürnberg.«

Mehr Information mochte sie nicht preisgeben. Nach einer Stunde durften wir ihr Werk im Spiegel bewundern. Der Typ neben mir sah in der Tat aus wie ich. Nun hatte ich sogar einen dritten Zwillingsbruder, Pardon, einen Drilling. Zufrieden über unser Lob, packte die Maskenbildnerin ihre Sachen zusammen und verabschiedete sich. Anschließend half ich dem Beamten, den Habit über seine alltägliche Zivilkleidung anzulegen. Er fragte, ob er noch etwas Besonderes zu beachten habe. Ich schüttelte den Kopf und sagte ihm, dass er zwar normal aber würdevoll gehen solle. Wenn er nicht rennen und keinen Frauen nachpfeifen würde, käme niemand auf die Idee, dass er kein echter Mönch sei. Er grinste und gelobte augenzwinkernd Besserung. Nachdem ich ihm den Autoschlüssel übergeben hatte, beobachtete ich aus dem Wohnzimmerfenster, wie er mit Melindas Auto davon fuhr.

Sofort griff ich zum Telefon und bestellte ein Taxi zum Supermarkt in Bellabeuren. »In zwanzig Minuten«, sagte die Dame in der Zentrale. Wunderbar, das passte. Ich eilte zum Supermarkt und kaufte dort eine schwarze Baseballkappe, eine Sonnenbrille und einen langen Herrenschal. Der Schal war unauffällig und in verschiedenen Grautönen gestreift und kariert. Welch ein Glück, dass es im Supermarkt nicht nur Lebensmittel gab. Mit den Sachen in einer Plastiktüte trat ich aus dem Markt. Das Taxi fuhr gerade vor. Ich schwang mich in den Fond und sagte dem Fahrer, dass er mich im Zentrum von Hasenlinde absetzen solle. Auf der Fahrt probierte ich die Baseballkappe aus. Sie war etwas zu eng. Ich versetzte die Weite an der Rückseite, bis die Mütze perfekt auf meinem Kopf saß. Der Taxifahrer beobachtete mich im Rückspiegel, sagte aber nichts. Erst nachdem ich aus dem Taxi gestiegen waren, wand ich den Schal um meinen Hals und setzte die Sonnenbrille auf. In einer Schaufensterscheibe betrachtete ich mich. Wenn ich den Schal über die Nasenspitze zöge, würde mich niemand erkennen. Damit fiele ich jedoch auf wie ein Buntspecht unter Spatzen. Deshalb ließ ich es bleiben und schlenderte seelenruhig zur Fußgängerzone, auf die ich einbog. Die Straße war nicht bemerkenswert lang, etwa achtzig bis einhundert Meter. Aus früheren Besuchen in Hasenlinde wusste ich, dass es etwa in der Straßenmitte ein Café gab, welches Tische und Stühle vor die Tür stellte. Die Sonne schien vom blauen Himmel, über den nur wenige Schäfchenwolken zogen. Glücklicherweise gab es noch einen freien Tisch, an den ich mich sofort setzt und Kaffee und ein belegtes Brötchen bestellte. Erst jetzt fiel mir auf, dass ich noch gar nicht gefrühstückt hatte. Deshalb bestellte ich noch ein Stück Blechkuchen mit Schlagsahne, nachdem ich das Brötchen gierig verspeist hatte. Ich schaute auf die Uhr. Es war elf Uhr zweiundzwanzig. Um zwölf Uhr sollte die Geldübergabe sein. Immer wieder sah ich auf und blickte in beide Richtungen der Fußgängerzone. Überall Menschen, junge, alte, schnelle, langsame und in verschiedenen Figuren und Hautfarben. Weit und breit kein Polizist in Sicht. Das Ehepaar am Nachbartisch bezahlte und ging davon. Ich schnappte mir die Zeitung, die sie auf dem Tisch liegen ließen. Hinter dem Revolverblatt konnte ich mich gut verstecken und fühlte mich total verdeckt und sicher. Warum hatte ich mir nicht gleich bei Ankunft in Hasenlinde eine Zeitung besorgt? Als Detektiv war ich offenbar eine Null. Sherlock Holmes hätte mir rigoros auf der Stelle gekündigt und jegliche Zusammenarbeit in den Wind geschlagen. Aber nun hatte ich ja ein Blatt. Über den Zeitungsrand beobachtete ich die Fußgängerzone erneut. Immer noch kein Mönch in Sicht.

43

Eine Kirchturmglocke läutete. Zwölf Uhr. Ich blickte auf und sah ihn von rechts kommen, wie aus dem Nichts, den Mönch mit meinem Gesicht und in meinem dunkelbraunen Habit. Ein verkleideter Polizist. Er schritt an meinem Café-Tisch vorbei, ohne mich anzusehen oder gar zu bemerken. Erstaunt sah ich, dass aus der Gegenrichtung ein weiterer Mönch herankam. Gleich würden die beiden einander begegnen. Hoffentlich macht der Polizei-Mönch nun keinen Fehler, dachte ich, als er etwa in zwei Metern Entfernung unvermittelt stehen blieb. Eine pummelige Landfrau in dunkelgrüner Übergangsjacke hatte sich vor ihm aufgebaut. Mir war so, als ob der zweite Klosterbruder den Polizei-Mönch habe ansprechen wollen. Doch die pummelige Frau war schneller und der zweite Mönch ging vorüber. Er hatte die Kapuze tief ins Gesicht gezogen, dennoch erkannte ich ihn, als er an meinem Tisch vorbei kam. Es war Mike, alias Tobias Engler. Kein Zweifel. Er wechselte die Straßenseite und blieb vor dem Buchladen stehen. Er nahm ein Buch vom vor dem Laden stehenden Büchertisch und las darin. Zumindest tat er so. Ich war mir sicher, dass er die Schaufensterscheibe als Spiegel benutzte, um zu sehen, was hinter ihm vorging.

Die pummelige Frau vor dem Polizei-Mönch war keine andere, als die, mit der ich auch schon Bekanntschaft gemacht hatte. Sie redete auf den Beamten ein und hielt ihn offenbar für einen echten Mönch und für mich. Einige Wortfetzen bekam ich mit.

»Das Weibsbild hat sie wohl völlig verwirrt«, sagte sie. »Wenn ich sie grüße und sage, ,Gelobt sein Jesus Christus', dann müssen Sie antworten, ,In Ewigkeit Amen'. Verstanden?«

»Entschuldigung, ich war in Gedanken«, sagte der Polizei-Mönch. »In Ewigkeit Amen«.

»Und was ist mit dem Kreuzzeichen?« Die pummelige Frau in der dunkelgrünen Übergangsjacke sah ihn fordernd an.

»Es tut mir leid, das ist heute nicht mein Tag«, antwortete der Polizei-Mönch. »Entschuldigen Sie mich bitte.« Er drehte sich um und kam in meine Richtung zurück. Die Landfrau stand kopfschüttelnd da, drehte sich dann ebenfalls weg und verschwand in der Menge.

»Es ist der Mönch vor dem Buchladen«, hörte ich den Polizei-Mönch in ein unsichtbares Mikrofon unter dem Habit flüstern, als er an meinem Tisch vorüber ging.

Mike, der Mönch vor dem Buchladen, hatte sich umgedreht und rief herüber: »He, Bruder!«

Das Lächeln aus seinem Gesicht verschwand blitzartig, als er bemerkte, dass zwei Männer mit unaufgeregten Schritten von links auf ihn zukamen.

»Du Verräter!«, brüllte er und hatte plötzlich eine Pistole in der Hand. Er schoss auf den Polizei-Mönch, hatte aber vermutlich nicht die Absicht ihn zu töten. Denn ich bemerkte, dass er auf dessen Beine zielte, bevor er geschwind in die enge Gasse neben dem Buchladen rannte.

Die beiden Polizisten in zivil hatten ihre Pistolen gezogen und folgten Mike. Aus der Gasse erschallte ein Schuss. Ich konnte nicht sehen, was in der Gasse vor sich ging, hörte aber noch zwei Schüsse. Dann war Stille. Die Menschen in der Fußgängerzone standen wie erstarrt, aber nur ganz kurz. Eine Frau schrie und plötzlich liefen alle durcheinander. Ein Polizeiwagen mit Martinshorn und Blaulicht fuhr in die Fußgängerzone. Nur langsam und darauf bedacht, niemanden zu überfahren, drang er bis zur Gasse vor. Dort hatten sich einige Schaulustige eingestellt. Die Polizisten drängten sie zurück. Ein Ret-

tungswagen des Roten Kreuzes folgte dem Streifenwagen, dahinter noch ein Streifenwagen. Ich war erstaunt, wie schnell die Fahrzeuge eintrafen. Offenbar
hatten sie ein oder zwei Straßen weiter in Bereitschaft gestanden. Ein Sanitäter kam herüber gerannt und beugte
sich zum Polizei-Mönch nieder, den ich völlig aus dem
Auge verloren hatte. Er saß am Boden und hielt sein
Bein. Wie ich später erfuhr, hatte Mike ihm in die Wade
geschossen.

Alle Café-Gäste waren aufgesprungen und zur Gasse
hinüber geeilt, vor der sich eine Menschentraube gebildet
hatte. Ich legte einen Geldschein unter meine Tasse und
folgte ihnen. Dort sprach ich den erstbesten Mann an.

»Was ist denn geschehen?«

»Die Polizei hat einen Mönch erschossen«, sagte der
Mann.

»Aber es war kein echter Mönch«, mischte sich eine
junge Frau in engen Jeans ein.

»Woher wollen Sie das wissen?«, fragte der erste.

»Seit wann sind Mönche bewaffnet?«, gab sie schnippisch zurück. »Ich hab gesehen, dass er eine Pistole
hatte.«

Gerne wäre ich zum angeblich toten Mönch vor-
gedrungen, aber die Polizei ließ niemanden in die Gasse.
Ich wandte mich ab und ging zum Taxistand.

»Nach Bellabeuren, bitte«, sagte ich dem Fahrer.

44

Die Polizei hatte meinen Aufenthalt in Hasenlinde nicht bemerkt. Da war ich mir sicher. Aus der Ferne hatte ich Kommissarin Schneider und ihre Kollegin gesehen. Doch beide waren zu sehr auf das Geschen in der engen Gasse konzentriert gewesen, als dass sie mich gesehen hätten. Als Kommissarin Schneider um drei Uhr dreißig immer noch nicht bei mir angerufen hatte, rief ich sie an.

»Wie ist es bei der Geldübergabe gelaufen?«, fragte ich scheinheilig. »Haben Sie den Halunken?«

»Desaster! Aber ja, wir haben ihn, Tobias Engler. Leider tot. Es kam zu einer Schießerei, bei der er tödlich getroffen wurde.«

»Wie konnte das passieren?«

»Entschuldigen Sie bitte. Ich bin gerade dabei die Pressemitteilung vorzubereiten. Morgen können Sie alles in der Zeitung lesen. Seien sie froh, dass wir Sie nicht die Geldübergabe machen ließen. Tobias Engler hat auf unseren Mönch in Ihrer Kutte geschossen. Glücklicherweise traf er nur ins Bein. Es hätte schlimmer kommen können.«

Ich bedankte mich für die Information und fragte abschließend, wann Melindas Leiche freigegeben werde. Sie versicherte, mich so bald wie möglich zu informieren.

In der folgenden Nacht konnte ich nicht schlafen. Die Ereignisse der letzten Tage ließen mir keine Ruhe und kreisten immer wieder durch meinen Schädel. Ich begann die Toten zu zählen. Begonnen hatte es mit der Begegnung meines Zwillingsbruders Thomas Schütze, dem Mönch Lazarus, auf der Landstraße. Ein erfreuliches Zusammentreffen, das mit seinem Tod endete. Dann der tragische Tod von Pater Edmund und Mikes Geldeintreiber, Pit dem Belgier. Unerwartet starb mein Bruder Karl auf merkwürdige Weise. War es ein Unfall oder Mord? Kurz darauf wurde mein Ex-Adoptivvater Franz Baumann erschossen. Der Mörder ist noch auf freiem Fuß. An meinem Hochzeitstag Schüsse auf Melinda und mich. Sie wird tödlich getroffen und starb in meinen Armen. Und nun ist auch Mike, alias Tobias Engler tot, der mutmaßliche Mörder meiner geliebten Melinda. – Sieben Tote in den letzten vier Wochen in meinem unmittelbaren Umfeld. Warum? Nein, eigentlich acht Tote. Ich hatte die Ärztin vergessen, Frau Dr. Margit Schütze. Wegen der war ich nach Bellabeuren gekommen. Acht Tote. Warum? Mein Bruder Thomas war im Heustadel eines natürlichen Todes gestorben. Doch alle anderen starben durch Mord oder wenigsten auf unnatürlich Weise.

Die Gedanken kreisten unaufhörlich in meinem Kopf, ohne zu einer plausiblen Erklärung zu kommen. Ich hörte die Kirchturmglocken von Bellabeuren sechs Uhr schlagen. Kurz danach muss ich eingeschlafen sein. Als ich erwachte, war heller Tag. Drei Minuten vor elf Uhr. Was war heute für ein Tag? Gestern war Samstag, also musste heute Sonntag sein. Mein Gehirn funktionierte noch. Soeben würde der Gottesdienst beendet werden. Mein erster Sonntag in Bellabeuren, an dem ich nicht in die Kirche gegangen war. Ob für Melinda eine Ersatz-Organistin gefunden wurde? Ich dachte an die Orgel und den schmalen und staubigen Raum dahinter, wo ich Melinda zum ersten Mal geküsst hatte. Die düsteren Erinnerungen in der vergangenen Nacht verflüchtigten sich. Schöne, unvergleichliche Gedanken und Gefühle an die Zeit mit Melinda zogen ins Schlafzimmer. Ich erhob mich und frühstückte anschließend.

Es klingelte an der Wohnungstür. Ich erwartete zwar keinen Besuch, drückte aber auf den Türöffner, trat ins Treppenhaus und sah hinunter. Ein Polizist kam herauf.

»Ich bringe Ihnen den Autoschlüssel«, sagte er keuchend. »Der Wagen steht vor der Tür. Und dann soll ich Ihnen noch ausrichten ...«

»Kommen Sie doch bitte herein«, unterbrach ich ihn.

»Aber nur ganz kurz. Der Kollege wartet.«

Nachdem wir uns ins Wohnzimmer gesetzt hatten, sagte er mir, dass Melindas Leiche für die Beerdigung freigegeben sei. Dann versuchte ich ihn auszuhorchen, was bei der Geldübergabe am Tag zuvor schief gegangen sein.

»Da gibt es nicht viel zu berichten«, sagte der Polizist. »Der Mike, alias Tobias Engler, hat gemerkt, dass Polizei im Anmarsch war. Ich und ein Kollege waren in unmittelbarer Nähe, als der Polizist in der Kutte die Meldung durchgab, dass der Mönch vor dem Buchladen der Gesuchte sei. Wir sind dann zu ihm. Der hatte plötzlich eine Pistole in der Hand und hat sofort geschossen. Zum Glück nicht auf uns. Denn wir waren nur etwa zwei Meter von ihm entfernt. Er ist dann in die Gasse gerannt, wir hinterher. Er blieb stehen und schoss auf uns. Ich erwiderte das Feuer, ohne ihn zu treffen. Mein Kollege schoss ebenfalls. Mike brach zusammen. Wir sind hin. Er hielt eine Hand auf der Brust. Die Pistole war ihm entglitten. Das war's.«

»Hat er noch etwas gesagt, bevor er starb?«

»Ja, er hat noch etwas gemurmelt.«

»Was? Machen Sie es nicht so spannend!«

»Ich bin mir nicht ganz sicher. Es war recht undeutlich. Aber mein Kollege meinte, er habe gesagt, ,scheiß Zimmermann'. Keine Ahnung, was er damit meinte.«

Ich hingegen wusste, was er gemeint hatte. Er hielt mich bis zuletzt für Thomas Schütze, den Zimmermann, der Mönch geworden war. Meine neue Identität hatte er offenbar nie bezweifelt. Der Polizist verabschiedete sich und ich sah aus dem Wohnzimmerfenster, wie er zu seinem Kollegen in den Streifenwagen stieg. Vom Himmel regnete es aus grauen Wolken, nicht heftig aber doch so unangenehm, dass ich keine Lust verspürte an die frische Luft zu gehen.

Im Wohnzimmer fiel mein Blick auf Melindas Laptop. Bisher hatte ich den nicht beachtet. Ich klappte ihn auf. Er war passwortgeschützt. Es handelte sich um ein älteres Modell ohne aktuelles Windows. Nach einigen Versuchen hatte ich den Rechner geknackt und alle Dateien lagen offen vor mir. Zuerst checkte ich ihre E-Mails. Dort fand ich nichts Aufregendes. Einige Bestellbestätigungen von Online-Händlern, bei denen sie eingekauft hatte. Die letzte Telefonrechnung. Keine E-Mail-Plaudereien mit Freundinnen oder Freunden. Melinda verwendete E-Mails nach allem Anschein nur selten.

Ich durchforstete den Ordner »Fotos«. Dort gab es einige Bilder, die ihr offenbar zugeschickt worden waren. Auf keinem Bild war sie zu sehen, alles unbekannte Frauen und Männer mit manchmal fremdartigem Hintergrund. Vermutlich Urlaubsfotos aus fernen Ländern. Auf einem Bild war der Eiffelturm zu sehen. Etliche andere Fotos waren am Strand aufgenommen worden.

Dann sah ich einen Ordner mit dem Namen »Cornelia«. Der Ordner machte mich neugierig. Cornelia hieß meine Ex-Ehefrau, beziehungsweise Witwe, je nachdem, wie man es sah. Ich öffnete den Ordner und entdeckte zu meinem Erstaunen keine Fotos, auch keine Textdateien, sonders MP3-Dateien, zehn oder zwölf an der Zahl. Ich klickte die erste Datei an. Es war die Aufzeichnung eines Telefongesprächs. Beide Stimmen erkannte ich sofort. Da sprach Melinda und am anderen Ende der Leitung Cornelia, meine Ex-Frau.

45

Schon nachdem ich die ersten Sätze der obersten MP3-Datei im Computer-Ordner »Cornelia« hörte, wurde mir bewusst, dass Melinda und Cornelia sich kannten. Und zwar nicht erst seit dem Telefonat, sondern bereits aus früheren Zeiten. Warum hatte Melinda nie darüber gesprochen? Dumme Frage, schalt ich mich, bevor ich den Gedanken zu Ende gebracht hatte. Sie wusste ja nicht, dass Cornelia meine Ex-Frau war. Doch dann wurde ich stutzig.

»Und wenn ich es dir sage«, hörte ich Cornelias Stimme. »Er ist es. Ich kenne doch meinen Mann. Gar keine Frage, der Typ in der Mönchskutte ist Markus Baumann.«

»Aber du hast deinen Mann doch identifiziert und beerdigt«, wandte Melinda ein.

»Wer weiß, wen wir da beerdigt haben. Er sah aus wie Markus, trug seine Klamotten, sogar den Ehering, nichts fehlte von seinen übrigen Sachen. Auch das Auto war seins. Herzinfarkt lautete die Todesursache. Warum sollte ich da irgendetwas anzweifeln? Bis ich wenige Tage später das Foto in der Zeitung sah. Das machte mich neugierig. Und nachdem ich ihn nun persönlich gesehen und gesprochen habe, kein Zweifel: Er ist es.«

»Lass ihn doch Exhumieren. Vielleicht hat die Leiche einen Herzschrittmacher oder irgendetwas, was dein Mann nicht hatte.«

»Geht nicht, er wurde eingeäschert.«

»Aber warum sollte dein Mann so etwas tun? Und dann auch noch die Identität eines Mönchs annehmen?«

»Wenn du Millionen beiseitegeschafft hast wie er, was sag ich, Milliarden, dann tickst du anders. Da gibt es doch nichts besseres, als in einem Kloster unterzutauchen, bis Gras über die Sache gewachsen ist. Hilfst du mir nun oder nicht?«

»Ich mag Lazarus.«

»Wunderbar! Um so leichter wird es für dich sein, sein Vertrauen zu gewinnen. Wenn du herausbekommen hast, wo er die Milliarden versteckt hat, ist er geliefert. Wir machen halbe-halbe und du brauchst nie wieder zu arbeiten.«

»Wieso bist du dir so sicher, dass er Gelder veruntreut hat?«

»Sein Bruder Karl, also mein Schwager, hat es mir gesteckt.«

»Einfach so?«, fragte Melinda

»Was denkst du wohl. Ich musste ihm natürlich was bieten. Du verstehst?«

An dieser Stelle des Gesprächs dachte ich an meine Beobachtung im Büro des Bauunternehmens. Cornelia mit gespreizten Beinen auf Karls Schreibtisch in eindeutiger Position. Sie hatte ihm offenbar schon vor meinem *Tod* etwas geboten. Warum? Weil sie ihn liebte? Kein Wort davon im weiteren Telefongespräch. Ihre kalte und berechnende Seite wurde immer deutlicher. Sie hatte mich geheiratet, weil ich der älteste Sohn des wohlhabenden Bauunternehmers war. Offenbar hoffte sie, dann durch mich den größeren Anteil nach dem Ableben ihres Schwiegervaters zu erben. Doch es war ihr nicht entgangen, dass Karl, der leibliche Sohn meiner Adoptiveltern, zum Lieblingssohn aufstieg. Also bemühte sie sich bei Zeiten um ihn. Mein Verstand sträubte sich, diese absurden Gedanken weiter zu verfolgen. Aber sie stiegen immer wieder auf und wurden von den aufgezeichneten Telefongesprächen bekräftigt. Warum war Cornelia so verbissen hinter dem Geld her? Sie stammte aus einfachen Verhältnissen. Ihre Mutter war früh gestorben und der Vater hatte schnell wieder geheiratet, damit seine drei Kinder versorgt waren. Leider konnte ihre Stiefmutter mit Geld nicht umgehen. Das habe öfter dazu geführt, dass es in der zweiten Monatshälfte nur Brot oder eine dünne Suppe zu essen gab, hatte sie mir erzählt. Vor dem Nichts zu stehen, war für sie offenbar eine Tragödie. Gut versorgt zu sein, war ihr wichtig. Aber würde sie deshalb über Leichen gehen?

Ich hörte mir alle aufgezeichneten Telefongespräche an. Es ging immer wieder um dasselbe. Cornelia forderte, dass Melinda herausfinden sollte, wo ich die verschwundenen Milliarden versteckt hatte. Sie ließ sich regelmäßig berichten, wie weit Melinda bei ihren Bemühungen gekommen sei. Außerdem gab sie ihr Tipps, wie sie mich weichklopfen könne, wie sie es nannte. Ich war erstaunt, wie gut Cornelia meine schwachen Punkte kannte und welche Knöpfe sie gedrückt hatte, um mich zu beeinflussen und gefügig zu machen. Immer deutlicher sah und hörte ich, dass sie mich nie geliebt hatte und ich nur ein notwendiges Übel für ihre Zwecke gewesen war.

Melinda lavierte durch die Argumente, um nicht den Wünschen von Cornelia nachzukommen. Sie berief sich immer wieder darauf, dass sie alles verdürbe, wenn sie zu aggressiv vorgehen würde. In der letzten Aufzeichnung erfuhr ich dann, warum Melinda sich überhaupt auf den Handel einließ. Cornelia hatte ihr beigestanden, als die Ehe mit ihrem Ex-Ehemann immer schwieriger wurde. Sie hatte ihr bei der Scheidung von Tobias Engler geholfen und forderte nun eine Gegenleistung.

Nachdem ich alle Telefongespräche gehört hatte, vermochte ich nicht, unangenehme Gedanken zu verhindern. Hatte Melinda mich wirklich geliebt? War alles nur ein Lippenbekenntnis gewesen? Über Geld hatten wir nie ernsthaft gesprochen. War sie noch verschlagener und hinterhältiger als Cornelia? Wenn ein winziger Same da ist, will er unbedingt aufgehen und zu einem mächtigen Baum heranwachsen. Ich bemühte mich, diesen Samen des Zweifels an Melindas Liebe im Keimen auszutreten. Es wollte nicht gelingen. Erst, als ich den Laptop zugeklappt hatte und aus dem Fenster auf den bescheidenen Spielplatz vor dem Haus sah, wurde das Samenkorn vom Winde verweht. Dort giggelten zwei kleine Mädchen auf einer Wippe. Sie hatten einen riesigen Spaß dabei, sich gegenseitig in die Höhe zu katapultieren. Ich schaute den beiden so lange zu, bis sie genug von dem Spiel hatten und ins Nachbarhaus liefen.

Mein Blick fiel wieder auf Melindas Laptop. Wie hatte sie es zustande gebracht, die Telefongespräche auf dem Computer zu speichern? An ihrem Telefon gab es keine Ausstattung, um Gespräche aufzuzeichnen. Lediglich ein Knopf mit einem Lautsprechersymbol bot die Optionen des Mithörens im Raum. Denkbar, dass sie den Knopf gedrückt und gleichzeitig das Gespräch über das eingebaute Mikrofon am Laptop aufgenommen hatte. Das würde erklären, weshalb stets der Gesprächsanfang bei jeder Aufzeichnung fehlte, das Ende hingegen deutlich zu hören war.

Warum hatte Melinda die Telefonate mit Cornelia aufgenommen? Auf dem Laptop gab es keine Gesprächsdateien mit anderen Personen. Wir hatten ebenfalls Miteinander telefoniert. Auch davon konnte ich keine Aufzeichnungen finden. Offenbar misstraute Melinda ihrer Freundin aus besseren Tagen und wollte sich absichern. Vielleicht hätte sie mir die Gespräche vorgespielt, falls es einmal in unserer Beziehung knirschen würde. Gleichsam als Beweis für ihr Dilemma. Letztlich war ich mir nicht sicher über Melindas Motivation.

Ich sah mir ihren winzigen Sekretär mit der aufklappbaren Schreibfläche etwas genauer an. Neben Stiften, Schreibblocks, Hefter, Locher und allen möglichen Utensilien fand ich ein Diktafon mit eingelegtem Tonband. Ich schaltete es ein und lauschte. Ein weiteres Telefongespräch zwischen Cornelia und Melinda erklang.

»Es tut mir leid«, sagte Melinda. »Aber ich glaube deiner Behauptung nicht, dass mein Thomas die angeblichen Milliarden unterschlagen haben soll. Da müsste die Firma doch längst pleite sein. Auch wenn das Bauunternehmen nicht so riesig ist, ein paar Milliarden nimmt man nicht aus der Portokasse. Außerdem hätte das doch einer von den Angestellten merken müssen.«

»Hast du eine Ahnung, was da alles möglich ist«, Cornelia wurde laut. »Weißt du, was mein Schwiegervater wollte? Mit einer mickrigen Rente wollte der mich abspeisen. Dem habe ich aber das Maul gestopft!«

»Was meinst du damit?«

Cornelia ging nicht auf die Frage ein. »Du willst mir also nicht helfen. Verstehe! Du willst nicht teilen, sondern die Milliarden für dich allein!«

»Es geht hier nicht um Milliarden«, fuhr Melinda dazwischen. »Ich liebe ihn, obwohl er kein Vermögen hat. Wir werden heiraten und uns eine neue Existenz aufbauen.«

»Na warte«, keifte Cornelia. »Dass wirst du bitter bereuen!«

Es knackte in der Leitung. Sie hatte aufgelegt. Auf dem Diktiergerät gab es nur die eine Aufzeichnung. Ich hatte den Eindruck, dass es das letzte Gespräch zwischen den beiden gewesen war.

»Ich liebe ihn«, die Worte hallten in mir nach. Und mir fielen Melindas letzten Worte ein, bevor sie starb: »Ich liebe dich. Wirklich.«

In der Todesminute sollen Menschen die Wahrheit

sprechen, hatte ich irgendwo gehört oder gelesen. Ja, in ihrer Todesminute hatte Melinda die Wahrheit gesagt. Daran zweifelte ich nun nicht mehr. Wie hatte ich ihre Liebe nur infrage stellen können?

War ich ein hinterhältiger Schurke? Ja, Cornelia hatte recht, ich hatte Gelder gestohlen. Allerdings nicht Milliarden, wie Cornelia behauptete, sondern Millionen. Wenn ich den gegenwärtigen Wert meiner Depots zusammenrechnete, würde ich der Milliarde recht nahe kommen. Aber es war kein Geld, welches mein Bruder und sein Adoptivvater ehrlich erworben hatten. Es war Schwarzgeld gewesen. In großem Maßstab hatten die beiden Gelder gewaschen und ihren Anteil daran beiseitegeschafft. Nur jenen illegalen Anteil hatte ich ihnen abgenommen. Die ehrlich erarbeiteten Firmengelder hatte ich nicht angerührt. Nachdem beide tot waren, würde niemand mehr danach fragen. Doch da irrte ich mich.

46

Am Montagmorgen rief ich als erstes die Pietät Müller an und beauftragte das Institut, Melindas Beisetzung zu organisieren. Anschließend hievte ich Melindas Koffer vom Kleiderschrank und stopfte Kleidung für eine Reise hinein. Aufgrund meiner nach wie vor bescheidenen Garderobe gab es keine große Auswahl und im Koffer klaffte reichlich Platz, als ich ihn schloss. Noch tappte ich völlig im Dunkel, wohin mich das Schicksal führen würde. Vorort gab es sicherlich vielfältige Möglichkeiten, sich mit fehlender Bekleidung einzudecken. Das Auto ließ ich vor dem Haus in Bellabeuren stehen und nahm den Bus nach Hasenlinde. Dort angekommen, marschierte ich zum erstbesten Reisebüro.

»Last Minute«, las ich schon von weitem auf einem Schild im Schaufenster. Neben anderen Zielen wurde eine Pauschalreise nach Portugal an die Algarve angeboten. Das gefiel mir.

»Wann möchten Sie denn reisen?«, fragte die schwarzhaarige Dame im Reisebüro.

»Sofort.«

Sie sah mich mit ihren dunklen Augen aufmerksam an. »Okay, dann schauen wir mal. Wir haben zwar schon Anfang September, aber da ist an der Algarve immer noch viel los.«

Sie sah auf ihren Bildschirm und tippte eifrig auf der Tastatur. Nach einer gefühlten Ewigkeit sah sie auf.

»Ich muss das Plakat aus dem Fenster nehmen. Das Angebot ist leider völlig ausgebucht. Aber ich habe hier eine Alternative gefunden.«

»Nehme ich«, sagte ich, ohne zu zögern.

Sie sah mich mit großen Augen an. »Aber es ist nicht an der berühmten Küste mit den Felsen im Meer. Sondern westlich, nahe der spanischen Grenze. Dort ist ein flacher Sandstrand.«

»Ist mir recht«, sagte ich.

»Damit Sie heute noch den Flieger kriegen, müssen Sie den Zug in einer dreiviertel Stunde nehmen.«

»Bestens. Was kostet es?«

Sie nannte mir den Preis und buchte die Reise. Ich bezahlte in bar und eilte zum Bahnhof in Hasenlinde. Im Zug zum Flughafen München atmete ich durch. Beinahe hätte ich den Koffer im Reisebüro stehen gelassen. So sehr war ich darauf aus, schnell weit wegzukommen. Eine Woche Portugal, eine Woche Ruhe und Erholung am Meer. Im Flugzeug bildete ich mir ein, schon das beruhigende Meeresrauschen zu hören. Aber es war wohl nur das Summen aus der Klimaanlage. Nach der Landung in Faro stand ein kleiner Bus bereit, der mich und andere Urlaubsgäste zum Hotel brachte. Als wir uns auf der Autobahn unserem Ziel näherten, zeigte der Busfahrer mit dem Finger nach rechts und sagte in gebrochenem Englisch:

»Dort, Ihr Hotel. Eurotel Altura.«

Aus der flachen Landschaft ragte eine überdimensionale Streichholzschachtel, die mit der seitlichen Anrissfläche aufrecht direkt an den Strand gestellt zu sein schien. Es war das einzige große Hotel in Altura, stellte ich später fest. Die Hotelanlage und die riesige Lobby machten einen sauberen und gepflegten Eindruck. Ich erhielt ein geräumiges Doppelzimmer im dritten Stock. Vom Balkon sah ich direkt auf das nahe Meer, den Atlantischen Ozean. Die Dame in Reisebüro in Hasenlinde hatte betont, dass sie für mich ein Zimmer mit Meerblick gebucht habe. Nachdem ich mich ein wenig umgesehen hatte, bemerkte ich, dass es in diesem Hotel nur Zimmer mit Meerblick gab. Es gab keine Zimmer zur

Landseite. Das Restaurant bot ein warmes Büfett zum Abendessen. Sechs verschiedene appetitliche Speisen offenbarten die Warmhalteboxen. Des weiteren konnte sich jeder an der Salatbar bedienen und sich mit Brot und Nachtisch eindecken. Wer keine Hähnchenschenkel mochte, konnte zu Schweinebraten oder gebratenem Fisch greifen. Dazu gab es Nudeln, Kartoffeln oder Reis, je nach Belieben. Niemand musste Hungern. Auch an Getränken mangelte es nicht. Gesättigt und müde von der Reise ging ich auf mein Zimmer. Seit langem schlief ich zum ersten Mal wieder tief und fest.

Nach dem Frühstück am nächsten Morgen ging ich an den Strand. Weißer und feiner Sand so weit das Auge reichte nach links und nach rechts. Das Meer lag spiegelglatt vor mir. Eine kaum spürbare Brise erfrischte ein wenig. Später würde es heiß und unerträglich werden. Überwiegend paarweise lagen verstreut Sonnenhungrige auf Liegen, Decken oder Handtüchern im Sand. Einige saßen auf flachen Strandstühlen. Nur wenige Kinder und Erwachsene schwammen im Meer. Spaziergänger wanderten am Meeresufer. Ich tat es ihnen gleich und genoss das leise Rauschen der kleinen Wellen, die ans Ufer spülten. Nach etwa einem Kilometer in östlicher Richtung wandte ich mich vom Wasser weg und erstieg eine Düne. Dort setzte ich mich in den Sand und sah in die unendliche Ferne. Herrlich.

Später ging ich in den Ort und kaufte in einem winzigen Supermarkt ein wenig zu knabbern und eine kleine Flasche Mineralwasser. Einige niedrige Häuser weiter schlenderte ich neugierig durch die kleine Markthalle. Frisches Obst, Gemüse, Fleisch und Fisch lagen auf den leicht schräg gestellten Tischen. Ich kaufte fünf dunkelblaue Pflaumen. Nahe der Hauptstraße standen Sitzbänke unter Bäumen auf einer kleinen Rasenfläche. Ich setzte mich auf eine überschattete Bank und aß die saftigen Pflaumen. Es war schon am Nachmittag, als ich auf meinem Streifzug zur örtlichen Kirche kam, der *Igreja Matriz de Altura*. Darin war es angenehm kühl. Weiße Wände in luftigem Abstand umgaben die modernen, braunen Sitzbänke aus stabilem Holz. Sie sahen aus, als seien sie frisch lackiert. Der Altar stand erhöht. Drei hölzerne Stufen führten in eckigem Halbkreis und auf voller Breite von allen Seiten zu ihm hinauf. Das dunkelbraune Holz war nicht nur lackiert, sondern auf Hochglanz poliert. Ich kann mich nicht erinnern, je dermaßen perfekte und vollkommen blanke Stufen in einer Kirche gesehen zu haben. Möglicherweise gab es eine Putzfrau, die auf der Lauer lag und jeden Fußabdruck sofort beseitigte. Doch ich vermochte sie nicht zu entdecken. Niemand außer mir stand in der Kirche. Rechts neben dem Altar war in einem großen Bild an der Wand die Taufe Jesu dargestellt. Laut Bibel wurde Jesus im Jordan getauft, kein Wort davon, dass er bis zur Quelle hinauf gewandert war, um dort Johannes den Täufer zu treffen. Auf dem Gemälde steht Jesus nämlich nicht in einem breiten Fluss, sondern bis zu den Fußknöcheln in einem winzigen Rinnsal. Johannes lässt aus seinen Händen über Jesu Kopf ein wenig Wasser auf dessen Kopf tröpfeln. Warum Jesus für die Szene fast nackt und nur mit einem Tuch um die Lenden bekleidet ist, erschließt sich mir nicht. Am oberen rechten Bildrand breitet eine weiße Taube ihre Flügel aus. Links davon ist in den Wolken ein kaum erkennbares helles Gesicht gemalt, offenbar Gott Vater. Ich dachte an mein Gespräch mit Pater Edmund über die Dreifaltigkeit. Auch in einer portugiesischen Kirche sind drei getrennte Wesen dargestellt: Jesus, Gott Vater und der Heilige Geist in Gestalt einer Taube. Wofür dann die unbegreifliche Dreifaltigkeit? Wie dem auch sei, jeder

Mensch muss an etwas glauben. Gleichwohl kann er entscheiden, woran er glaubt. Daran konnten auch über die Jahrtausende verschiedene Ideologien und Diktatoren nichts ändern. Manche glauben an einen unvorstellbaren Gott, nicht wenige schaffen sich ihren Gott aus Holz oder Stein und wieder andere glauben an das Nichts, auch ein Glaube. Nach meinem Rundgang durch die Kirche bummelte ich zurück zum Hotel. Ich legte mich aufs Bett und schlummerte ein wenig.

Für das Abendessen hatten sich die Köche wieder mächtig ins Zeug gelegt. Ich versuchte, mich zu beherrschen und lud mir nur kleine Portionen auf den Teller. Gesättigt und zufrieden verließ ich das Restaurant und betrat die Lobby.

Da saß sie, in einem der weichen Ledersessel. Für den Bruchteil einer Sekunde erstarrte ich offenbar. Wie war das möglich? Meine Ex-Ehefrau Cornelia erhob sich aus dem bequemen Sessel und kam in einem weißen und geblümten Sommerkleid auf mich zu.

»Das hast du wohl nicht erwartet«, grinste sie zufrieden über die gelungene Überraschung. »Ich finde dich überall. Du entgehst mir nicht. Denn du schuldest mir noch was.«

»Entschuldigen Sie«, antwortete ich. »Ich sagte es schon einmal: Sie verwechseln mich.«

»Von wegen, ich kenne doch meinen Mann. Markus Baumann, das Theater kannst du dir getrost sparen. Karl hat mir erzählt, was du getan hast. Glaubst du, ich lasse dich mit den Milliarden davonkommen?«

»Ich verstehe nicht, wovon Sie reden«, sagte ich.

Zwei ältere Ehepaare hatten das Restaurant verlassen und mussten an uns vorbei, um durch die Lobby zum Fahrstuhl zu gelangen.

»Entschuldigen Sie mich bitte«, sagte ich so laut, dass

auch die älteren Leute es hören mussten, die sich anschickten, mich und Cornelia zu passieren. Ich drehte mich um und ging zum hinteren Ausgang, der auf die Sonnenterrasse führte. Ich hörte Cornelia hinter mir herstöckeln und beschleunigte meine Schritte. An den Sonnenliegen vorbei, auf denen zu dieser Zeit nur wenige Gäste lagen, steuerte ich auf den hölzernen Steg zu, der zum Meer führte. Zwischen Strand und Hotel stand ein hoher Metallzaun, dessen Tür nur Hotelgäste öffnen konnten. Ich hielt meine Zimmer-Schlüsselkarte an die markierte Stelle, riss das Metalltor zwischen den massiven Pfeilern auf und schloss es sogleich hinter mir. Cornelia war mir gefolgt und noch etwa fünfzehn Meter entfernt. Sie sah mich durch die Gitterstäbe finster an. Nach weiteren dreißig Metern auf dem Holzsteg, sah ich mich um. Cornelia war mir nicht nachgegangen. Offenbar wohnte sie nicht im Eurotel Altura und hatte keine Schlüsselkarte für das Tor zum Strand. Aufatmend erreichte ich das Ende des hölzernen Stegs. Die Sonne hatte sich rechts dem Horizont genähert und würde in wenigen Minuten ins Meer tauchen. Eine schöne und lauwarme Atmosphäre. Leider konnte ich sie nicht genießen. Ich stapfte links zu den Dünen und setzte mich auf eine bauschige Sode des Strandhafers.

Wie hatte Cornelia mich hier in Portugal finden können? Ich war doch erst den zweiten Tag hier. Ob sie einen Detektiv beauftragt hatte, der mich zum Reisebüro in Hasenlinde beschattet hatte? Mit meiner Ruhe war es vorbei. Wie konnte ich sie loswerden? Meine Gedanken liefen im Kreis.

Die Sonne ging unter. Schlagartig wurde es merklich kühler. Sterne blinkten über dem Meer am klaren Himmel. Der Halbmond im Osten schien mir zuzulächeln. Ich erhob mich und ging zurück ins Hotel. Cornelia war nirgends zu sehen. Vermutlich wohnte sie in einer der kleinen Pensionen im Ort. An der Rezeption bestellte ich ein Taxi für den nächsten Morgen um acht Uhr.

»Wohin soll die Fahrt gehen?«, fragte die Rezeptionistin. »Die Taxizentrale will das immer wissen.«

»Nach Vila Real de Santo António«, antwortete ich. »Kleiner Ausflug nach Spanien.«

Nicht nur die Taxizentrale, sondern auch Cornelia wäre an meinem Reiseziel interessiert und würde die Rezeptionistin am Hotelempfang so lange belagern, bis sie ihr sagte, wohin mich das Taxi bringen sollte. Würde sie mich in Vila Real suchen? Möglich. Wahrscheinlich würde sie auch mit der Fähre nach Spanien übersetzten. Denn ich hatte ja lautstark verkündet, dass ich einen Ausflug nach Spanien machen wollte. Vielleicht würde sie aber auch abwarten, bis ich abends zurückkäme. In den weichen Ledersesseln der Hotellobby konnte man es lange aushalten.

47

Um keinen Verdacht zu erregen, hatte ich am nächsten Morgen nur die Laptoptasche dabei. Das Taxi fuhr pünktlich vors Hotel. Ich stieg ein.

»Para Vila Real?«, fragte der Taxifahrer.

»Nein, ich habe es mir anders überlegt«, antwortete ich auf Englisch. »Bringen Sie mich bitte nach Tavira. Ist das in Ordnung?«

»Não há problema«, sagte der Mann am Lenkrad und fuhr los. »Para Tavira.«

Ich war mir nicht sicher, ob er mich verstanden hatte und achtete auf dien Weg. Doch ja, er hatte mich verstanden und fuhr auf die Schnellstraße Richtung Westen. Wir hatten die Morgensonne im Rücken. Sicherheitshalber las ich alle Wegweiser. Kein Zweifel, das Taxi fuhr Richtung Tavira. Die Stadt lag im Westen, also völlig entgegengesetzt zu Vila Real, welche im Osten an der spanischen Grenze erbaut ist. In Tavira stieg ich im Zentrum aus. Nachdem der Wagen verschwunden war, schlenderte ich zum Taxistand hinüber. Der Fahrer schien erfreut zu sein, als ich ihm mein Ziel nannte: Faro Aeroporto.

Am Flughafen erkundigte ich mich nach dem nächsten Flug nach Lissabon. Ich hatte Glück. Die Maschine ging in einer Stunde und es gab noch einen freien Platz, den ich sofort buchte. Glücklicherweise verfügte ich über genügend Bargeld, welches überall gerne genommen wurde.

Der knapp einstündige Flug verlief planmäßig. Nach der Ankunft kaufte ich mir im Flughafen Lissabon einen mittelgroßen Koffer. Zwar gab es nichts, was ich darin verstauen könnte, aber ich dachte mir, dass ich verdächtig erscheinen könnte, wenn ich ohne Gepäck ein Hotel betrat. Anschließend buchte ich bei einem Reisebüro im

Flughafen ein Zimmer in einem kleinen Hotel nahe am *Terminal do Rossio*, also mitten in der City und nahm ein Taxi dorthin. Wahrscheinlich hätte mich auch ein Linienbus in die Stadt gebracht, aber nach dem Flug wollte ich mich nicht schon wieder in einen engen Sitz quetschen. Im Hotel stellte ich meinen leeren Koffer ab und ging shoppen. Bewaffnet mit einer neuen Zahnbürste, einem elektrischen Rasierapparat, einem Schlafanzug, frischer Unterwäsche, einem Oberhemd, zwei T-Shirts und einer langen Hose kehrte ich zum Hotel zurück. Nachdem ich alles noch einmal genau besehen und teilweise angezogen hatte, bemerkte ich, dass ich keine neuen Socken gekauft hatte. Sapperlot, nun gut, morgen war auch noch ein Tag. Der Einkauf hatte hungrig gemacht. Das Hotel besaß kein eigenes Restaurant, was aber kein Problem war, denn es gab reichlich Speiselokale in der City. Schnell fand ich ein Fischrestaurant und verspeiste ein Thunfisch-Steak mit Limettensauce. Anschließend schlenderte ich Richtung Süden zum Fluss Tejo, an dessen Ufer ich mich auf die Stufe einer Steintreppe setzte, die ins Waser führte. Es war offenbar ein Anlegeplatz für kleinere Schiffe. An jenem Abend legte allerdings kein Wasserfahrzeug an. Der Himmel war minimal bewölkt, ein leichter Wind wehte vom Atlantik herüber. Ich genoss den Abend, obwohl in meinem Rücken der Autoverkehr lärmte.

Mein Hotelzimmer lag an der Rückseite des Gebäudes, dicht vor einem weiteren Haus mit geschlossenen Fensterläden. Das hatte den Nachteil, dass man nichts von der Stadt sah. Aber den Vorteil, dass kein Straßenlärm ins Zimmer dang. Ich schlief tief und erwachte erst fünf Minuten vor neun Uhr. Kaum hatte ich gefrühstückt, da klingelte mein Handy, eigentlich war es Melindas Handy, das ich an mich genommen hatte. Ein Mitarbeiter der

Pietät Müller meldete sich und fragte, ob mir die Beisetzung am Freitag recht sei.

»Wie? Morgen schon?«, fragte ich aufgeschreckt.

»Nein, nächste Woche am Freitag. Es ging leider nicht früher. Pfarrer Kern hatte Probleme, einen Organisten für die Feier in der Kirche zu finden.«

»Ja, nächste Woche Freitag ist bestens«, antwortete ich. »Was muss ich noch vorbereiten?«

»Es ist alles organisiert, wie vereinbart. Nur bezüglich des Leichenmahls haben wir noch nichts geplant.«

»Darum kümmere ich mich selber,« sagte ich schnell, bevor mir der Pietätsangestellte ein nobles Restaurant in Hasenlinde vorschlagen würde.

Wir beendeten das Telefonat. In Melindas Handy war die Nummer der einzigen Gaststätte in Bellabeuren gespeichert: *Zum schwarzen Adler*. Ich rief an und bestellte beim Wirt das übliche Menü für den Leichenschmaus.

Am Freitag stürmte es heftig in Lissabon. Graue Wolken wurden über den Himmel gepeitscht. Ich verließ das Hotel nur kurz und kehrte nach dem Kauf eines Pullis und einer Windjacke zurück. Die Socken hatte ich schon wieder vergessen. Ich rief den Flughafen an, um einen Flug nach Deutschland zu buchen.

»Eine Buchung kann ich nur mit Vorbehalt eintragen«, sagt die freundliche Dame.

»Wieso?«

»Sie haben den Orkan doch sicherlich bemerkt, falls er morgen noch heftiger tobt, wird hier kein Flieger abheben.«

»So? Dennoch.« Ich gab meine Daten durch. »Hoffen wir, dass sich der Sturm in der Nacht beruhigen«, sagte ich abschließend.

Auch das noch. Sollte ich etwa für Tage in Lissabon festsitzen? Nachts schlief ich schlecht. Der Sturm heulte durch die Straßen und um die Häuser. Heftiger Regen prasselte nieder. Glücklicherweise beruhigten sich die Naturgewalten im Verlaufe der Nacht. Es wehte am Morgen immer noch heftig. Aber mein Flieger nach München hob pünktlich ab und landete planmäßig. Am Kiosk kaufte ich eine Tageszeitung, die ich im Zug nach Hasenlinde ausgiebig studierte.

»Cornelia Baumann festgenommen«, sprang mir der Titel eines kurzen Artikels auf der Seite mit Lokalnachrichten förmlich ins Auge. Erstaunt las ich, dass meine Ex-Frau am Tag zuvor nach ihrer Rückkehr aus Portugal am Flughafen in Handschellen abgeführt worden sei und unter Mordverdacht stehe. Über weitere Einzelheiten schwieg die Meldung. Betroffen saß ich auf meinem Sitz, sah in die Zeitung und wusste nicht ob ich trauern oder jubilieren sollte. Was hatte die Polizei herausgefunden, aber noch nicht preisgegeben? Von zu Hause würde ich gleich Kommissarin Schneider anrufen.

48

In Bellabeuren mochte ich dann doch nicht Kommissarin Schneider anrufen, um mich über die Verhaftung von Cornelia zu informieren. Ich hatte ihr nichts vom Besuch meiner Ex-Frau in der Villa erzählt. Und über die Aufzeichnungen der Telefongespräche hatte ich mit niemandem gesprochen. Wenn ich jetzt also Cornelia Baumann ins Gespräch brachte, würde das womöglich schlafende Hunde wecken und meine neue Identität ins Wanken bringen. Ich nahm mir vor, abzuwarten und sorgfältige alle Pressemeldungen zu lesen. Irgendwann würde schon ans Tageslicht kommen, weshalb Cornelia verhaftet worden war. Ich erfuhr es früher, als ich gedacht hatte.

Das Handy klingelte, Melindas Handy. Nachdem ich mich gemeldet hatte, stellte sich ein Polizist vom Polizeipräsidium vor.

»Ich bin Polizeimeister Schwarz und überprüfe einige Telefonnummern. Ihre Nummer ist unter Melinda Knoll registriert. Kann ich die Dame bitte sprechen?«

»Das geht nicht«, antwortete ich kühl.

»Wieso nicht?«

»Sie ist ...«, ich zögerte. »Sie wird Freitag beerdigt. Rufen Sie wirklich von der Polizei an?«

»Ja, natürlich. Wieso?«

»Wenn Sie wirklich von der Polizei sind, sollten Sie doch wissen, dass meine Frau erschossen wurde.«

»Erschossen? Wann?«

»Ich bezweifel, dass Sie tatsächlich Polizist sind«, sagte ich energisch. »Wahrscheinlich ist das eine neue Betrugsmasche. Aber nicht mit mir. Kriminalkommissarin Schneider wird sich darum kümmern. Schönen Tag noch.«

Ich legte auf. Überzeugt, einen Betrüger an der Leitung gehabt zu haben. Seltsamerweise spricht man auch bei Handys von Leitungen, obwohl die Verbindung nicht über Kabel, sondern über Funk aufgebaut wird. Dessen ungeachtet, irgendwo in den Funkmasten gibt es auch elektronische Bauteile mit elektrischen Leitungen. Wie dem auch sei, der Typ würde nicht wieder anrufen. Denn ich hatte ja mit der Kriminalkommissarin gedroht.

Ein paar Minuten später meldete sich Polizeimeister Schwarz erneut. Er entschuldigte sich, dass er mich, Melinda und den Mord in Bellabeuren nicht in Verbindung gebracht habe.

»Ich verbinde Sie jetzt mit Kommissarin Schneider, die Sie auch kurz sprechen möchte.«

Es knackte im Hörer und Frau Schneider meldete sich. Sie berichtete kurz, dass Polizeimeister Schwarz sie über mein Verhalten informiert habe und versicherte, dass er wirklich in ihrem Auftrag einige Telefonnummern überprüfe.

»Und warum hat er mich angerufen?«

»Unter anderen war Ihre Telefonnummer im Handy von Frau Cornelia Baumann gespeichert. Das wirft ein neues Licht auf unsere Ermittlungen im Mordfall Melinda Knoll, beziehungsweise Melinda Schütze, also Ihrer Ehefrau.«

»Sie machen mich neugierig.«

»Kennen Sie Frau Cornelia Baumann?«

Mir wurde augenblicklich heiß. »Nein.«

»Aber sie kennt offensichtlich Ihre Frau. Haben Sie mit ihr nie über Frau Baumann gesprochen?«

»Nein. Warum?« Meine Hitzewelle kühlte hoffentlich gleich ab.

»Sie steht im Verdacht, an der Ermordung Ihrer Frau

beteiligt gewesen zu sein. Ich habe soeben eine diesbezügliche Pressemitteilung herausgegeben.«

»Aber damit wollen Sie mich jetzt doch nicht etwa abspeisen?«

»Also gut«, sagte Kommissarin Schneider. »Ich kann Sie ja schon mal vorab über den Stand der Ermittlungen informieren. Einen Mord hat Frau Baumann bereits gestanden, nämlich den an ihrem Schwiegervater Franz Baumann in Neuburg. Zunächst stritt sie alles ab. Doch nachdem wir sie mit etlichen Indizien konfrontierten, verwickelte sie sich in Widersprüche. Bei der geplanten Geldübergabe in Hasenlinde, Sie erinnern sich, wurde die Waffe von Tobias Engler sichergestellt. Die Pistole war offiziell auf Karl Baumann registriert, der vor kurzem bei einem fragwürdigen Unfall im Büro seines Vaters Franz Baumann zu Tode kam. Wir verglichen die sichergestellten Projektile und stellten fest, dass Franz Baumann mit derselben Waffe erschossen wurde, mit der Tobias Engler auf die Polizisten geschossen hatte. Und nicht nur das. Auch Ihre Frau wurde mit derselben Waffe erschossen. Den Bauunternehmer Franz Baumann konnte Tobias Engler nicht erschossen haben. Denn unsere Recherchen ergaben, dass er sich zur Tatzeit in Prag aufhielt, wo er unschuldig in einen Autounfall verwickelt war. Die tschechische Polizei hatte seine Daten aufgenommen, ohne zu wissen, dass wir in Deutschland nach ihm fahndeten. Gleich nach dem Unfall hat er sich vermutlich nach Slowakien abgesetzt.«

Kommissarin Schneider machte eine Pause und schien nachzudenken, was sie mir noch erzählen durfte.

»Sie sagten, dass meine Frau auch mit derselben Pistole erschossen wurde. Hat sie auf meine Frau geschossen und fuhr Tobias Engler das Auto?«

»Wahrscheinlich war es umgekehrt«, sagte die Kriminalkommissarin. »Frau Baumann gibt zu, am Steuer gesessen zu haben, aber nicht geschossen zu haben. Sie hätte Tobias Engler die Pistole gegeben, der dann schoss. Dafür spricht, dass wir das gestohlene Auto sicherstellten, aus dem der Mordanschlag auf Sie und Ihre Frau verübt wurde. Auf dem Fahrersitz fand die Spurensicherung zwei Haare, die sie zunächst nicht zuordnen konnte. Doch nachdem wir Frau Baumann in Gewahrsam hatten, stellte sich heraus, dass die Haare von ihr waren.«

»Und den Mord am Bauunternehmer hat Frau Baumann einfach so zugegeben?« Dieses Detail wollte ich nun auch noch wissen.

»Wie gesagt, zunächst stritt sie alles ab. Karl Baumann, der Juniorchef und Sohn von Franz Baumann, war im Schützenverein und besaß eine Reihe von Waffen. Alle standen noch im Waffenschrank, außer der Pistole mit der der Bauunternehmer erschossen wurde. Der Schrank war nicht aufgebrochen worden. Auch ein Diebstahl wurde nicht gemeldet. Die Sekretärin M. berichtete, dass der Juniorchef Karl Baumann ihr die Pistole mal im Büro gezeigt und anschließend in seine Schreibtischschublade gelegt habe. Deshalb geriet sie in Verdacht, ihren Chef erschossen zu haben. Aber sie hatte ein Alibi für die Tatzeit. Außerdem hatten wir an der Patronenhülse, die unter den Wagen von Franz Baumann gerollt war, einen Fingerabdruck sichergestellt, der weder zur Sekretärin M. noch zum Eigentümer der Pistole passte. Es war ein Fingerabdruck von Cornelia Baumann. Als wir sie dann auch noch mit der Tatsache konfrontierten, dass ihr Handy zur Tatzeit in der Nähe des Tatorts eingeloggt gewesen war, verheddert sie sich dermaßen in Widersprüchen, dass sie schließlich aufgab und die Tat gestand.«

»Ich habe noch nicht verstanden, wie Sie auf Frau Baumann gekommen sind«, bohrte ich nach.

»Nach der gescheiterten Geldübergabe in Hasenlinde, stellten wir fest, woher die Waffe stammte, aus der Tobias Engler geschossen hatte. Da nahmen wir das Umfeld von Karl Baumann noch einmal unter die Lupe. Mit allen konnten wir sprechen, außer mit Cornelia Baumann. Die war plötzlich verschwunden und niemand wusste wohin. Deshalb schrieben wir sie zur Fahndung aus. Die Kollegen am Münchner Flughafen erwischten sie dann. Sie kam gerade aus Faro in Portugal und regte sich fürchterlich über die Festnahme auf.«

»War das nicht übertrieben, sie gleich zu verhaften, weil sie ein paar Tage nach Portugal gereist war?«, fragte ich verwundert.

»Ja, stimmt. Es gab noch einen weiteren Grund für die Festnahme, der sogar schwerer wog. Sie hatte eine Landfrau überfallen und ausgeraubt.«

»Nein.«

»Doch.«

»Also, wenn das morgen in der Zeitung steht, können Sie es mir doch heute schon erzählen«, bat ich.

»Der Überfall stand schon in der Zeitung.«

»Davon bekam ich nichts mit.«

»Also gut«, lenkte Kommissarin Schneider ein. »In der Nähe von Bellabeuren steht der Einödhof Schramm, der Familie Schramm. Der Bauer wollte ein gebrauchtes Vorsatzgerät für einen Feldhäcksler kaufen. Der Verkäufer bestand auf Barzahlung. Deshalb schickte der Bauer seine Schwester, nämlich Käthe Schramm nach Hasenlinde, um achttausend Euro von der Bank zu holen.«

Käthe Schramm, dachte ich. Die pummelige Frau mit der dunkelgrünen Übergangsjacke. Wie oft würde sie noch meinen Weg kreuzen? Ich unterbrach meine abschweifenden Gedanken und lauschte den Ausführungen der Kriminalkommissarin.

»Als Frau Schramm in der Bank eintraf, übergaben zwei Polizisten dem Kassierer gerade die zwanzigtausend Euro, die wir für die Geldübergabe entliehen hatten. Der Bankangestellte nahm dann achttausend Euro von den zwanzigtausend und zahlte sie an Käthe Schramm aus. Als die Frau dann alleine an der Bushaltestelle stand, zerrte plötzlich eine andere Frau an ihrer Handtasche und entriss sie. Frau Schramm stürzte zu Boden und schlug heftig mit dem Kopf aufs Pflaster. Verletzt wurde sie ins Krankenhaus eingeliefert. Doch zuvor gab sie noch eine recht gute Beschreibung jener Frau, die sie überfallen hatte. Dass es sich bei der Diebin um Cornelia Baumann handelte, fanden wir später heraus. Sie hatte sich nämlich im Reisebüro Dahl ein Ticket nach Portugal gekauft. Weil sie bar bezahlte, ging die Reisebüroangestellte noch am selben Tag zur Bank und zahlte das Geld ein. Als der Kassierer die Scheine durch den Automaten schickte, gab der Alarm, woraufhin wir, die Polizei, informiert wurden. Die zwanzigtausend Euro für die Geldübergabe waren nämlich registriert worden. Mit den modernen Computern geht das heutzutage ganz schnell. Irgendwo würden die Scheine ja wieder auftauchen, falls trotz sorgfältiger Planung, Tobias Engler mit dem Geld entkommen sollte. Normalerweise hätte die Bank die Registrierung der Geldscheine nach der Rückgabe sofort löschen müssen. Aus irgend einem Grund war das nicht geschehen. So fanden wir über das Geld zum Reisebüro Dahl. Die Angestellte konnte sich auch noch gut an die Reisende erinnern, weil sie es eilig gehabt habe und bar bezahlte. Ihre Beschreibung deckte sich mit der von der überfallenen Landfrau. Außerdem musste Cornelia Baumann beim Ticketkauf ihren Namen angeben. Somit war offensichtlich, wer hinter dem Raubüberfall auf Käthe Schramm steckte. Nachdem wir das wussten, war sie jedoch schon außer Landes.«

Frau Kommissarin Schneider holte hörbar Luft. »Verstehen Sie nun, weshalb sie am Münchner Flughafen verhaftet wurde?«

»Raubüberfall, plötzliche Abreise ins Ausland. Ja, das leuchtet mir ein. Woher wusste Frau Baumann, dass die Landfrau so viel Geld in der Tasche hatte?«

»Ah ja. Sie hielt sich während der Auszahlung an Frau Schramm in der Bank auf und kontrollierte ihren Kontostand am Automaten. Dabei hat sie es mitbekommen. Weil sie mit dem Rücken zur Überwachungskamera stand und sich unauffällig verhielt, beachteten wir sie auf den Kameraaufzeichnungen zunächst nicht.«

»Gibt es noch etwas, was ich wissen sollte?«

Ich hielt die Luft an und hoffte, dass Cornelia mich bei der Polizei nicht ins Gespräch gebracht hatte. Das schien nicht der Fall zu sein. Denn sonst wäre ich wahrscheinlich schon vorgeladen worden.

»Für heute muss das reichen«, sagte die Kommissarin. »Wann ist die Beisetzung Ihrer Frau?«

Ich sagte es ihr und wir beendeten das Gespräch.

49

Rechtzeitig begann die Trauerfeier für Melinda in der Kirche von Bellabeuren. Die Orgel spielte schon, als ich zwei Minuten früher das Gebäude betrat. Vor dem Altar war kein Sarg aufgebahrt. An dessen Stelle stand ein Tisch mit einer Urne darauf. Über ihre oder meine Beisetzung hatte ich nie mit Melinda gesprochen. Aber soweit ich ihre Lebenseinstellung kannte, hatte ich das Gefühl, dass sie einer Feuerbestattung zustimmen würde. Grüne Kübelpflanzen und unzählige Blumengestecke und Sträuße waren um die Urne drapiert. Auch ein schönes Porträtfoto von Melinda hatte das Beerdigungsunternehmen aufgestellt. In der Kirche gab es keinen freien Platz mehr. Etliche Leute standen und einige Jugendliche hatten sich auf den Boden gesetzt. Alle in Bellabeuren kannten Melinda, einerseits aus dem Rathaus, andererseits als Organistin. Offensichtlich wollte jeder bei der Totenmesse dabei sein.

Aus undefinierbarer Richtung wehte ein leichter Lufthauch durch die Kirche. Die brennenden Kerzen am Altar und um die Urne flackerten sanft. Der Duft der Flammen und des schmelzenden Wachses streifte meine Nase, was behagliche Gefühle in mir auslöste.

Als Pfarrer Kern dann jedoch sprach und Melindas Leben vor der Gemeinde ausbreitete, war es um meine Seelenruhe geschehen. Die ersten Tränen wischte ich noch beschämt beiseite. Doch es folgten weitere. Ich ließ den Strom laufen. Bei der Beerdigungsfeier meiner *Schwester* hatte ich den traurigen gespielt, was mir nicht schwerfiel, weil ich sie ja nie kennengelernt hatte. Nun saß ich in einer völlig neuen Situation. Melinda hatte ich nicht nur gekannt, ich hatte sie leidenschaftlich geliebt, wie ich noch nie zuvor eine Frau geliebt hatte. Mit jedem

Wort des Pfarrers zogen prächtige Bilder vor meinem geistigen Auge vorüber. Bilder und Gefühle von Erlebnissen mit Melinda, die geschehen waren und sich niemals wiederholen würden.

Beim Verlassen der Kirche sah ich hinauf zur Empore. Ein Mann saß an der Orgel und spielte engagiert und gut. Melinda hätte es gefallen. Am Urnengrab auf dem Friedhof sprach Bürgermeister Falk und lobte seine einstige treue und stets zuverlässige Mitarbeiterin, die eine große Lücke hinterlassen habe. Erneut rannen Tränen über meine Wangen. Melindas Tante Olga stellte sich neben mich und versuchte, mich mit ihrem Arm zu stützen.

Anschließend ging die Trauergemeinde schweigend *Zum schwarzen Adler*, wo im Gasthaus das Leichenmahl vorbereitet war. Dort löste sich dann die traurige Stimmung und immer mehr fröhliche Gesichter kamen auf mich zu. Auch ich fühlte nicht mehr die zentnerschwere Trauer auf meinen Schultern. Kurz vor Mitternacht hatten fast alle Eingeladenen die Gastwirtschaft verlassen, nicht ohne sich mit Schulterklopfen bei mir zu verabschieden.

Ich war soeben dabei, mich beim Wirt für das gelungene Essen zu bedanken, als Kriminalkommissarin Schneider mit ernster Miene den Speiseraum betrat. Sie steuerte direkt auf mich zu, gefolgt von ihrer blonden Kollegin. Mein Herz verrutsche an eine Stelle, wo es nicht hingehörte. Hatte meine Ex-Frau und Witwe geplaudert? Wurde ich nun verhaftet?

»Es tut mir leid, dass wir nicht zur Beerdigung da waren«, sagte Kommissarin Schneider. »Es kam etwas dazwischen.«

Sie machte eine Pause. Wir müssen Sie leider mitnehmen, hörte ich im Geiste ihren nächsten Satz. Doch den sprach sie nicht aus. Stattdessen fuhr sie sanft fort.

»Können wir uns hier irgendwo ungestört unterhalten?«

Der Wirt zeigte den Weg zur kleinen Gaststube, in der die örtlichen Vereinsvorstände sich gerne trafen. Nachdem er die Tür geschlossen hatte, fuhr Kommissarin Schneider fort.

»Bei der Überführung ins Untersuchungsgefängnis, versuchte Frau Cornelia Baumann zu fliehen. Dabei kam sie leider zu Tode.«

»Erschossen?«, fragte ich und dachte dabei an Tobias Engler, den die Polizei auf der Flucht niedergeschossen hatte.

»Nein, nicht erschossen. Über die Details darf ich noch keine Mitteilung machen, weil die Untersuchungen zurzeit laufen. Aber etwas anderes will ich Sie Fragen. Im letzten Verhör sagte Frau Baumann, dass Sie ihr Ehemann seien. Ist etwas dran an der Behauptung?«

»Wie kommt sie darauf?«

»Das haben wir uns auch gefragt. In der Tat sehen Sie ihrem Ehemann, dem Herrn Markus Baumann sehr ähnlich. Wir haben Fotos verglichen. Weitere Nachforschungen ergaben dann, dass sowohl Sie als auch Herr Baumann am selben Tag in Essen geboren wurden. Unmittelbar nach der Geburt gab die leibliche Mutter die beiden Buben zur Adoption frei. Kurz darauf wurden beide von verschiedenen Ehepaaren adoptiert. Kannten Sie Ihren Bruder, einen eineiigen Zwilling.«

»Ich hatte einen Zwillingsbruder?«, fragte ich. »Davon haben meine Eltern nie gesprochen. Als ich volljährig wurde teilten sie mir nur mit, dass ich adoptiert sei.«

»Wir überprüften dann, ob es Kontakte zwischen den beiden Familien gab, konnten jedoch nichts Relevantes finden. Gegen die Behauptung von Frau Baumann spricht auch, dass Sie hier in Bellabeuren vom ganzen Dorf als der Sohn des Arztes Dr. Schütze bekannt sind und nie irgendjemand das bezweifelte. Eine DNA-Überprüfung ist bei eineiigen Zwillingen sehr aufwendig und teuer. Außerdem nicht mehr möglich, weil ihr Zwillingsbruder vor kurzem verstarb und eingeäschert wurde. Obendrein spricht gegen Frau Baumann, dass sie ihren Ehemann vor der Beerdigung eindeutig identifizierte. Vermutlich hat sie ihr Foto, Herr Schütze, irgendwo gesehen und gehofft, die zu erwartende Strafe zu mildern, indem sie andere mit Schmutz bewirft.«

»Interessant«, sagte ich leise in den Raum.

»Eines habe ich noch nicht verstanden«, sagte die Kommissarin. »Leider können wir da wohl nicht mehr nachfragen. Frau Baumann antwortete nicht auf die Frage, wie sie den Kontakt zu Tobias Engler aufgenommen habe. Dass sie den Wagen fuhr, aus dem heraus jener Ihre Frau töte, hat sie zugegeben. Es gab halt erdrückende Indizien. Aber wie die beiden zueinanderfanden, ist mir ein Rätsel. Haben Sie eine Idee?«

Ich schüttelte den Kopf.

»Okay, dann belassen wir es dabei und schließen die Akte.« Frau Kommissarin Schneider erhob sich.

Wir verabschiedeten uns und ich trottete nach Hause. Eigentlich hätte ich jubilieren sollen. Die einzige, die mir noch Schwierigkeiten bereiten konnte, war tot. Es stellte sich jedoch keine Jubelstimmung ein. In der Nacht fand ich keinen Schlaf. Auch in der folgenden Nacht wälzte ich mich ruhelos hin und her. Zwischendurch sank die Stimmung unter null und ich heulte ins Kissen. Wie sollte mein Leben weitergehen? Acht Tote in kurzer Zeit in meinem unmittelbaren Umfeld. Außer dem Belgier kannte ich alle und stand in Beziehung zu jedem einzelnen. Keinen hatte ich selber getötet. Warum fühlte ich mich also schuldig? Ich hatte eine andere Identität angenommen, ohne zu ahnen, was das Schicksal daraufhin für mich bereithielt. Was wäre geschehen, wenn ich diesen Schritt nicht vollzogen hätte? Ich hatte keine bösen Absichten verfolgt. Meine Gedanken liefen im Kreis. Ich fand keine Ruhe und konnte nicht einmal definieren, weshalb.

In jener Nacht im Heustadel hatte mir mein Zwillingsbruder, der sich Bruder Lazarus nannte und dessen Namen ich angenommen hatte, erzählt, was er getan hatte, als er am tiefsten Punkt seines Lebens angekommen war. Er ging ins Kloster. War es nun Zeit für mich, ins Kloster zu gehen?

Ich erinnerte mich an die Begegnungen mit der pummeligen Landfrau in der dunkelgrünen Übergangsjacke. Als sie im Bus in der Reihe hinter mir saß, hatte sie ein Gespräch mit der Sitznachbarin angefangen. Jene hatte berichtet, dass ein Verwandter als Mönch im Kloster Bergsee lebe. Ich klappte den Laptop auf und suchte im Internet Informationen über das Kloster Bergsee. Eingehend studierte ich das Angebot *Kloster auf Zeit*. Noch am selben Tag packte ich einen Koffer und fuhr am nächsten Morgen zum Kloster Bergsee.

50

Kloster Bergsee erbauten Mönche vor Jahrhunderten an einem recht kleinen See. Genau genommen ist es nur ein Teich, etwa so groß wie ein halbes Fußballfeld. Das Wasser für den See fließt nicht von einem gewaltigen Berg herab, was man vom Namen her vermuten könnte. Etliche schmale Gräben versorgen das Gewässer permanent mit frischem Nass, das von drei Hügeln ringsum herabrinnt. Jene Erhebungen verstellen die Sicht auf die Autobahn, die sich nur wenige Kilometer entfernt durch die Felder und Wiesen schlängelt. Touristen verirren sich nur selten in der tristen Landschaft.

Kurioserweise sei der See noch nie übergelaufen, erzählte mir einer der sieben Klosterbrüder, als ich einmal versonnen auf einer Bank am Ufer saß. Mit dem Abt und mir bewohnten nun neun Männer das Kloster. Ein gesprächiger Dorfbewohner aus dem nahen Weiler, dessen Bierfahne mir aus einem Meter Entfernung entgegenwehte, meinte, dass das Wasser im See versickern und an anderer Stelle wieder austreten würde. Deshalb bliebe der Wasserspiegel immer in gleicher Höhe.

Möglich, dass ein unterirdischer Bach einen Weg ins Kloster gefunden hatte. Denn im hinteren Kellergewölbe war es so feucht, dass selbst Mäuse den Raum mieden und man dort nichts lagern konnte, außer Schimmel. Die übrigen Räume des verputzten Ziegelbaus erfreuten sich gediegener Trockenheit. Die meisten der fünfzig Zellen standen leer. Ich bezog eine mit dem Fenster gen Westen. Denn ich liebte es, zwischen den Hügeln der untergehenden Sonne zuzusehen. Meinen Tisch hatte ich vor das Fenster gestellt und blickte beim Schreiben immer wieder hinaus. Ich schrieb hauptsächlich abends und nachts. Das

Schreiben befreite mich von meinen finsteren Albträumen.

Pater Antoine hatte es mir empfohlen. Denn besonders die Schüsse auf Melinda und mich an unserem Hochzeitstag verfolgten mich. Nacht für Nacht und auch tags sah ich immer wieder, wie meine geliebte Melinda in meinen Armen starb. Ich tippte den Text in Martinas Laptop, den ich ins Kloster mitnahm. Es funktionierte. Die Albträume verblassten mit der Zeit. In der Tat fühlte ich mich nach jeder beschriebenen Seite zufriedener und unbeschwerter. Die dunklen Mordgelüste, mit denen ich den Mörder meiner Geliebten in einsamen Stunden verfolgte, wurden seltener und versiegten allmählich. Eigenartig, dass ich überhaupt jenen finsteren Gedanken nachhing. Denn Melindas Mörder weilte längst unter den Toten. Aber ich hätte ihn gerne selbst dorthin befördert. Dass ich jene Chance nicht erhalten hatte, verfolgte mich lange Zeit. Immer wieder hatte ich Szenarien ersonnen, wie ich ihn langsam aber sicher zu Tode foltern würde. Denn er hatte mir den liebsten Menschen genommen, den ich je getroffen hatte. Seltsam, mit welch unsinnigen Gedanken man sich manchmal plagt.

Meine Aufzeichnungen speicherte ich in einer Datei, die ich dreifach mit Passwörtern sicherte. Es müsste schon ein echter Profi sein, der sie öffnen könnte. Und dann auch erst nach drei Monaten ehrgeiziger Sisyphusarbeit. Niemand sollte von meinen heimlichen Taten und Fantasien erfahren. Eines Tages würde ich vermutlich ein Feuer anzünden und den Laptop samt Datei den Flammen übergeben.

Ich war dankbar, vorübergehend in einem Kloster leben zu dürfen und begriff nach und nach, was meinen Zwillingsbruder dorthin getrieben hatte. Es war nicht die merkwürdige Religion, die dort gelesen und gelebt wurde und die mir stets fremd blieb. Es war die Gemeinschaft und die Geborgenheit, die ich dort erfuhr. Der Tagesablauf ist klar strukturiert. Man macht sich keine Sorgen über das Morgen. Zwar ist es nicht der Himmel auf Erden. Denn Neid, Eifersucht, Missgunst und Missverständnisse gibt es auch unter Mönchen im Kloster. Aber sie werden nicht so heftig ausgelebt wie in der Welt draußen und meistens schnell überwunden. Gleichwohl nicht von allen. Hin und wieder verlässt ein Mönch die heiligen Mauern und sucht sein Glück außerhalb.

Einige Forscher vertreten die Meinung, dass selbst Jesus vor seinem öffentlichen Auftreten als Rabbi eine gewisse Zeit in einem Kloster oder einer ähnlichen Einrichtung gelebt habe. Nämlich bei den Essenern. In der Bibel steht nichts davon. Es wird nur erwähnt, dass er sich vierzig Tage in der Wüste aufhielt. Rückzug von den Plagen des Alltags ist offenbar eine gute Methode, um den Geist zu reinigen und neue Kraft aufzutanken.

Von meinen Schatzdepots erzählte ich niemandem, auch nicht in der obligatorischen Beichte. Melinda wollte ich nach unserer Hochzeit mein Geheimnis anvertrauen. Leider kam ich nicht mehr dazu. Es gibt keine Schatzkarte, aus der ein möglicher Finder erfahren könnte, wo er nach meinem Vermögen graben müsste. Nur in meinem Kopf sind die Orte gespeichert, wo ich Silber, Gold und Edelsteine versteckt habe. Und das soll auch so bleiben.

Nach drei Wochen verabschiedete ich mich im Kloster. Die Mönche wünschten mir alles Gute und die Augen des Abts leuchteten auf, als ich die Rechnung für meinen Aufenthalt mit Vollpension mit einem üppigen Trinkgeld beglich. Zu dem Zeitpunkt ahnte er nicht, wie umfangreich meine Spende konkret sein würde. Er hatte beklagt, dass ein harter Winter bevorstünde und dass die Heizung in der Abtei dringend repariert werden müsste. Es sei aber nicht genügend Geld für die Instandsetzung in der Klosterkasse. Und von höherer Stelle ließe man sich für einen positiven Bescheid fürchterlich viel Zeit. Vermutlich würde man nur Geld für das Allernötigste beisteuern und die Zentralheizung, die auch für Warmwasser sorgte, würde in der kalten Jahreszeit vor Winterende schlapp machen, erzählte mir der Abt. Nicht auszudenken, sich unter eiskaltem Wasser zu duschen. Womöglich würden bei Frost sogar die Wasserleitungen platzen. Deshalb sei er für jeden gespendeten Euro dankbar.

»Stellen Sie sich vor«, berichtete der Klostervorsteher. »Die wenigen Gottesdienstbesucher am Sonntag sind so knauserig, dass von allen zusammen nicht einmal eine Hand voll kleiner Münzen zusammenkommt. Und eines Tages. Das war der Hammer. Entschuldigen Sie bitte die saloppe Formulierung. Also eines Sonntags, finde ich im Opferstock einen Lottoschein.«

»Waren alle Bereiche ausgefüllt?«

»Nein, nur die erste Spalte.«

»Und wie viel haben Sie gewonnen?«

»Nichts. Der Spender glaubte wohl, Gott habe ihm die Gewinnerzahlen diktiert.«

Wir lachten beide leise und ich sagte zum Abschied: »Bevor ich ins Auto steige, will ich ein paar stille Minuten in der Klosterkirche verweilen.«

Der Abt nickte zustimmend und ich pilgerte zur Klosterkirche, die sich unmittelbar an die Klostermauern schmiegte, aber einen eigenen Eingang hatte. Ich setzte mich etwa in die Mitte des nur wenig verzierten Kirchenschiffs und lauschte. Nach etwa zehn Minuten hatte ich den Eindruck, allein im Gebäude zu sein. Um ganz sicher zu gehen schaute ich hinter den Altar und in die beiden Beichtstühle. Dann erstieg ich die Empore. Auch dort war niemand. Vor dem Opferstock neben dem Hauptausgang hielt ich an, zog ein Bündel Geldscheine aus der Tasche und versuchte, sie alle auf einmal durch den Einwurfschlitz zu schieben. Es gelang nicht. Der Schlitz war zu schmal. Nach und nach schob ich einen gefalteten Hunderteuroschein nach dem anderen in die Metallbox. Mit so viel Geld hatten die Konstrukteure des Opferstocks wohl nicht gerechnet. Der letzte Geldschein wollte nicht im dunklen Inneren verschwinden, weil er auf den zuvor eingeworfenen aufsaß. Ich zog ihn wieder heraus, falte ihn noch einmal quer und schon gesellte er sich zu den übrigen Scheinen in der finsteren Geldkammer.

Eine unvergleichliche Freude erfüllte mich, als ich im Auto davon fuhr. Seit langem hatte ich mit meinem Geld im Verborgenen etwas Gutes getan. Ich versuchte, mir das Gesicht des Abts vorzustellen, nachdem er wie üblich am Sonntag im Anschluss des Gottesdienstes den Opferstock öffnete und nicht nur ein paar Münzen vorfand.

Bei der bildlichen Vorstellung schien mein Herz beschwingt zu hüpfen. Denn gute Taten verströmen eine heitere Stimmung. Um so mehr, wenn sie nicht berechnend getan werden. ‚Lass deine linke Hand nicht wissen, was die rechte tut‘, fiel mir ein. Jetzt empfand ich sie, die satte Zufriedenheit wie am Ende eines schönen Films, wenn der Held in den Sonnenuntergang reitet.

ENDE

Der Autor

Reinhard Staubach, 1947 in Polen geboren, lebt gegenwärtig in Oberschwaben. Nach dem Besuch der Volksschule absolvierte er eine Handwerkerlehre. Er fuhr zur See und erwarb das Abitur auf dem zweiten Bildungsweg. Anschließend studierte er Germanistik und Erziehungswissenschaft. Während zwei Jahrzehnten Berufstätigkeit im Führungsmanagement, lebte er für kurze Zeit in Frankreich.

Weitere Bücher von Reinhard Staubach

Ein Jahr und zehn Tage
Roman
ISBN 978-3-7347-0591-5

Noah, der zehnte Urvater nach Adam, wurde von Gott auserwählt, durch den Bau der Arche die Sintflut zu überleben. Er, seine Frau, seine drei Söhne und deren Frauen sowie viele Tiere wurden vor der Vernichtung bewahrt. Laut Bibel öffneten sich alle Quellen und das Wasser bedeckte die gesamte Erde. Einige Zeilen weiter ist zu lesen, dass Noahs Familie und die Tiere nach einem Jahr und zehn Tagen die Arche verließen und die Erde neu bevölkerten. Was geschah während der Zeit in der Arche? Darüber steht in der Bibel - nichts. Studienrat Karl Schmidt zweifelt an seinen Sinnen, als ihm ein sprechender Rabe zufliegt. Denn der Vogel berichtet von den bisher unbekannten, abenteuerlichen, komischen und besinnlichen Ereignissen in der Arche.

Ermunterung ist steuerfrei
und andere Geschichten
ISBN 978-3-7448-1771-4

Was tun, wenn sich ein riesiger schwarzer Hund anschickt, einem das Steak vom Teller zu fischen? Kann man etwas von Vater Spatz und seinem begriffsstutzigen Jungen lernen, der das Aufsperren seines Schnabels zum Lebensinhalt erklärt hat? Schmecken gependelte Schnitzel tatsächlich besser, und wer hat wirklich den Vorteil davon? Was würden Sie empfinden, wenn Sie herausfänden, dass Ihr Ur-Ur-Ur-Großvater ein Sklavenhändler war? – Geschichten zum Schmunzeln und manchmal auch zum Nachdenken.

Schlummernde Leben
Roman
ISBN 978-3-7481-2835-9

Bernd, Student der Betriebswirtschaft, verliebt sich in die Romanistik-Studentin Martina. Über der jungen Liebe schwebt ein störender Schatten. Denn Martina ist davon überzeugt, schon mehrmals in anderen Körpern auf der Erde gelebt zu haben. Sie berichtet von Feindseligkeiten unter mongolischen Reitervölkern. Erzählt, wie sie im Mittelalter verbranntes Fleisch bei einer Hexenverbrennung roch. Und beschreibt, wie sie ums Überleben nach einem Indianerangriff im Wilden Westen kämpfte.

Für Bernd sind Martinas Schilderungen nicht glaubwürdig. Er hält die Seelenwanderung für Unfug und will seine Geliebte davon überzeugen, dass es keine Reinkarnation gibt. Die Untersuchungen von Martinas sogenannte ehemalige Leben sind schwierig. Um seine Behauptung zu beweisen, lernt Bernd Hypnotisieren. Er führt Martina in Trance in die Zeit vor ihrer Geburt. Dabei tauchen unerwartete Fakten auf, die Martinas Leben bedrohen.

Starnitz
Eine Reise nach Pommern und Ostpreußen
ISBN 978-3-7386-3261-3

Im Juni 2002 reiste Reinhard Staubach mit Verwandten nach Polen. Er berichtet über die Reise und seine Kindheit in dem unter polnischer Verwaltung stehenden Hinterpommern. In Starnitz fanden sich seine Eltern. Dort endete 1945 für die Mitreisenden die Flucht vor der Roten Armee. Rathsdamnitz, Stolp, Stolpmünde, Mützenow, Kosemühl, Brausberg und natürlich Starnitz standen im Mittelpunkt der Reise. Aber auch Frauenburg, Danzig, Karthaus und Hela wurden von der elfköpfigen Gruppe besucht. Eine Reisereportage mit 60 Fotos.

Wiedersehen in Lissabon
Erzählungen
ISBN 3-933292-66-2
E-Book als Kindle oder EPUB

Erzählungen, die die Wechselfälle des Lebens aufs Korn nehmen. Wenn der Zeitgenosse gegen sein Schicksal anrennt, so entsteht nicht Tragik, sondern Komik. Liebevoll werden die tauglichen und untauglichen Versuche vorgeführt, ein wenig Glück an Land zu ziehen. Der Leser verfolgt mit Spannung, wie der Autor seine Szenen auf die Spitze treibt oder seine Personen wie bunte Schmetterlinge im Netz seiner Pointen gefangen setzt.

Ein Kiesel zum Verlieben
Gedichte
ISBN 978-3-7357-1958-4

»Seine Gedichte über einen Weidezaun, den Stein Davids gegen Goliath und über die bösen Buben lösten allgemeine Heiterkeit aus. Reinhard Staubach zeigte durch seine mit schauspielerischem Talent gehaltene Lesung, dass Literatur nicht immer eine ernste Angelegenheit sein muss. Die humoristischen Musikeinlagen mit einem Kuhhorn taten ihr Übriges dazu.«

– Schwäbische Zeitung

Possierliche Verse
63 Staubericks
ISBN 978-3-7431-1733-4

Fünf-Zeiler, oft heiter, aber auch besinnlich und bisweilen bizarr. Alle Gedichte sind mit Auftakt nach dem Reimschema aa bb a geschrieben (Limerick). Illustrationen des Autors bereichern den Inhalt.

Das Fledermaus-Sportfest

Illustrierte Erzählungen aus dem
Reich der Fabeln
ISBN 978-3-7392-0894-7

Wer wird beim Fledermaus-Sportfest siegen? Wird die schöne Elisabeth auf Schmeicheleien hereinfallen? Warum will ein Murmeltier im Winter nicht schlafen? Weshalb erhält Paule täglich drei Eicheln? – Vor diesen und anderen Herausforderungen stehen Fledermäuse, Murmeltiere, Frösche und weitere Tiere in Wald und Flur.

Dem Licht entgegen

Spirituelle Erlebnisse
ISBN 978-3-7357-8030-0

Herausgegeben von Reinhard Staubach mit Beiträgen von: Tycho Siebke, Wilfried T.H. Vogt, Michael Panitsch, August Schubert, Dr. Lothar Peters, Dietrich von Rauchhaupt, Hermann C. Sievers, Prof. Dieter Berndt, Georg R. Schwarz, Marianne Schmidt, Udo Lange, Baldur Stoltenberg, Margot Szalla-Köhler, Fredy Lopper, Johannes P. Hopfe, Erich Konietz, Rudolf W. Neideck, Heinrich Stilger, Heinz Staubach, Johannes E.P. Kindt

---

Alle Bücher sind auch als E-Book erhältlich.

www.staubach.biz